KB079510

Heinrich Böll
Der Engel schwieg

•

천사는 침묵했다

창 비 세 계 문 학

69

•

천사는 침묵했다

•

하인리히 뵐

임홍배 옮김

창비

차례

•

천사는 침묵했다
7

작품해설 / 전후 폐허문학의 원형
221

작가연보
250

발간사
254

일러두기
1. 이 책은 Heinrich Böll, *Der Engel schwieg*(Verlag Kiepenheuer & Witsch, 1992, 1. Auflage 2000)를 번역저본으로 삼았다.
2. 본문 중의 각주는 옮긴이의 것이다.
3. 외국어는 되도록 현지 발음에 가깝게 표기하되, 우리말 표기가 굳어진 것은 관용을 따랐다.

1

도시의 북쪽에서 타오르는 불빛이 워낙 강해서 건물 입구에 있는 글자를 알아볼 수 있었다. 그는 '……쎈트 하우스'라는 글자를 읽고는 조심스레 계단을 올라갔다. 층계 오른편에 보이는 지하실 창문에서 빛이 새어나왔다. 그는 잠시 걸음을 멈추고 지저분한 유리창 안쪽에 뭐가 있는지 살펴보려 했다. 그러고는 계속 걸음을 옮겨 자신의 그림자를 향해 천천히 걸어갔다. 파손되지 않은 위쪽 벽에 치솟은 그의 그림자는 점점 더 높이 올라가 마치 흔들거리는 팔이 달린 힘없는 허깨비처럼 보였다. 허깨비는 크게 부풀어서 머리가 벽의 꼭대기 너머 캄캄한 어둠 속으로 휙 사라져버렸다. 그는 흩어져 있는 유리조각을 밟으며 오른쪽으로 걸음을 옮기다가 소스라치게 놀랐다. 심장이 더 세게 뛰었고, 몸이 떨리는 것이 느껴졌다. 오른쪽 컴컴한 벽감에 누군가가 꼼짝도 않고 서 있었던 것이다. 그는 '여보세요'라든가 그 비슷한 말을 외쳐보려 했지만 겁이 나서 목소리가 사그라졌고, 거친 심장박동 때문에 입이 떨어지지 않았다. 어둠에 잠긴 사람의 형체는 미동도 없었다. 손에는 막대기처럼 보이는 뭔가를 들고 있었다. 주춤주춤 다가간 그는 형체가 조각상이라는 것을 알아보고 나서도 두근거리는 가슴이 진정되지 않았다. 더 가까이 다가가자 희미한 불빛을 통해 석조 천사상이라는 것을 알 수 있었다. 머리카락이 물결치는 천사상은 손에 백합 한송이를 들고 있었다. 그는 턱이 천사상의 가슴에 거의 닿을 정도로 몸을 앞으로 숙이고, 한참 동안 천사의 얼굴을 바라보면서 기묘한 희열에 잠겼다. 이 도시에 와서 처음 마주친 얼굴이었다. 돌로만든 천사의 얼굴은 부드럽고도 고통스러운 미소를 짓고 있었다. 얼굴과 머리는 우중충한 먼지로 뒤덮여 있었고, 앞을 보지 못하는 두 눈의 동공에는 거뭇한 먼짓덩어리가 매달려 있었다. 그는 다정하게 자신도 미소를 지으며 입김을 불어서 조심스럽게 먼지를 흩날렸다. 계란형의 얼굴이 먼지를 벗고 온전히 드러나자 미소 짓는 얼굴이 돌이 아니라 석고상이라는 것을 금방 알아볼 수 있었다. 석고상에 밴 세월의 때를 보니 거푸집에 석고액을 부어서 만든 진품의 품격이 느껴졌다. 그는 입으로 계속 바람을 불어서 수려한 머리카락, 가슴, 주름 잡힌 옷자락에서 먼지를 털어냈다. 입을 뾰족 오므려 조심스레 입김을 불어서 석고로 만들어진 백합도 소제했다. 석고상에 입힌 현란한 색깔이 점점 더 드러날수록 미소 띤 얼굴상을 처음 보았을 때 충만했던 희열이 사그라졌다. 성물제작이 하나의 산업이 되어 볼썽사납게 니스 칠을 하고, 옷자락에 달린 레이스를 도금해놓았던 것이다. 그런 모습을 보니 석고상 얼굴의 미소가 지나치게 곱슬곱슬한 머리칼과 마찬가지로 죽은 것처럼 느껴졌다. 그는 몸을 천천히 돌려 통로 안쪽으로 걸어가면서 지하실로 통하는 입구를 찾았다. 이제는 심장박동도 가라앉았다.

지하실에서 후덥지근하고 시큼한 공기가 올라왔다. 그는 끈적끈적한 계단을 따라 천천히 내려가며 어둠 속에서 희미한 빛이 새어나오는 곳을 향해 더듬어갔다. 어디선가 물방울이 떨어지고 있었다. 축축한 물기에 먼지와 토사가 뒤엉켜서 계단이 수족관 바닥처럼 끈적거렸다. 그는 계속 걸어갔다. 뒤쪽 어느 방문 틈새로 빛이 새어나왔다. 드디어 빛이다. 어두컴컴한 가운데 오른쪽에 '방사선 촬영실. 출입금지'라고 쓴 문패가 보였다. 그는 빛이 새어나오는 쪽으로 다가갔다. 노랗고 부드러운, 아주 부드러운 빛이었다. 빛이 가물거리는 것으로 봐서 촛불이 틀림없었다. 아무 소리도 들리지 않았다. 떨어져내린 석회가루와 돌 부스러기가 사방에 흩어져 있었고, 폭격 이후 생긴 정체 모를 오물이 사방에 널려 있었다. 문짝은 뜯겨져 있었고, 계속 걸음을 옮기면서 어두컴컴한 방들을 들여다보니 희미한 불빛에 어지럽게 뒤엉킨 의자와 소파 들이 드러났고, 납작하게 뭉개진 서랍장에서 알 수 없는 액체가 흘러나왔다. 불타서 식은 재와 축축한 오물 냄새가 사방에 진동했고, 그는 속이 메스꺼워졌다.

빛이 새어나오는 방문은 활짝 열려 있었다. 철제 촛대에 커다란 양초가 꽂혀 있었고, 그 옆에 감청색 수녀복을 입은 수녀가 한명서 있었다. 그녀는 커다란 플라스틱 그릇에 담긴 샐러드를 버무리고 있었다. 수북이 담긴 초록색 채소 이파리가 희멀건 소스로 범벅이 되어 있었다. 그릇 바닥에 고인 소스가 찰랑거리는 소리가 나직이 들렸다. 수녀는 커다란 손으로 채소를 살살 휘저었고, 간혹 축축한 이파리가 그릇 밖으로 떨어지면 가만히 주워서 다시 그릇 안에 던져 넣었다. 갈색 탁자 옆에는 커다란 양은주전자가 놓여 있었는데, 주전자에서는 역한 고깃국물 냄새가 뜨겁고 느끼하게 풍겨왔다. 뜨거운 국물과 양파와 정체 모를 고깃덩어리가 뒤섞인 메스꺼운 냄새였다.

그가 큰 소리로 인사했다. "안녕하세요."

수녀는 흠칫 놀라며 돌아보았는데, 펑퍼짐하고 발그스레한 얼굴에 겁먹은 표정으로 "맙소사, 군인이잖아"라고 낮은 목소리로 말했다. 그녀의 손에서는 우윳빛 소스가 뚝뚝 떨어져내렸고, 부드러운 팔에는 조그만 샐러드 이파리가 두어군데 달라붙어 있었다……

수녀는 다시 흠칫 놀라며 물었다. "맙소사, 무얼 원하세요? 어떻게 오셨죠?"

"누군가를 찾고 있습니다." 그가 말했다.

"여기서요?"

그는 고개를 끄덕였다. 이제 그는 오른쪽으로 시선을 떨궈 열려 있는 찬장 안을 들여다보고 있었다. 찬장 문은 폭격 당시 공기압 때문에 떨어져나간 상태였다. 합판으로 만든 찬장 문의 너덜너덜한 잔해가 아직도 경첩에 매달려 있었고, 바닥에는 자잘한 니스 칠 가루가 쌓여 있었다. 찬장 안에는 빵이 있었다. 그것도 많은 빵이.

빵은 대충 포개진 상태였는데, 쭈글쭈글해진 갈색 빵이 적어도 열두어개는 되었다. 그는 순식간에 입에 침이 고였고, 목구멍으로 침을 삼키면서 생각했다. '빵을 먹을 거야. 빵을, 무조건 빵을 먹을 거야.' 쌓여 있는 빵 위쪽으로 찢어진 푸르스름한 커튼이 드리워 있었는데, 그 커튼으로 더 많은 빵을 감추고 있는 것처럼 보였다.

"대체 어떤 사람을 찾으세요?" 수녀가 물었다.

그는 수녀 쪽으로 몸을 돌렸다. "제가 찾는 사람은"이라고 말하고서 그는 야전복 상의 주머니를 열어 쪽지를 꺼내야만 했다. 그는 주머니를 이리저리 깊숙이 뒤져서 너덜너덜한 쪽지를 꺼내어 편후에야 말을 이었다.

"곰페르츠, 곰페르츠 부인, 엘리자베트 곰페르츠 부인입니다."

"곰페르츠라고요?" 수녀가 말을 받았다. "곰페르츠? 모르겠는데요⋯⋯"

그는 수녀를 똑바로 바라보았다. 수녀의 창백하고 멍해 보이는 펑퍼짐한 얼굴에는 불안한 기색이 역력했고, 얼굴의 피부는 헐렁하게 풀어진 것처럼 실룩거렸으며, 촉촉하게 물기 어린 커다란 눈은 그를 걱정스럽게 쳐다보고 있었다.

수녀가 말했다. "맙소사, 미국 군인들이 아직 여기에 있어요. 탈영했어요? 그렇다면 당신을 잡으려 할 텐데요⋯⋯"

그는 아니라고 고개를 가로저었고, 빵을 다시 뚫어지게 보면서 수녀에게 나직이 물었다.

"곰페르츠 부인이 여기에 있는지 확인할 수 있을까요?"

"그럼요." 수녀는 대답하고 나서 빵을 쌓아놓은 쪽을 흘낏 보더니 손에 묻은 샐러드 이파리와 소스 찌끼를 씻어내고 손수건으로 손의 물기를 닦기 시작했다.

"이렇게 하시면 어때요…… 어쩌면…… 관리사무실에." 수녀가 불안한 어조로 더듬거리며 말했다. "아니, 여기에는 없어요. 이 병원에 남아 있는 환자는 스물다섯명밖에 안되는데, 곰페르츠 부인이라는 사람은 없어요. 여기에는 없어요."

"하지만 틀림없이 이 병원에 있었거든요."

수녀는 탁자에서 시계를 집어들었다. 은도금을 한 작고 동그란 구식 손목시계였는데, 손목에 두르는 띠는 없었다.

"이제 10시가 돼서 식사를 배급해야 해요. 까딱하면 식사시간이 늦어지거든요." 수녀는 미안하다는 듯이 덧붙여 말했다. "잠시 기다려주실래요? 배고파요?"

"예." 그가 대답했다.

수녀는 망설이는 표정으로 샐러드 그릇과 쌓아놓은 빵을 번갈아 보고는 다시 그를 바라보았다.

"빵 좀 주세요." 그가 말했다.

"하지만 여분이 없는걸요." 수녀가 대답했다.

그러자 그가 웃음을 터뜨렸다.

"정말이에요." 수녀가 무안한 표정으로 말했다. "정말 여분이 없어요."

"제발, 수녀님. 저도 다 아니까 빵 조금만 주세요." 순식간에 그의 입에 다시 미지근한 침이 고였다. 그는 침을 삼키고 조용히 말했다. "빵."

수녀는 찬장으로 가더니 빵 한개를 꺼내어 탁자 위에 올려놓고, 서랍에서 나이프를 찾기 시작했다.

"괜찮아요." 그가 말했다. "그냥 쪼갤 수 있어요. 그냥 두세요. 감사합니다."

수녀는 한쪽 팔로 샐러드 그릇을 끼고 다른 팔로는 고깃국물 주전자를 집어들었다. 그는 수녀가 지나가도록 길을 비켜주고는 탁자 위에 있는 빵을 집었다.

"금방 다시 올 거예요." 수녀가 문간에서 걸음을 멈추고 말했다. "곰페르츠, 맞지요? 물어볼게요."

"고맙습니다, 수녀님." 그가 수녀의 등뒤에 대고 외쳤다.

그는 재빨리 빵의 커다란 귀퉁이를 쪼갰다. 턱이 떨렸고, 입의 근육과 씹는 턱이 실룩거리는 것이 느껴졌다. 그는 뜯겨서 고르지 않은 부드러운 빵 부위를 이로 물어뜯어 먹었다. 오래된 빵이었다. 족히 네댓새, 어쩌면 더 오래됐을지도 몰랐다. 어느 공장에서 제조했다고 불그스레한 상표가 찍혀 있는 소박한 갈색 빵이었다. 하지만 맛은 기막혔다. 그는 이로 빵을 계속 뜯어 먹었고, 딱딱한 갈색 껍질도 먹어치웠다. 그러고는 빵 덩어리를 집어들고 다시 한조각을 뜯어냈다. 오른손으로 빵을 먹으면서, 왼손으로는 마치 누가 빵을 빼앗기라도 할 듯 빵 덩어리를 꼭 움켜쥐고 있었다. 그는 빵 덩어리를 쥐고 있는 자기 손을 바라보았다. 앙상하게 마르고 더러운 손에는 긁힌 상처가 있었고, 오물과 딱지가 상처를 뒤덮고 있었다.

그는 주위를 획 둘러보았다. 방은 작았다. 흰색으로 칠한 진열장들이 벽 쪽에 놓여 있었는데, 대부분의 문짝이 뜯겨져 있었다. 어떤 진열장에는 하얀 침대시트가 삐져나와 있었고, 구석에 있는 가죽 소파 아래에는 의료기구들이 놓여 있었다. 창가에는 낡은 검은색 난로가 있었는데, 깨진 창문을 통해 연통이 바깥으로 연결되어 있었다. 난롯가에는 작게 쪼갠 장작과 대충 쏟아놓은 조개탄 더미가 있었다. 의약품이 가득 든 작은 진열장 옆에는 커다란 검은색 십자가상이 걸려 있었고, 십자가상 뒤에 걸어놓은 회양목가지가 미끄러져내려와 십자가의 수직 들보 아랫부분과 벽 사이에 느슨히 걸쳐져 있었다.[1]

그는 나무상자 위에 걸터앉아 새 빵을 뜯어 먹었다. 여전히 맛이 좋았다. 매번 부드러운 부분부터 물어뜯었는데, 그렇게 이로 계속 파먹는 동안 입 주위에 빵이 닿아서 부드럽고 마른 상쾌한 촉감이 느껴졌다. 너무 맛있었다.

문득 누군가 자신을 지켜보고 있다는 느낌이 들었다. 눈을 치켜뜨자 문간에 서 있는 수녀 한명이 눈에 들어왔다. 키가 아주 크고, 갸름한 하얀 얼굴에 입술은 창백하고, 커다란 눈은 서늘하고 슬퍼 보였다.

그는 "안녕하세요"라고 인사를 했다. 수녀는 고개만 까딱하고 다가왔다. 팔에는 커다란 검은색 장부를 끼고 있었다. 수녀는 흰색 탁자 위에 있는 시험관들 사이의 철제 촛대에 꽂힌 제단용 양초로 다가가, 붕대를 자르는 굽은 가위로 심지를 잘랐다. 가물거리던 촛불이 작아지면서 더 밝아졌고, 방의 일부는 어둠에 잠겼다. 그러고

---

1 부활절 일주일 전 고난주일에 종려가지를 십자가상에 걸어두는데, 독일에는 종려나무가 없어서 회양목가지를 사용했다.

서 수녀는 그에게 다가와 낮고 차분한 목소리로 "옆으로 조금만 비켜주시겠어요?"라고 했다.

수녀는 그의 옆 나무상자 위에 앉았다.

푸른색 수녀복의 빳빳한 두건에서 비누 향이 풍겼다. 수녀는 주머니에서 검은색 안경집을 꺼내어 열고는 장부를 폈다.

"곰페르츠 맞지요?" 수녀가 조용히 물었다.

그는 고개를 끄덕였고, 빵조각을 마저 삼켰다.

"그분은 이제 여기에 없어요." 수녀가 조용히 말했다. "분명히 기억해요. 며칠 전에 퇴원시켰거든요. 병상이 모자랐거든요. 내과 환자는 모두 귀가 조치했어요. 하지만 다시 한번 살펴볼게요……"

"그분을 아시나요?" 그가 조용히 물었다.

"예." 수녀는 대답을 하고는 장부에서 눈을 떼고 그를 바라보았다. 그는 수녀의 서늘하고 슬픈 눈매가 매력적으로 느껴졌다. "그분의 남편은 아니시죠?"

수녀는 다시 몸을 돌려 글씨가 빼곡히 적힌 커다란 장부를 넘기기 시작했다.

"그분은 위장병을 앓았죠, 그렇죠?"

"저는 모릅니다."

"참, 남편 되는 분이 바로 며칠 전에 다녀갔어요. 당신처럼 중사였지요."

수녀는 그의 어깨에 부착된 계급장을 흘낏 보고는 계속 장부를 넘겼고, 마침내 마지막 페이지에 이르렀다.

"그분 남편과 같은 부대에 있었나요?"

"예."

"남편 되는 분이 부인을 찾아와서 병상을 지켰지요." 수녀가 말했다. "이런, 불과 며칠 전인데 아주 오래전 일처럼 느껴지네요. 오늘이 며칠이죠?"

"8일입니다. 5월 8일." 그가 대답했다.

"이렇게 옛날 일처럼 느껴지다니!"

수녀는 길고 창백한 손가락으로 이제 장부의 마지막 페이지를 아래에서 위로 짚어갔다.

"곰페르츠." 수녀가 말했다. "엘리자베트. 6일 퇴원. 바로 그저께네요."

"주소 좀 알려주세요."

수녀가 대답했다. "루벤 거리. 루벤 거리 8번지예요."

수녀는 자리에서 일어나 그를 바라보고는 장부를 소리 나게 덮고 팔에 끼웠다.

"부인의 남편은 어떻게 된 거죠?"

"죽었습니다."

"아직도 전사자가 있나요?"

"총살당했습니다."

"맙소사!" 수녀는 탁자에 몸을 기대고 남은 빵조각을 흘낏 보며 조용히 말했다. "조심하세요. 시내에는 순찰대가 많아요. 감시가 삼엄해요."

"감사합니다." 그가 쉰 목소리로 대답했다.

수녀는 천천히 문으로 가더니 다시 몸을 돌리고 물었다.

"이 도시 출신이세요? 여기 지리를 잘 아시나요?"

"예." 그가 대답했다.

"행운을 빌어요." 수녀가 그를 향해 외쳤고, 돌아서서 떠나기 전에 다시 "맙소사"라고 중얼거렸다.

"고맙습니다, 수녀님!" 그가 수녀의 등뒤에 대고 큰 소리로 말했다. "대단히 고맙습니다!"

그는 새 빵을 뜯어 먹기 시작했다. 이제는 아주 천천히 침착하게 먹었는데, 여전히 맛있었다. 촛불이 타들어가서 양초가 우묵하게 파였고, 초의 심지가 길어졌으며 불빛이 더 노래지고 더 멀리까지 비쳤다. 복도에서 발소리가 들려왔다. 샐러드 그릇을 가지고 갔던 수녀의 옷자락이 살랑살랑 끌리는 소리, 그리고 그녀의 뒤에서 남자의 다급한 발소리가 들렸다.

의사를 데리고 들어온 수녀는 빈 샐러드 그릇을 탁자 밑에 내려놓고 주전자를 그 옆에 둔 다음 난로 안을 쑤석거렸다.

"이봐요!" 의사가 소리쳤다. "전쟁도 끝나고 우리가 졌는데, 볼썽사나운 군복 좀 벗으세요! 전쟁 장난감 따위는 버리라고요."

의사는 젊었다. 서른다섯쯤으로 보였다. 얼굴이 크고 불그스레했는데, 잠자는 자세가 나빴는지 얼굴에 쭈글쭈글 이상한 주름이 있었다. 한스는 의사가 피우는 담배 냄새를 맡았다. 의사의 뒷짐 진 오므린 손에는 연기 나는 담배가 들려 있었다.

"담배 하나만 주세요." 한스가 말했다.

"아!" 의사는 짧게 외치고는 가운 주머니에서 담뱃갑을 꺼냈다. 두 개비 반이 남아 있는 것이 보였다. 의사는 반개비를 그에게 주고는 말했다.

"이봐요, 잡혀가지 않도록 조심하세요."

의사는 빨갛게 단 담배를 들고 있었다. 한스는 의사의 누렇고 두툼한 손가락과 갈라진 손톱을 바라보았다.

"고맙습니다. 정말 고맙습니다." 한스가 말했다.

의사는 서랍에서 주사약을 꺼내고 메스와 가위를 가운 주머니에 넣고는 방을 나갔다. 한스는 그의 뒤를 따라갔다. 어두운 복도에서 펑퍼짐한 사람 형체가 계단 쪽으로 잽싸게 움직였다.

한스가 소리쳤다. "잠깐만요!"

의사는 걸음을 멈췄다. 의사가 돌아서는 순간 한스는 콧등이 낮고 얼굴선이 뭉툭한 그의 옆모습을 흘낏 보았다. 한스는 그에게 다가가서 말했다. "일분만요."

의사는 말이 없었다.

"저는 신분증이 필요합니다." 한스가 말했다.

"뭐라고요?" 의사가 큰 소리로 물었다.

"양질의 신분증이 필요해요." 한스가 말했다. "여기 어딘가에 틀림없이 신분증이 있겠지요. 죽은 사람의 것이면 가장 좋고요. 좀 알아봐주세요."

"당신 미쳤군요."

"아닙니다. 감옥에 가고 싶지 않아요. 저는 이곳에 삽니다. 할 일이 많고 찾아갈 곳도 많아요. 도와주십시오."

한스는 더는 말이 없었다. 의사의 얼굴이 잘 보이지는 않았지만, 공기가 습하고 시큼한 어둠 속에서 그의 뜨거운 입김을 가까이 느

낄 수 있었다. 정적 속에서 오물이 조금씩 떨어지는지 바스락 소리
가 났다.

"돈은 있습니까?" 의사가 마침내 조용히 물었다.

"지금은 없지만 금방 마련할게요. 집에 가기만 하면……"

"이런 일에는 돈이 들거든요."

"저도 알아요."

의사는 다시 입을 다물었고, 담배꽁초를 내뱉었다. 타오르던 꽁
초가 벽에 부딪혀 불꽃이 튀며 벽을 밝히자 흉측한 벽이 그대로 드
러났다. 담배꽁초는 물웅덩이에 떨어져 칙 하는 소리를 내며 꺼졌
다. 한스는 의사가 자신의 팔을 힘 있게 움켜쥐는 것이 느껴졌다.
의사가 잠긴 목소리로 말했다.

"여기서 기다리세요. 처리할 일이 있어요."

의사는 한스를 옆으로 데려가더니 방문 하나를 열어 한스를 방
안으로 밀어넣고는 얼른 나갔다.

한스가 들어간 방은 탈의실이었다. 그는 어둠 속을 더듬어 좁은
간이의자를 찾아서 앉았고, 벽에 붙어 있는 무늬목에서 부드러운
향기가 은근히 풍겨오는 것을 음미했다. 조금도 손상되지 않은 것
같은 무늬목 널빤지는 촉감이 매끄럽고 편안했다. 그때 갑자기 손
가락 사이로 부드러운 옷감이 만져졌다. 옷이었다. 그는 일어나서
위에 있는 옷걸이를 잡고 옷을 집어들었다. 부드럽고 얇은 비옷인
듯했다. 커다란 뿔단추와 느슨하게 매인 허리띠가 만져졌는데, 허
리띠의 버클이 미끄러져 그의 다리에 닿았다. 옷에서 여자 향기가
풍겼다. 분과 비누, 그리고 옅은 립스틱 향이었다. 그는 옷걸이를

꽉 잡고 외투를 완전히 늘어뜨리고서 주머니를 뒤졌다. 주머니 하나는 비어 있었는데, 왼쪽 주머니를 뒤지자 찢어진 구멍으로 손이 바깥으로 쑥 나왔다. 오른쪽 주머니에서는 바스락거리는 종이 소리가 났다. 더 깊숙이 뒤지자 납작한 금속이 만져졌다. 그는 그것을 꺼내고 어둠 속에서 외투를 다시 옷걸이에 걸었다.

꺼낸 물건은 담배 케이스였다. 그는 버튼을 찾아 케이스를 열었다. 담배가 남아 있었다. 한스는 손가락 끝으로 하나씩 짚으면서 조심스레 개수를 헤아려보았다. 다섯개비였다. 그중 두개비를 꺼내고, 케이스를 닫아서 외투 주머니에 집어넣었다.

갑자기 심한 피로가 느껴졌다. 담배 반개비를 피운 것 때문에 졸음이 몰려온 것이다. 그는 담배 두개비를 상의 주머니 속 쪽지가 있는 곳에 집어넣고, 바닥에 웅크리고 앉아 등을 기대고 다리를 쭉 뻗었다.

한스는 추위 때문에 잠에서 깼다. 목덜미가 뻐근했고, 다리에서는 찬 기운이 올라왔다. 출입문 아래 틈새로 얼음장처럼 차가운 외풍이 들이쳐 등줄기를 타고 목덜미까지 올라왔다. 그는 일어나서 문을 열었다. 사방이 캄캄했다. 복도에서는 여전히 시큼하고 습한 냄새가 났다. 서늘하고 매캐한 냄새와 오물 냄새가 뒤섞여 공기가 답답했다. 그는 기침을 했다. 시간이 얼마나 흘렀는지 알 수 없었다. 의사가 돌아오겠다고 약속한 것만이 기억났다. 수녀들은 보이지 않고, 출입문은 잠겨 있었다. 그는 방으로 돌아가 어둠 속에서 여성용 외투를 걸쳤다. 옷은 소매가 조금 짧을 뿐 몸에 잘 맞았다. 그는 양손을 주머니에 찔러넣었다. 오른쪽 주머니에서 나온 손수건으로 왼쪽 주머니의 찢어진 구멍을 막았다. 바스락거리는 종이는 더 아래로 밀어넣었다. 그는 허리띠의 딱딱한 버클을 채운 다음 방문을 닫고 계단을 더듬어 올라갔다.

위층도 조용하고 어두웠다. 다만 하늘이 보이는 곳에는 구름이 밝고 은은한 푸른빛을 띠고 있었다. 이 큰 건물의 왼쪽 부분은 무너져내린 콘크리트 덩어리 때문에 가로막혀 있었다. 콘크리트 틈새로 파괴된 음침한 방들과 비스듬히 튀어나온 철제기둥들이 보였고, 습하고 메스꺼운 쓰레기 냄새가 풍겨왔다. 한스는 통행이 가능한 오른쪽 복도로 걸어갔다. 갑자기 사람 숨소리가 들렸다. 몇몇 검은 문구멍이 열려 있었는데, 방마다 사람이 있는 것 같았다. 땀과 소변 냄새, 그리고 침상 보온용 자라통에 담아놓은 물 냄새가 뒤섞여 악취가 진동했다. 담배연기를 빨아들인 듯 축축한 오물에서 나오는 갑갑한 냄새가 사방에 풍겼고, 숨을 쉬거나 약하게 신음하는 사람들이 내는 소리도 이제 또렷이 들렸다. 어느 방구석에서 빨갛게 타는 담배 끄트머리도 보였다.

왼쪽 모퉁이를 돌자 마침내 불빛이 보였다. 희미한 불빛이 누르스름한 넓은 벽을 비추고 있었는데, 벽지는 불에 그을려 거무스름했다. 오른쪽으로는 파괴된 수술실의 잔해가 보였다. 깨진 유리통, 사방에 널브러진 수술도구들, 반쯤은 쓰레기로 뒤덮인 쿠션 침대 등이었다. 하얀 대형 유리램프는 흉물스러운 거대한 벌레처럼 어둠 속에서 소리 없이 당당히 그리고 위협적으로 이리저리 흔들리고 있었다. 그가 가까이 다가가자 틈새로 수술실이 보였다. 커다란 램프는 가느다란 검은색 쇠줄에 매달려 있었는데, 무게 때문에 시계추처럼 흔들리고 있었다. 그런데 보아하니 램프가 아래로 서서히 가라앉고 있었다. 흉물스럽게 하얗고 커다란 유리통이 점점 아래로 건들건들 가라앉고 있었다. 램프를 지탱하는 쇠줄을 단단히 고정하기 위해 손상되지 않은 천장 어딘가 보이지 않는 부분에 부착한 갈고리가 하나씩 빠지고 있었던 것이다.

복도 끝 창살이 많은 커다란 창문에서 불빛이 새어나왔다. 창은 구멍이 숭숭한 침대보로 막아져 있었다. 흔들거리는 촛불의 빛이 어스름한 황금빛 여명처럼 희미하게 복도로 비쳐들었지만, 창에 뚫린 구멍들에서는 커다란 노란색 불빛이 새어나와 맞은편 벽에 큼직한 버터 조각처럼 빛 그림자를 만들고 있었다. 한스는 틈새로 안을 들여다보았다. 철제 촛대에 네개의 큰 촛불이 타올랐고, 그 사이에 이동식 침상이 있었다. 침상에는 늙은 여자가 누워 있는 것 같았다. 여자의 뒷머리만 보였는데, 부드럽고 숱이 많은 흰머리가 은실을 수놓은 두건처럼 은은하게 빛났다. 마스크를 쓴 의사는 주름진 불그스레한 이마만 보였고, 팔을 올렸다 내렸다 했다. 방 안은 아주 조용했다. 침상 끄트머리에 하얀 얼굴의 수녀가 서 있었다. 아래층에서 그의 옆에 앉아 장부를 뒤지던 수녀였다. 수녀는 의료기구와 탈지면을 의사에게 건네주었다. 그녀는 무심해 보일 정도로 줄곧 차분한 표정이었다. 흰색 두건이 커다란 나비처럼 그녀의 머리 위에서 나풀거렸고, 두건의 그림자는 소녀의 머리에 꽂은 리본처럼 벽에서 큰 형체로 선명하게 어른거렸다. 등을 보이고 있는 또다른 수녀는 의사의 다급하고 잰 손짓에 따라 등불을 이리저리 비추고 있었다.

의사는 누워 있는 여자 쪽으로 몸을 깊숙이 숙였다. 거의 무릎을 꿇은 자세였다. 의사는 집기를 달라고 할 때만 이따금 머리를 살짝 들었다. 몸을 다시 일으키자 커다랗고 넓은 흉곽이 드러났고, 그의 뒤에서 뭔가를 양동이 속으로 철썩 던지는 소리가 났다. 의사가 긴 하얀 고무장갑은 검붉은 피로 물들어 있었다. 의사는 장갑을 벗어 뒤에 있는 탁자에 내던졌고, 마스크를 벗고는 어깨를 으쓱했다. 뒤에 서 있던 수녀가 누워 있는 노파의 몸에 커다란 천을 휙 덮어씌우더니 침상을 이리저리 밀쳤다. 그제야 한스는 누워 있는 노파의 얼굴이 제대로 보였다. 석회처럼 창백한 얼굴이었다.

한스는 천천히 뒤돌아갔다. 사방에서 찬바람이 들이쳤다. 병실의 검은 틈새로 여전히 담뱃불이 타들어가는 것이 보였다. 그는 연기가 자욱한 병실로 들어가 침상을 더듬어 지나갔다. 이제 보니 창문은 무거운 덧문으로 가려져 있었다. 침상은 다닥다닥 붙어 있고, 비좁은 통로에서는 에나멜 요강들이 희미하게 빛났다. 구석에서는 여전히 담뱃불이 타고 있었다. 이제야 사물의 윤곽을 분간할 수 있었다. 병실 가운데에 커다란 테이블이 있었고, 석회가 떨어져 나간 벽의 부서진 부분도 보였다. 연기를 내며 타오르는 담뱃불을 통해 구석에 있는 사람의 얼굴도 알아볼 수 있었다. 갸름한 얼굴의 젊은 여자가 노란색과 검은색의 줄무늬가 있는 두건을 쓰고 있었다. 얼굴은 너무 창백해서 어둠 속에서도 하얗게 보였고 은은하게 빛났다. 한스는 침상 가까이로 다가가 말을 걸었다.

"실례지만 불 좀 빌려주세요."

성긴 나사² 천으로 만든 푸른색 상의를 입은 여자의 팔이 보였다. 여자는 한스가 쥐고 있는 담배로 작은 손을 내밀더니 담배를 빨아 불을 붙여주었다. 여자는 아무 말도 하지 않았다. 그제서야 한스는 여자의 눈을 가까이서 볼 수 있었는데, 그녀의 눈은 죽은 듯 광채가 전혀 없었다. 가까이서 타오르는 담뱃불의 희미한 반사광조차 비치지 않았다. 한스는 나직이 "고마워요"라고 말하고 떠나려 했다. 그런데 갑자기 여자가 그의 손목을 잡았다. 그는 따뜻하고 건조한 촉감을 느꼈다.

"물." 여자가 쉰 소리로 말했다. "물 좀 주세요."

"저기요"라며 여자의 담뱃불이 테이블 위 어디엔가 놓여 있을 물통을 가리켰다. 뚜껑 없는 갈색 커피포트가 보였다. 그녀가 몸을 가누기 힘들어한다는 걸 알 수 있었다. 여자의 담배가 바닥에 떨어져 있었다. 그는 담배를 밟아서 끄고는 조용히 물었다.

"한잔이면 돼요? 아니면……"

그는 "여기요" 하고 여자가 건네주는 유리잔을 받아들고서 잔을 커피포트의 주둥이에 바짝 대고 물을 가득 따랐다. 여자는 그의 손에서 잔을 빼앗다시피 낚아챘다. 그는 여자의 잽싼 동작과 잔을 낚아채는 우악스러움이 다소 거슬렸다. 어둠 속에서 다급하게 꿀꺽꿀꺽 물 마시는 소리가 들렸다.

"더 주세요." 여자가 말했다.

그는 다시 잔에 물을 가득 채웠다. 여자는 그의 손에서 잔을 낚

---

2 양털 또는 거기에 무명, 명주, 인조 견사 따위를 섞어서 짠 모직물. 보온성이 풍부해 겨울용 양복감이나 코트감으로 쓰인다.

아챘고, 다시 꿀꺽꿀꺽 마시는 소리가 들렸다. 여자는 아무런 거리
낌없이 게걸스럽게 마셔댔다. 그는 들고 있는 커피포트가 한결 가
볍게 느껴졌다. 여자가 갑자기 머리를 옆으로 푹 떨궜다. 두건이 미
끄러져 떨어졌고, 풍성하고 검은 많은 머리가 드러났다. 그는 침상
에서 잔을 집어들고 물을 따라 마셨다. 맛이 역했다. 미지근하고 염
소 냄새가 났다. 여자 환자가 작게 코고는 소리가 들렸다. 그는 천
천히 밖으로 나갔다.

아래층 탈의실은 그나마 따뜻하게 느껴졌다. 담배를 피운 탓에
기분 좋게 아찔한 현기증이 났고 속이 약간 울렁거리기도 했다. 그
는 다시 웅크려 앉았고, 담뱃불을 벽에 비벼 끄고는 다리를 쭉 뻗
어 그대로 잠이 들었다.

잠시 뒤 그가 잠에서 깼을 때 밖에서 의사가 문을 걷어차는 소리
가 들렸다.

"이봐요, 떠나야죠." 의사가 말했다. "금방 날이 밝아요."

그는 벌떡 일어나서 문을 열었다.

"밖에는 손잡이가 떨어져나가고 없어요." 의사가 말했다. "이리
와보세요."

의사는 빵이 있는 방으로 들어가서 촛불을 켜고 다시 "이리 와
보세요"라고 했다.

한스는 가까이 다가갔다.

"세상에!" 의사가 소리쳤다. "그새 아주 말쑥해 보이네요. 그 외
투는 어디서 난 거예요?"

"탈의실에 걸려 있었어요." 한스가 말했다. "혹시…… 방사선 촬

영실에서 사용하는 거라면 다시 갖다놓을게요."

한스는 외투 주머니에서 구겨진 종잇장을 꺼냈다. 그가 펼친 종이는 편지였다.

"레기나 웅어." 그는 큰 소리로 읽었다. "메르키쉐 거리 17번지……"

"됐어요." 의사가 말했다.

"외투를 꼭 다시 갖다놓을게요…… 다만……"

"상관없어요. 가지세요…… 이리 와보세요!"

한스는 탁자를 황급히 돌아가느라 고깃국물을 담았던 주전자를 발로 차서 넘어뜨렸다. 그는 주전자를 세워놓고 작은 탁자 옆으로 다가갔다. 의사는 주머니에서 종이쪽지를 꺼내 촛불에 비춰보며 말했다.

"이게 당신이 찾는 신분증입니다. 사용 가능해요. 틀림없는 진짜라고요."

의사의 히죽거리는 얼굴은 발그스레하게 피곤해 보였고, 눈은 침침해 보였으며, 입언저리에는 지친 탓인지 이상하게 누르스름한 주름살이 있었다. 불그레한 대머리에는 햇병아리의 머리처럼 노란 머리카락이 듬성듬성 보였다. 의사가 피곤한 기색으로 말했다.

"25세. 심한 폐질환으로 군복무 면제. 이제 당신 이름은 에리히 켈러입니다."

한스는 접혀진 회색 종이쪽지를 잡으려 했다. 하지만 의사가 큼직한 손을 그의 손에 올려놓으며 그를 보고 히죽 웃었다. 한스가 차분히 말했다.

"돈은 가져올게요."

"얼마나요?" 의사가 물었다. 의사가 입을 열자 입술이 실룩거렸다. 일종의 반사신경이 풀렸거나 신경 장애라도 있는지 입술이 바르르 떨렸다.

"얼마를 원하시나요?"

"두 장이요."

"200마르크?"

"백 단위로는 어림도 없소." 의사가 비아냥대듯 말했다. "지금은 담배 한 개비가 10마르크라고요."

"그럼 2000마르크로 하죠."

"그럽시다. 언제 줄 거요?"

"어쩌면 내일, 어쩌면 모레, 어쩌면 오늘이라도…… 잘 모르겠어요…… 당장 일거리만 있다면야……"

의사는 갑자기 일어서더니 날개창을 옆으로 밀쳐 열었고, 그 바람에 더러운 난로 연통이 흔들거렸다. 창살이 달린 지하실 창문으로 먼지가 흘러내렸고, 어슴푸레한 잿빛 하늘이 보였다.

의사는 다시 돌아서서 탁자에 놓인 종이를 집어들고는 한스를 한참 바라보았다. 의사의 눈은 지치고 불안해 보였다. 눈동자 깊은 곳 어디선가 비애가, 의혹의 그림자가 느껴졌다.

의사가 말했다. "혹시 오해하실지 모르겠네요. 저는 암거래상이 아닙니다. 저는 죽은 사람의 신분증으로 거래하지 않아요. 이 신분증은 돌려받아야 해요. 이해하시겠어요? 이건 제 것이 아닙니다. 공식서류로 분류되어 있지요. 그래서 우리는 통제를 받습니다. 당신을 도와주고 싶어요. 신분증을 빌려줄 테니 대신 담보물을 주세요."

"아무것도 없는데요."

"가슴에 쩔렁거리는 훈장을 달고 있잖아요?"

"제 것이 아닙니다."

"상의는요?"

"이것도 같은 사람 거예요. 이젠 죽었지만. 이것들은 고인의 부인에게 전해줘야 해요. 혹시……" 그가 말을 멈췄다.

"왜 그러세요?" 의사가 물었다.

"제가 신분증을 돌려주지 않을 거라 생각하시나본데. 그럼 다른 신분증을 구해볼게요. 기껏해야 며칠이면 되는데……"

의사는 다시 그를 한참 바라보았다. 교회가 많은 이 도시의 정적을 깨고 멀리서 은은한 종소리가 들려왔다.

"6시 십오분 전이군." 의사는 중얼거리더니 신분증을 급히 한스의 손에 쥐여주며 말했다.

"가세요. 저를 곤란하게 하지는 마세요."

"절대로 그러지 않겠어요." 한스가 말했다. "정말 고맙습니다. 또 뵙겠습니다."

2

한스는 집이 있던 자리를 금방 찾아냈다. 네거리에서 집까지 걸어가는 발걸음 수, 또는 한때 크고 아름다운 가로수길을 이룬 나무들의 그루터기 배열 때문인지도 몰랐다. 무언가에 끌리듯 그는 갑자기 걸음을 멈추고 왼쪽을 보았다. 그 자리에 집이 있었다. 건물 계단의 잔해를 알아볼 수 있었던 것이다. 그는 잔해더미를 딛고 천천히 그쪽으로 올라갔다. 드디어 집에 돌아왔다. 대문은 폭격으로 부서졌는데, 일부는 아직 경첩에 매달려 있어서 무거운 꺾쇠에 너덜너덜한 나뭇조각이 붙어 있었다. 계단을 오르는 입구도 일부가 남아서 높이 서 있었다. 천장에는 길쭉한 대들보들이 매달린 채 아래로 처져 있었다. 벽이 무너져 쌓인 더미를 지나서 복도 끝에 다다랐을 때 그는 잔해더미 아래쪽에서 손상되지 않은 하얀 대리석 계단 하나를 찾아냈다. 분명 처음이자 마지막으로 온전히 남아 있는 계단일 터였다. 그가 계단을 밟자 쓰레기더미가 계단 위로 우르르 쏟아져내렸다. 그는 손으로 오물을 천천히 다 쓸어내고 계단에 앉았다. 흙냄새와 마른 쓰레기 냄새가 났다. 화재의 흔적은 어디서도 찾아볼 수 없었다……

한때는 아름답고 화려한 주택이었다. 아래층에는 건물 관리인도 살았다. 한스는 오른쪽으로 눈길을 돌려 관리인이 살던 방문을 살펴보았다. 벽이 무너지며 생긴 잔해더미, 떨어져나간 벽지 쪼가리, 잘게 부서진 가구의 일부가 보였고, 어디엔가 그랜드 피아노의 다리가 먼지에 뒤덮인 채 튀어나와 있었다. 그곳은 마룻바닥도 함몰된 것 같았다. 그는 다시 일어서서 잔해더미의 특정한 지점을 손으로 파헤쳤다. 그러자 진갈색의 단단한 리놀륨 벽지가 손에 만져졌다. 그가 위쪽에 쌓인 쓰레기를 쓸어내 옆으로 밀어내자 마침내 문패가 드러났다. 흰색 에나멜로 깔끔하게 칠한 문패에 '관리인 슈네프레너'라는 검은색 글씨가 적혀 있었다. 그는 고개를 한번 끄덕이고는 다시 천천히 돌아와 앉아 주머니에서 담배 케이스를 꺼내 찰카닥 열고는 담배 한개비를 집어들었다. 그제야 불이 없다는 걸 깨달았다. 그는 천천히 입구로 돌아가서 기다렸다. 밖에는 아무도 보이지 않았다. 바깥은 조용했고 날은 쌀쌀했다. 어디선가 닭이 우는 소리가 들렸다. 그리고 아주 멀리, 라인강 위로 다리가 있다고 짐작되는 곳에서 둔중한 차바퀴 굴러가는 소리가 들려왔다. 아마 전차일 터였다……

이곳은 예전에는 낮은 물론이고 한밤중에도 사람들로 북적였다.

그런데 지금은 옆에 쌓인 잔해더미에서 기어나오는 생쥐 한마리만이 보였다. 생쥐는 잔해더미 위를 살금살금 기어가면서 뭔가를 찾기라도 하는 듯 도로 쪽으로 더듬어가고 있었다. 한번은 생쥐가 가는 길에 비스듬히 가로놓인 대리석판에서 미끄러져 찍찍대는 소리를 냈다. 그러고는 다시 몸을 겨우 일으켜서 천천히 계속 기어갔다. 생쥐는 잔해더미가 없는 도로 한쪽을 건너가더니 시야에서 사라졌다. 그러고는 전복된 시가전차 안에서 다시 생쥐가 시끄럽게 찍찍대는 소리가 들려왔다. 전차는 배가 터져 내장이 삐져나온 것처럼 양철지붕이 터진 채 쓰러진 두개의 전봇대 사이에 나뒹굴고 있었다……

그는 담배를 입에 물고 있다는 것도, 또 성냥불을 가진 누군가가 지나가기를 기다린다는 것도 까맣게 잊고 있었다……

그가 살던 집이 아직 멀쩡하던 당시에 문제의 우편엽서가 왔다. 엽서는 그가 아직 잠들어 있던 아침나절에 도착했다. 그의 휴가가 시작된 첫날이었다. 어머니는 대수롭지 않은 내용이려니 생각하셨다. 우편배달부는 어머니에게 소포상자를 배달해주었다. 상자에는 엽서 외에 신문과 몇장의 광고 전단지, 편지, 연금계산서 등이 들어 있었고, 어머니는 내용물과 함께 들어 있던 쪽지에 수령증 서명을 해주었다. 어슴푸레한 복도에서는 어차피 사물을 제대로 분간하기 힘들고, 현관도 어둡기는 마찬가지였다. 현관문 위에 있는 푸르스름한 큰 유리창을 통해 희미한 빛이 들어올 뿐이었다. 어머니는 상자에서 꺼낸 물건들을 대충 훑어보고 바닥에 있는 엽서를 탁자 위에 휙 집어던지고는 부엌으로 갔다. 평범하게 인쇄된 엽서여서 대수롭지 않게 여겼다……

그날 아침 그는 늦잠을 잤다. 그런 것도 삶이라 할 수 있다면 그의 삶이 새로 시작되는 첫날이었다. 그전까지는 학교가 전부였다. 학교, 가난, 현장실습 기간의 힘든 과정을 겪어야 했다. 바로 전날 그는 마침내 서점 관리인 자격증 시험에 합격하고 휴가를 얻은 것이다……

아침 8시 반인데 날이 벌써 후덥지근했다. 여름철, 그것도 한여름이었다. 어머니는 창 덧문을 닫았고, 우편물을 들고 부엌으로 가서 물을 끓이기 위해 가스레인지 불을 키웠다. 이미 식탁이 차려져 있었다. 모든 것이 정갈하고, 조용했으며 평화로웠다. 어머니는 긴 의자에 앉아서 우편물을 두루 살펴보기 시작했다. 바깥마당에서는 가벼운 망치질 소리가 들려왔고, 건물 본채에 잇대어 증축한 별채 지하실의 목공실에서 둔중하게 윙윙거리는 소리가 들려왔다. 집 앞에서는 거리를 지나가는 차들이 쉴 새 없이 소음을 냈지만 거의 조용하게 느껴졌다.

광고 전단지는 아버지가 살아 계실 때 이따금 그의 집에 포도주를 공급해온 포도주 가게에서 보내온 것이었다. 어머니는 전단지를 보지도 않고 난로 아래에 있는 큰 상자로 던져 넣었다. 겨울철을 대비하여 여름철에 폐휴지와 목재 자투리를 모아두는 상자였다.

어머니는 연금계산서를 훑어보다 바깥 탁자에 던져놓은 엽서 생각이 났다. 어머니는 일어나서 엽서를 가져와 폐휴지 상자에 버릴까 하고 잠시 망설였다. 어머니는 인쇄된 우편엽서가 싫었다. 하지만 그저 한숨만 쉬고 말았다. 이제 막 연금계산서를 살펴보기 시작한 것이다. 계산표가 복잡해서 빨간색으로 찍힌 최종 금액만 알아볼 수 있었다. 연금액이 다시 더 줄어든 것을 알 수 있었다……

어머니는 일어나서 커피에 끓는 물을 부었다. 연금계산서는 두툼한 신문 뭉치에 놓아두고, 커피를 잔에 가득 따른 다음 엄지손톱으로 편지를 개봉했다. 편지는 남동생 에디한테서 온 것이었다. 에디는 기나긴 수습교사 생활 끝에 드디어 김나지움 정교사로 발령받았노라고 했다. 그럼에도 남동생의 편지에서는 기뻐하는 기색이 느껴지지 않았다. 아무도 거들떠보지 않는 '벽촌'으로 전근 가는 대가로 승진한다는 거였다. 그는 편지에 쓰기를 벌써 그곳 생활이 힘겹다, 모든 게 힘겹다, 그 이유는 누나도 잘 알지 않느냐고 했다. 물론 어머니는 이유를 익히 알았다. 게다가 아이들이 연이어 세 차례나 병을 치렀다고 했다. 천식, 수두, 홍역을 앓았고, 그 바람에 엘리는 완전히 탈진 상태라고 했다. 또 이사하느라 온갖 잡동사니를 챙겨야 했고, 전근 때문에 짜증이 난다고 했다. 최상급에서 최하위 학군으로 전근을 갔기 때문에 월급도 별로 오르지 않았다고 했다. 모든 게 힘겹고, 누나는 이유를 잘 알지 않느냐고 했다. 물론 어머니는 이유를 익히 알았다.

어머니는 남동생의 편지도 옆으로 밀쳐두었다. 그러고는 잠시 망설이다가 연금계산서를 폐휴지 상자에 던져 넣었고, 편지를 서랍에 넣었다. 어머니는 다시 우편엽서가 얼핏 떠올랐다. 하지만 커피를 따르고 빵을 만들고 나서 신문 뭉치를 풀어헤쳤다. 어머니는 기사 제목만 훑어보았다. 대다수 사람들은 걸핏하면 전쟁과 복수를 들먹이지만, 어머니는 그런 일에 관심을 기울일 겨를이 없었다. 벌써 몇주 전부터 신문의 1면에는 온통 이처럼 포격과 전투 기사뿐이고, 목숨을 부지하기 위해 폴란드 전투지역을 빠져나와 독일 땅으로 들어오는 피난민 얘기뿐이었다……

신문의 2면에는 버터 배급량이 줄어들 것이며 달걀 배급량은 유지되어야 한다는 기사가 실렸다. 어머니는 무슨 뜻인지 도무지 이해할 수 없었다. 초콜릿과 커피를 위해 자유를 팔아먹어서는 안된다는 논조의 기사[3]도 이해할 수 없기는 마찬가지여서, 읽기 시작하다 말고 건성으로 지나쳤다. 그러고서 어머니는 신문을 치우고 커피잔을 비운 다음, 장을 보러 나갈 채비를 했다.

덧문 틈새로 눈부신 햇살이 가물가물 비쳐들고, 태양이 벽에 그림자 무늬를 드리웠다.

마루에 있는 탁자 위에 작고 하얀 우편엽서가 놓여 있는 것을 보자 어머니는 다시 엽서를 폐휴지 상자에 버려야겠다는 생각이 들었다. 하지만 어느새 장바구니를 집어들고, 열쇠를 자물쇠에 꽂아 문을 잠그고는 아래층으로 내려갔다.

어머니가 돌아왔을 때 한스는 아직 자고 있었고, 작고 하얀 엽서는 그 자리에 그대로 있었다. 어머니는 장바구니를 탁자 위에 올려놓고 타자 글씨가 찍힌 작은 엽서를 집어들었다. 실내가 어두웠지만 엽서에 있는 특이한 붉은색 소인이 문득 눈에 띄었다. 붉은색

---

3 전쟁 중에 커피와 카카오 같은 기호식품이 귀해서 밀수와 암거래가 성행했기 때문에 이를 경고하는 기사.

직사각형이 찍힌 하얀색 스티커가 붙어 있었고, 그 붉은색 네모 안에 굵은 서체로 검은색 R⁴자가 거미처럼 도사리고 있었다. 어머니는 정체 모를 두려움에 휩싸였다. 어머니는 엽서를 떨어뜨렸고, 이상한 기분이 들었다. 엽서에도 등기가 있는 줄은 몰랐다. 등기엽서라니, 몹시 불길한 느낌이 들었고, 불안이 엄습했다. 어머니는 장바구니를 얼른 챙겨들고 부엌으로 갔다. 그러고는 생각에 잠겼다. '어쩌면 상공회의소나 다른 직업단체에서 아들이 시험에 합격했다고 통지서가 날아온 것인지도 몰라. 굳이 등기로 보내야 했다면 중요한 내용일 거야.' 호기심은 들지 않고 그저 불안하기만 했다. 갑자기 바깥이 어두워져서 다시 창 덧문을 열었다. 어느새 마당에 빗방울이 떨어지기 시작했다. 굵은 빗방울이 무겁게 천천히 떨어졌고, 아스팔트에 굵은 빗물 자국이 번졌다. 푸른색 앞치마를 두른 목공들이 작업장 앞마당에 서서 커다란 창틀 위로 잽싸게 천막을 쳤다. 빗줄기가 더 굵어지고 드세져서 쏴 하는 소리가 났다. 남자들의 웃음소리가 들렸고, 잠시 뒤 그들은 지하실 작업장의 먼지 낀 출입문 뒤로 사라졌다……

어머니는 식탁보를 벗겼고, 서랍에서 주방용 칼을 꺼냈고, 식기들을 정돈했다. 그러고는 떨리는 손으로 꽃양배추를 씻기 시작했다. 엽서의 붉은색 사각형 안에 굵은 서체로 큼직하게 찍혀 있는 R자 때문에 마음이 불안했고, 급기야 속이 울렁거리기 시작했다. 눈앞이 빙글빙글 돌아서 정신을 차려야 했다.

---

4 '신병소집'을 뜻하는 Rekurt의 약자.

이윽고 어머니는 기도하기 시작했다. 어머니는 마음이 불안하면 기도를 하곤 했다. 기도하는 중에도 온갖 상념이 어지럽게 떠올랐다. 육년 전에 죽은 남편, 남편은 길 아래로 최초의 대규모 전투대열이 지나갈 때 찌푸린 얼굴로 창가에 서 있었더랬다.

전쟁 중에 아들이 태어난 것도 떠올랐다. 왜소하고 깡마른 녀석은 한번도 제대로 기운을 펴지 못했다……

이윽고 아들이 욕실로 들어가는 소리가 들렸다. 속수무책으로 가슴을 후비는 막막함은 진정되지 않았다. 고통과 불안, 두려움과 불신, 울고 싶은 마음이 뒤엉킨 응어리를 억눌러야만 했다.

아들이 욕실에서 나오자 어머니는 어느새 거실 앞쪽에 있는 식탁을 차리고 있었다. 정갈하게 정돈된 식탁에는 꽃병도 놓여 있었다. 버터, 치즈, 소시지, 갈색 커피포트와 누런 커피 보온용 덮개 그리고 우유 한통이 놓여 있었다. 접시 위에 담배가 든 양철 케이스도 눈에 띄었다. 그는 어머니에게 키스를 했다. 어머니가 떨고 있는 것이 느껴졌다. 어머니가 갑자기 울음을 터뜨리자 그는 소스라치게 놀라서 어머니를 바라보았다. 어쩌면 너무 기뻐서 우는지도 몰랐다. 어머니는 그의 손을 꼭 잡고 여전히 울먹이며 말했다.

"언짢아하지 마라. 너한테 잘해주려고 했는데."

어머니는 탁자 위에 놓인 엽서를 가리키면서 더 서럽게 울었고, 마침내 마구 흐느꼈다. 그는 어머니의 복스럽고 고운 얼굴이 온통 눈물로 범벅이 된 것을 보았다. 그는 어찌해야 할지 몰라서 더듬거리며 말했다.

"제발, 어머니, 만사가 잘 풀렸잖아요."

"그렇잖아요." 그가 다시 한번 말했다. 어머니는 그를 찬찬히 살펴보면서 미소를 지으려 애썼다.

"정말로요." 그는 다시 말하고는 침실로 갔다. 그는 새 와이셔츠로 재빨리 갈아입고 분홍색 넥타이를 매고는 다시 황급히 거실로 나왔다. 어머니는 어느새 앞치마를 벗어놓고 부엌에서 커피잔을 가져와 탁자에 자리를 잡고 앉아 있었다. 어머니는 그에게 미소를 지어 보였다.

그가 자리에 앉고는 말했다. "잠을 정말 푹 잤네요."

어머니는 아들이 무척 생기 있어 보인다고 느꼈다. 그녀는 커피 주전자의 덮개를 벗기고 아들에게 커피를 따라주고는 통에 든 우유를 굵게 한줄기 부어주었다.

"밤늦도록 책을 읽었니?"

"아니에요. 어제는 너무 피곤했어요." 그가 미소를 지으며 대답했다.

그는 담배 케이스를 열어 담배 한개비를 꺼내 불을 붙이고는 커피를 천천히 저으며 어머니의 얼굴을 바라보았다.

"만사가 잘 풀렸어요." 그가 말했다.

어머니는 표정 변화 없이 말했다.

"우편물이 왔단다."

어머니의 입언저리가 떨리는 것이 보였다. 어머니는 입술을 깨물었고, 말을 더 잇지 못했다. 결국 어머니는 마른 울음을 서럽게 흐느꼈고, 그는 무슨 일이 생겼거나 생길 거라는 걸 불현듯 깨달았다. 그는 우편물이 이 모든 사달을 초래한 것임을 눈치챘다. 틀림없이 우편물에 무슨 곡절이 있었다. 그는 시선을 떨군 채 커피잔을 저었고, 담배를 다급하게 빨면서 틈틈이 커피를 마셨다. 어머니에겐 시간이 필요했다. 어머니는 울지 않으려 하면서 말을 하려 애썼다. 어머니에겐 시간이 필요했다. 이 길고 메마른 흐느낌을 다 비워낼 때까지. 그래야 말을 계속할 수 있을 터였다. 우편물 때문에 뭔가가 잘못됐다. 어머니의 이 흐느낌을 평생 잊지 못할 것 같았다. 이 흐느낌에는 당시에는 누구도 감히 예감할 수 없던 깊은 충격이 고스란히 배어 있었다. 가슴을 도려내는 듯한 흐느낌이었다. 어머니가 이렇게 흐느낀 것은 평생 딱 한번뿐이었다. 너무나 오래도록, 너무나 서럽게. 그는 여전히 시선을 떨군 채 하릴없이 커피잔 수면만 바라봤다. 이제 우유의 밝은색이 고르게 퍼져서 연한 갈색이 되었다. 그는 담배 끄트머리를 바라보았다. 회색과 은색이 섞인 담뱃재가 떨리고 있었다. 그는 마침내 시선을 들어 어머니를 바로 볼 수 있다고 느꼈다.

"그래." 어머니가 말했다. "에디 외삼촌이 편지를 보냈더구나. 김나지움 정교사가 되었는데, 전근도 가야 한대. 아주 힘들다고 하더라."

"그렇군요. 정상적인 사람이면 누구나 힘들죠." 그가 말했다.

어머니는 고개를 끄덕였다. "연금계산서도 왔는데. 연금이 더 줄어들었더라."

그는 어머니의 손에 자기 손을 얹었다. 어머니는 일로 거칠어진 작고 넓적한 손을 꽃처럼 하얀 식탁보 위에 올려놓고 있었다. 그의 손이 닿자 어머니는 가슴이 저미도록 서럽게 흐느꼈다. 그는 다시 손을 거두었고, 어머니 손의 따뜻하고 거친 느낌을 간직했다. 어머니가 눈물을 참으며 가슴이 미어지게 통탄하는 울음을 그칠 때까지 그는 시선을 떨구었다. 그는 잠자코 기다렸다. 어머니가 말한 것이 전부가 아니라는 생각이 들었다. 에디 외삼촌과 연금계산서 때문에 어머니가 이토록 넋이 빠지도록 절망할 리는 없었다. 뭔가 다른 사연이 있음에 틀림없었다. 그는 자신과 관계된 문제일 거라는 생각이 퍼뜩 들었고, 얼굴이 창백해지는 느낌이었다. 어머니를 이토록 절망케 하는 일은 자신과 관계되는 일 말고는 없을 터였다. 그는 대뜸 고개를 들어 어머니를 바라보았다. 어머니는 입을 앙다물고 있었고, 눈은 눈물로 젖어 있었다. 어머니는 말을 억지로 짜내려 애쓰면서 가까스로 입을 벌려 더듬거리며 말했다.

"너한테 우편엽서가 왔어. 복도에 있어……"

그는 얼른 커피잔을 내려놓고 일어나서 복도로 갔다. 멀리서도 엽서가 보였다. 흰색 엽서는 지극히 평범했다. 가로 15 세로 10센티미터의 공인규격이었다. 엽서는 가문비나무 가지를 꽂아놓은 어두운색 꽃병 옆에 천연덕스레 놓여 있었다. 그는 잽싸게 엽서가 있는 쪽으로 다가가서 엽서를 집어들고 주소를 읽었다. 하얀색 직사각형 스티커가 붙어 있었고, 스티커에 붉은색 직사각형이 찍혀 있었으며, 그 직사각형 안에 굵은 서체로 검은색 R자가 박혀 있었다. 그는 엽서를 다시 뒤집어서 우선 발신인 서명만 읽었다. 관구사령부라는 긴 글자 위에 서명이 알아보기 힘들게 휘갈겨져 있었다. 서명 아래에 '소령'이라는 타자기로 친 글자가 있었다.

그는 침착했다. 달라진 건 없었다. 그저 우편엽서가 한통 왔을 뿐이고, 아주 평범한 엽서였다. 유일하게 손으로 쓴 글자는 어느 소령이 알아볼 수 없게 휘갈겨쓴 것이었다. 현관문 위쪽 창문으로 비쳐드는 초록빛 때문에 모든 것이 수족관 속에 둥둥 떠 있는 느낌이 들었다…… 꽃병도 그 자리에 있었고, 그의 외투도 옷걸이에 걸려 있었으며, 어머니의 외투도 거기에 걸려 있었고, 어머니의 모자도 그 옆에 걸려 있었다. 어머니의 외출용 모자는 윗부분에 우아한 흰색 장식술이 달려 있었는데, 일요일에 성당에 갈 때 쓰는 모자였다. 어머니는 성당에서 그의 옆자리에 무릎을 꿇고 앉아 조용히 기도했고, 그동안 그는 기도서 책장을 천천히 넘기곤 했다. 모든 것이 정상이었다. 열린 부엌문을 통해 바깥마당에서 목공들이 웃는 소리가 들려왔고, 소나기는 지나갔으며 하늘은 다시 청명하게 개었다. 그저 우편엽서 한통이 왔을 뿐이다. 어느 소령이 아무렇게나 휘갈겨 서명한 엽서. 그 소령도 일요일이 되면 그가 사는 곳에서 멀지 않은 교회에서 무릎을 꿇고 기도할 테고, 아내와 잠자리를 함께할 테고, 아이들을 예의 바른 독일인으로 키울 것이고, 평일에는 이따금 우편엽서에 서명을 할 터였다. 모든 것이 지극히 정상이었다……

그는 엽서를 들고 얼마나 오랫동안 복도에 서 있었는지 몰랐다. 거실로 돌아왔을 때 어머니는 여전히 앉아서 울고 있었다. 어머니는 한쪽 팔을 탁자 위에 괴고 떨리는 머리를 손으로 받치고 있었다. 가난에 찌들고 일로 닳은 다른 손은 무릎에 가만히 올려놓고 있었는데, 그렇게 손을 가만히 놀려둔 모습이 어쩐지 어머니에게 어울리지 않아 보였다……

그는 어머니에게 다가가서 어머니의 머리를 들어올리고 얼굴을 마주 보려 하다가 금세 그만두고 말았다. 어머니의 얼굴은 일그러져 있었다. 그렇게 낯선 모습은 여태 본 적이 없었다. 그는 감히 범접할 수 없는 모습에 흠칫 놀랐다……

그는 자리에 앉아서 말없이 커피를 홀짝홀짝 마셨고, 담배 한개비를 집어들었다가 얼떨결에 떨어뜨렸고, 다시 정면을 응시했다.

이윽고 팔꿈치를 괴고 얼굴을 감싼 손 사이로 어머니의 목소리가 들려왔다.

"뭘 좀 먹지 그러니……"

"상심하지 마세요."

그는 커피를 따르고 우유를 붓고 각설탕 두개를 떨어뜨렸다. 그러고는 담배를 피워 물고, 주머니에서 엽서를 꺼내 조용히 읽어내려갔다. "귀하는 7월 4일 아침 7시까지 팔주간 훈련을 위해 아덴브뤼크 소재 비스마르크 부대로 입소하기 바랍니다."

그가 큰 소리로 말했다. "제발 진정하세요, 어머니. 팔주예요."

어머니가 고개를 끄덕였다.

"어차피 치러야 해요. 팔주간 훈련을 위해 가야 한다는 건 알고 있었어요."

"그래. 팔주간이구나." 어머니가 말했다.

어머니와 아들은 피차 거짓말을 한다는 걸 알았다. 왜 거짓말을 하는지도 모른 채 거짓말을 하고 있었다. 두 사람은 알 수 없었다. 하지만 거짓말을 하고 있었고, 알고 있었다. 단지 팔주간 훈련을 위해 떠나는 게 아니라는 걸 두 사람은 알았다.

"뭘 좀 먹으렴." 어머니가 다시 채근했다.

그는 빵 한조각을 집어들고 버터를 발라서 소시지를 올려놓고는 식욕은 없었지만 천천히 씹기 시작했다.

"엽서 좀 줘봐라." 어머니가 말했다.

그는 어머니에게 엽서를 건네주었다.

어머니는 묘한 표정을 지었다. 그러고는 차분하게 엽서를 찬찬히 살펴보면서 조용히 끝까지 읽어내려갔다.

"오늘이 어떻게 되지?" 어머니는 엽서를 탁자 위에 내려놓고 물었다.

"목요일이에요." 그가 대답했다.

"아니, 며칠이냐고." 어머니가 되물었다.

"7월 3일이에요." 그가 다시 대답했다.

그제서야 그는 어머니의 질문이 무슨 뜻인지 깨달았다. 그가 오늘 중으로 출발해야 한다는 의미였다. 내일 아침 7시까지 북쪽으로 300킬로미터를 달려가야만 했다. 낯선 도시에 있는 군부대로……

그는 씹다 남은 빵조각을 내려놓았다. 식욕이 있는 체해봤자 부질없는 일이었다. 어머니는 얼굴을 다시 손으로 가리고 격하게, 그러나 이상하리만큼 소리 없이 울기 시작했다……

그는 자기 방으로 가서 서류가방을 챙겼다. 셔츠, 팬티, 양말, 편지지 등을 구겨 넣었다. 서랍을 비워내고 내용물은 거들떠보지도 않고 난로 속에 던져 넣었고, 공책 종이 한장을 찢어서 불을 붙여 종이더미 아래에 갖다 댔다. 처음에는 짙은 연기만 하얗게 피어오르다가 불이 서서히 피어올랐다. 이윽고 난로 뚜껑에서 타닥거리는 소리가 나면서 불이 활활 타올랐고, 가늘고 거센 화염이 검은 연기에 휩싸여 솟아올랐다. 서랍과 상자를 모조리 뒤지는 동안 문득 이런 생각이 들었다. '떠나자, 얼른 떠나자. 어머니 곁을 떠나자. 어머니는 내가 세상에서 사랑한다고 말할 수 있는 유일한 사람인데……'

그는 어머니가 알약을 들고 부엌으로 가는 소리를 들었다. 그는 복도를 가로질러 가서 부엌으로 통하는 우윳빛 유리창을 가볍게 두드리며 안을 향해 외쳤다.

"정거장으로 갈게요. 금방 돌아올 거예요."

어머니는 바로 대답하지 않았고, 그는 대답을 기다렸다. 바지 주머니에서 작고 하얀 엽서가 만져졌다. 이윽고 어머니가 외쳤다.

"그래, 금방 돌아오렴. 이따 보자……"

"이따 봐요." 그렇게 외치고서도 그는 잠시 잠자코 있다가 집을 나섰다……

다시 집에 돌아왔을 때는 12시 반이었다. 식사도 차려져 있었다. 어머니는 그릇과 수저, 접시를 거실로 나르고 있었다……

지금 돌이켜보니 그 첫째날 오후의 고통스러운 기억이 전쟁 내내 겪은 일보다 더 힘들었다. 그는 여섯시간 더 집에 머물렀다. 어머니는 아들한테 꼭 필요한 것이라 여겨지는 물건들을 자꾸만 챙겨주려 했다. 부드러운 목욕수건, 먹거리가 들어 있는 작은 상자, 담배와 비누가 특히 그랬다. 그러는 내내 어머니는 울었다. 그는 담배를 피우고 책을 정리했다. 그러고는 다시 식사를 해야 한다고 어머니가 빵과 버터와 마멀레이드[5], 쿠키를 방으로 날라왔고, 커피도

끓였다.

커피를 마신 후 어느덧 해가 집 뒤로 기울고 앞마당에 정겹게 땅
거미가 질 무렵 그는 느닷없이 방으로 가서 가방을 팔에 끼고 복도
로 나왔다……

"무슨 일이냐?" 어머니가 물었다. "가야 하는구나……"

그가 대답했다. "예. 가야 해요." 하지만 그가 탈 열차는 다섯시
간 후에나 출발할 예정이었다.

그는 가방을 내려놓고, 혼신의 애정을 다해 어머니를 포옹했다.
어머니는 아들의 허리를 두 손으로 부여잡고 있는 동안 아들의 주
머니에서 만져진 엽서를 꺼내 들었다. 어머니는 갑자기 조용해졌
다. 흐느낌도 멎었다. 어머니의 손에 들린 엽서는 전혀 불길해 보이
지 않았다. 엽서에서 유일하게 인간적인 흔적은 소령이 휘갈겨쓴
서명뿐이었다. 그 서명도 얼마든지 타자기로 칠 수 있었을 것이다.
소령의 서명을 대신해주는 타자기로…… 하얗게 반들거리는 스
티커에 찍힌 선홍색 직사각형, 그 선홍색과 대비되는 검은색 대문
자 R만이 직사각형 안에 박혀서 불길해 보였다. 여느 우체국에서
나 매일 한묶음씩 발송되는 보잘것없는 종이쪽지였다. 그런데 이
제 보니 R자 밑에 숫자가 적혀 있었다. 그의 고유번호였다. 이 엽서
가 다른 엽서와 구별되는 유일한 차이, 846번. 그는 만사가 제대로
돌아가고 있다는 걸 그제야 깨달았다. 아무 일도 없을 터였다. 어느
우체국에 그의 이름이 적힌 네모칸 옆에 이 번호가 적혀 있을 터였

---

5 오렌지나 레몬의 껍질로 만든 잼.

다. 이것이 그의 번호였고, 이제 이 번호로부터 달아날 수 없었다. 그는 이 대문자 R를 따라가야만 했고, 달아날 수 없었다……

그는 등기번호 846번이었고, 그 이상 아무것도 아니었다. 이 작은 흰색 엽서, 싸구려 저질 마분지로 만든 이 보잘것없는 종이쪼가리는 1천장을 인쇄해도 3마르크밖에 하지 않았고, 우표도 없이 집으로 배달되었다. 우표 대신 어느 소령이 휘갈겨쓴 서명만 있었다. 어느 필사자의 글씨가 색인카드에 적혀 있을 테고, 또 우체국 직원이 갈겨쓴 글씨가 장부에 적혀 있을 터였다……

그가 떠날 때 어머니는 아주 차분했고, 그의 주머니에 엽서를 밀어넣어주고는 그에게 입을 맞추며 조용히 말했다. "하느님의 가호를 빈다."

그는 떠났다. 그가 탈 열차는 자정 무렵에야 출발할 예정이었고, 이제 겨우 7시였다. 그는 어머니가 뒤에서 지켜볼 거라는 걸 알았고, 시가전차를 타러 가는 동안 이따금 뒤를 돌아보며 손짓을 했다.

열차가 출발하기 다섯시간 전에 그는 정거장에 도착했다. 그리고는 매표창구 사이를 몇차례 오가면서 출발시간표를 살펴보았다. 모든 것이 정상이었다. 사람들이 휴가에서 돌아오거나 휴가를 떠났고, 대부분의 사람은 웃고 있었다. 그들은 행복해 보였고, 피부가 햇볕에 탔고, 쾌활하고 근심 걱정이 없어 보였다. 날씨도 따뜻하고 쾌적해서 휴가를 즐기기에 딱 좋았다……

그는 역 바깥으로 나와서 전차를 탔다. 전차를 타고 집으로 갈 수도 있었지만, 중간에 내려서 전차를 갈아타고 다시 정거장으로 돌아왔다. 정거장 시계를 보니 이제 겨우 이십분이 지났다. 그는 잠시 담배를 피우며 사람들 사이를 거닐었고, 그러다가 다시 아무 전차에나 올라탔다가 내려서 전차를 갈아타고 정거장으로 돌아왔다. 그는 앞으로 팔년 동안이나 정거장에서 기차를 타야 한다는 걸 예감이라도 한 것처럼 자석에 끌리듯이 계속 정거장으로 돌아왔다……

그는 대합실로 들어가서 맥주를 마시며 땀을 훔쳤다. 그때 문득 키가 작은 동료가 생각났다. 그가 몇차례 집까지 바래다주었던 여자였다. 그는 수첩에서 전화번호를 찾아내 공중전화로 달려가 동전을 넣고 번호를 돌렸다. 상대방 전화기에서 누구라고 밝히는 목소리가 들려왔지만 그는 한마디도 않고 수화기를 내려놓았다. 다시 동전을 넣고 번호를 돌렸고, 다시 낯선 목소리가 여보세요 하고는 자기 이름을 댔다. 그는 한껏 용기를 내어 더듬거리며 말했다.

"베크만 양과 통화할 수 있나요? 저는 슈니츨러라고 합니다만……"

"잠깐만요" 하는 목소리가 들렸고, 기다리는 동안 전화기에서 갓난아이가 칭얼대는 소리, 댄스 음악이 울리는 소리, 욕을 하는 남자 목소리에 이어 문이 쾅 닫히는 소리가 들려왔다. 그의 이마에 진땀이 흘렀고, 이윽고 그녀의 목소리가 들렸다. 그녀가 "여보세요?"라고 하자 그는 더듬거리며 말했다.

"저예요…… 한스요…… 한번만 만날 수 있을까요? 떠나야 하거든요…… 군복무를 하러…… 오늘 중으로……"

그녀가 깜짝 놀라는 걸 알 수 있었다. 그녀가 말했다. "그렇군요…… 그런데 언제 어디서 뵙죠?"

"정거장에서요." 그가 말했다. "지금 당장요…… 개표구 쪽에서
요……"

그녀는 금방 달려왔다. 작은 체구에 우아한 금발의 아가씨였다.
동그란 입술이 유난히 붉었고, 코가 예뻤다. 그녀가 미소를 지으며
인사했다.

"깜짝 놀랐잖아요."

"우리 뭘 할까요? 뭐가 좋으세요?"

"시간이 얼마나 남았죠?"

"자정까지요."

"그럼 영화 보러 가요." 그녀가 말했다.

두 사람은 정거장 근처에 있는 영화관으로 갔다. 지저분하고 작
은 영화관이었는데, 뒷마당을 통해 들어가야만 했다. 어둠 속에서
나란히 자리에 앉자 그는 얼떨결에 여자의 손을 잡았다. 영화가 상
영되는 동안 줄곧 여자의 손을 꼭 잡고 있었다. 공기가 후덥지근했
고, 곰팡내가 났다. 좌석은 대부분 비어 있었다. 여자가 당연하다는
듯 그에게 잡힌 손을 가만히 내맡기는 것이 어쩐지 거북했다. 두시
간 내내 여자의 손을 꼭 잡고 있어서 손에 쥐가 날 지경이었다. 두
사람이 영화관 밖으로 나왔을 때는 날이 완전히 어두워졌고, 비가
내리고 있었다……

공원에 들어서자 그는 오른팔에 가방을 꼭 끼운 채 왼팔로는 여
자를 바짝 끌어안았다. 이번에도 여자는 순순히 응했다. 그는 여자
의 향기 나는 작은 몸에서 온기를 느꼈고, 촉촉한 머릿결에서 풍기

는 향을 들이마셨다. 그러고는 키스를 했다. 목에도, 뺨에도. 여자의 부드러운 입술에 자기 입술이 닿는 순간 그는 흠칫 놀랐다……

여자의 손이 불안에 떨며 그의 등을 꼭 끌어안았다. 그는 서류가방을 떨어뜨렸고, 여자와 입을 맞추는 동안 자신이 양쪽 길가에 늘어선 가로수와 관목을 알아보려고 애쓴다는 것을 문득 의식했다. 비에 젖어 축축한 도로가 반짝거렸고, 빗방울이 뚝뚝 떨어지는 관목과 검은 나무줄기가 보였다. 하늘에는 먹구름이 동쪽으로 빠르게 몰려가고 있었다……

두 사람은 몇차례 길거리를 오락가락 거닐며 키스를 나누었다. 어느 순간부터 여자에게 애정이 느껴졌다. 연민 비슷한 감정, 어쩌면 사랑인지도 몰랐다. 그는 가로등이 켜진 길거리로 돌아가는 것이 망설여졌다. 이윽고 정거장 주위가 조용해지자 이제 떠날 시간이 되었다는 생각이 들었다……

그는 개표구에서 우편엽서를 보여주고 여자의 입장권을 끊었다. 텅 빈 커다란 승강장에서 열차가 벌써 증기를 내뿜으며 대기하고 있는 것을 보자 안심이 됐다. 그는 한번 더 키스를 하고는 열차에 올랐다. 손짓을 하려고 몸을 앞으로 내밀자 여자가 울고 있을지 모른다는 불안이 스쳤다. 하지만 여자는 그를 향해 미소를 지으며 오래도록 격렬하게 손을 흔들었다. 그녀가 울지 않아서 마음이 놓였다……

그는 아침 6시 무렵 낯선 도시에 도착했다. 여기저기 대문 앞에 우유배달 수레가 서 있었고, 빵집 소년들이 빵이 담긴 봉지를 층계

앞에 분주히 내려놓고 있었다. 소년들은 얼굴에 밀가루가 하얗게 묻어서 새벽에 출몰하는 창백하고도 명랑한 유령 같았다. 한 술집에서 두어명의 남자와 군인 한명이 비틀거리며 걸어나왔다. 그는 누군가에게 길을 물어볼 마음이 내키지 않아서 군인이 가는 쪽으로 뒤따라갔다. 군인이 시가전차 정거장에서 멈추자 그도 걸음을 멈추고 말없는 노동자들 사이에 들어섰다. 노동자들은 무심하게 그를 훑어보았다……

그는 속이 울렁거렸다. 간밤에 어디쯤에선가 미지근한 고기죽에 딱딱한 빵을 먹은 것이다. 그는 피곤했고 불결한 느낌이 들었다. 전차가 다가오자 다시 군인을 따라 그가 있는 승강장 쪽으로 갔다. 가까이서 보니 하사관이나 중사인 듯했다. 군인의 얼굴은 벌겋게 부어 있었고 무표정했다. 빳빳한 모자 아래로 숱이 많은 금발이 삐져나와 있었다. 다른 병사들이 승차했고 그의 옆에 있는 군인에게 경례를 했다……

길거리는 활기를 띠었다. 자동차와 자전거가 오갔고, 전차 승강장에는 파이프 담배를 피우는 노동자가 가득했다. 승차한 노동자들은 흔들거리는 전차에 말없이 몸을 내맡긴 채 어느 정거장을 향해 가고 있었다. 가냘픈 어깨에 무거운 책가방을 둘러멘 초등학생들이 거리를 건너고 있었다. 전차는 가로수길과 대로를 지나 계속 달렸고, 승객들이 차츰 하차하고 마지막에는 군인만 남았다……

드디어 종착역에 도착했다. 역은 수확을 마친 밀밭과 커다란 비어가든 사이에 자리잡고 있었다. 모두 내렸다. 그는 천천히 중사를 따라갔고, 다른 병사들은 뛰기 시작했다.

두 사람은 끝없이 긴 울타리 옆을 따라 걸어갔다. 울타리는 똑같은 형태로 지은 회색 건물들을 에워싸고 있었다. 울타리 안에서 호각 소리와 구령 소리가 들려왔고, 수많은 창문마다 얼굴이 보였다. 생기를 잃은 잿빛 얼굴들이었다. 이윽고 빽빽이 늘어선 막사 사이에 공터가 나타났고, 하사관인지 중사인지 그 군인이 다가가자 검은색 흰색 빨간색이 칠해진 차단기가 올라갔다. 초병이 히죽 웃더니 다시 진지하면서도 비웃는 표정으로 바뀌었다. 그가 다가가자 차단기가 올라갔다. 그는 이제 군인이었다……

음산한 정적을 깨뜨리고 갑자기 발소리가 들려왔다. 한스는 귀를 기울이며 물고 있던 담배를 입에서 뗐다. 담배 끄트머리가 누렇고 촉촉했다. 그는 담배를 손에 들고 발소리가 나는 곳을 가늠해보았다. 그의 뒤쪽 오른편에서 소리가 들려왔는데, 이따금 발소리가 희미해졌다가 돌이 구르는 소리도 들렸다. 그러고는 금방 다시 또박또박 규칙적인 발소리가 들렸다. 이윽고 네거리 오른쪽에 남자가 나타났다. 챙 달린 둥근 모자를 쓴 노동자가 팔에 가방을 끼고 있었다. 그는 전복된 전차 칸으로 가만히 다가갔다. 이런 곳에 아직도 사람이 있다니, 팔에 가방을 끼고 제시간에 규칙적으로 일하러 가는 사람이 있다니, 믿어지지 않고 어쩐지 꺼림칙했다……

한스는 집 앞 정원 울타리로 기어올라가서 기다렸다. 남자가 그를 발견하고는 멈춰 섰다가 다시 느린 걸음으로 그가 있는 쪽으로 다가왔다. 한스는 남자를 향해 몇걸음 다가가서 조용히 "안녕하세요" 하고 인사했다.

"안녕하세요." 남자도 조심스레 인사를 했다. 한스는 들고 있던 담배를 보면서 물었다. "불 좀 빌릴까요?"

남자가 "예" 하고 대답했다.

남자는 바지 주머니를 주섬주섬 뒤졌다. 한스는 남자의 잿빛 머리와 희끗하고 덥수룩한 눈썹 그리고 호감을 주는 두툼한 코를 바라보았다. 남자는 라이터를 찰칵 열어서 한스의 얼굴 쪽으로 내밀었다. 불꽃이 그을음을 내며 담배를 검게 태웠다……

"고맙습니다." 한스는 인사를 하고는 담배 케이스를 꺼내어 열고 남자에게 내밀었다. 남자는 어리둥절해서 그를 쳐다보면서 망설였다……

한스는 "자, 어서요"라며 담배를 권했다.

그리고 남자가 거친 두 손가락을 주춤주춤 내밀어서 담배를 한 개비 집어 드는 것을 바라보았다……

남자는 담배를 귀에 꽂고서 조용히 "고맙습니다"라고 인사를 하고는 떠나갔다……

한스는 담배를 피우며 정원 울타리 옆에 서 있었다. 그는 울타리에 기대어 기다렸다. 하지만 뭘 기다리는지도 몰랐다. 그는 계속 걸어가는 남자의 뒷모습을 한참 동안 바라보았다. 남자는 이따금 잔해더미 뒤로 사라졌다가 다시 나타나서 천천히 올라갔고, 그러다가 저 멀리 아직도 나무가 온전해 보이는 가로수길 속으로 사라졌다. 나무에서 초록빛이 났다. 바야흐로 5월이었다……

3

그는 계속 걸어갔지만 한참을 아무도 마주치지 못했다. 대부분의 도로는 통행이 불가능했다. 전소된 건물 전면의 2층 높이까지 무너진 건물 잔해와 오물이 산더미처럼 쌓여 있었다. 길 양쪽에 늘어선 건물 곳곳에서 자욱한 증기 사이로 연기가 피어오르고 있었다.

순환도로에서 루벤 거리까지 가는 데 거의 한시간이 걸렸다. 예전에는 십분이면 갈 수 있던 거리였다. 무너진 건물 벽 잔해 사이로 난로 연통이 튀어나와 있었고, 연기가 살며시 퍼져나왔다. 이따금 남루한 차림새의 남자나 두건을 대충 둘러맨 여자와 마주쳤다.

루벤 거리에는 온전한 집이 한채도 없는 것 같았다. 거리 입구에 있던 커다란 수영장도 무너져 있었다. 잔해 사이로 수영장의 초록색 타일이 여기저기서 반짝거렸다. 예전에 큰 거리들이 합류했던 이곳에서는 좀더 많은 사람이 보였다. 모두 천천히 걷고 있었는데, 지저분한 행색에 언짢은 표정이었다……

전소된 어느 건물의 앞쪽 벽 뒤에서 육중한 차가 붕붕거리는 소리가 들려왔다. 라인강 쪽으로 달려가는 중인 것 같았다……

그는 조심스레 잔해더미 위로 기어올라가서 루벤 거리로 접어들었다. 어디선가 지저분한 널빤지로 막은 창문 안에서 갓난아이 우는 소리가 들려왔고, 나직하게 하소연하는 여자의 목소리도 들렸다.

8번지 집은 아직 현관이 온전했고, 아래층 방 몇개도 무사한 것 같았다. 현관 입구 공간은 폭이 넓고 안으로 깊숙이 들어가 있었다. 합각머리 벽이 오목하게 들어가 있었고, 천장 대들보가 잿빛 하늘을 향해 둔중하게 돌출해 있었다. 안으로 들어가려는데 초록색 두건을 두른 노파가 다가왔다. 노파의 얼굴은 누렇게 뜨고 축 늘어졌으며, 다발진 검은 머리는 이마로 흘러내려와 있었다. 노파는 개똥을 담은 석탄 푸는 삽을 들고 있었는데, 가까운 잔해더미로 가서 힘겨운 동작으로 오물을 버리고 돌아왔다.

그가 노파에게 물었다. "여기가 곰페르츠 씨 댁이 맞나요?"

노파는 그저 고개만 끄덕였다.

"곰페르츠 부인요." 그는 노파의 무심한 얼굴을 바라보며 다시 물었다. "곰페르츠 부인이 계신가요?"

노파는 고개를 끄덕였다. 한순간 노파의 두꺼운 눈꺼풀이 염증이 있어 보이는 작은 눈을 내리덮었고, 그 순간 노파의 얼굴이 완전히 죽은 사람처럼 보였다……

"따라오세요." 노파가 조용히 말했다.

그는 노파를 따라 복도로 들어섰다. 실내는 어두웠는데, 노파가 갑자기 멈춰 서는 바람에 노파의 축 늘어진 얼굴을 바로 가까이서 볼 수 있었다. 노파의 몸에서 주방 냄새와 주방세제 냄새가 났다. 눈동자는 섬뜩할 만큼 느리게 움직였는데, 몸속 어딘가에서 아주 힘들게 눈동자를 돌리는 것만 같았다. 노파는 그를 쳐다보면서 가늘고 잠긴 목소리로 조용히 말했다.

"알아두실 게 있어요. 부인은 아파요."

"알고 있습니다." 그가 말했다.

노파는 갑자기 아랫입술을 늘어뜨리고 다시 몸을 돌려 앞장서 갔다. 노파가 돌아볼 때마다 두툼하고 누런 아랫입술이 아래로 처진 것이 보였고, 그런 모습은 징그럽게 히죽거리는 듯한 인상을 주었다.

두 사람은 널찍한 복도로 들어섰다. 위쪽에서 푸르스름한 빛이 비쳐들어 검게 탄 텅 빈 안쪽 벽이 드러나 보였다. 이곳 아래층에는 여기저기 먼지로 뒤덮인 가구가 있었고, 방석과 트렁크와 의자에는 옷가지가 널브러져 있었다. 한쪽 구석에는 뚜껑이 열려 있는 피아노 한대가 있었는데, 수많은 틀니를 박은 괴물처럼 보였다. 노파는 석탄 푸는 삽을 탁자 위에 올려놓고, 그를 다시 한번 쳐다보고는 한쪽 방 열쇠구멍에 귀를 갖다 대고 동정을 살피며 큰 소리로 외쳤다. "곰페르츠 부인 계세요?"

방 안에서 금방 차가운 목소리가 "그런데요?" 하고 들려왔다.

"어떤 남자분이 찾아오셨어요."

"잠깐만요."

노파가 다시 그를 쳐다보며 소곤거렸다. "부인은 언제나 침대에 누워 있답니다."

"이제 됐어요." 방 안에서 외치는 소리가 들려왔다. 노파가 문을 열어주자 그는 방 안으로 들어갔다.

방은 널찍하고 천장이 높았으며 아주 깔끔했다. 마룻바닥은 왁스 칠을 해서 노란 널빤지가 반들반들했다. 구석의 커다란 검은색 침대 위에는 나무 받침대에 성모마리아상이 있었고, 그 앞에는 빨간색 소형 전등이 놓여 있었다. 그밖에 방 안에는 의자 하나와 침대 옆 탁자가 전부였다. 손상된 천장에는 두꺼운 흰색 종이를 띠처럼 대고 못을 박은 것이 보였다. 벽에는 어두운 색깔의 유화들이 걸려 있었는데, 값비싼 진품이라는 걸 알아볼 수 있었다. 그는 문가에 서 있었다. 모든 것이 격조 있어 보였고, 조용했으며 아름다웠……

부인이 낭랑한 목소리로 조용히 말했다.

"어서 와서 앉으세요."

부인은 단추를 목까지 채운 어두운색 재킷을 입고 있었고, 가까이 다가갈수록 얼굴은 더욱 창백해 보였다. 머리카락은 아주 밝은 은색이어서 색깔이 거의 느껴지지 않았는데, 숱이 적고 가늘어서 창백한 인형의 가발을 떠올리게 했다. 그는 천천히 다가갔다.

부인이 다시 말했다. "어서 여기 앉으세요."

침대 옆 탁자의 대리석판 위에는 작은 검은색 십자가상이 놓여 있었다. 통나무를 거칠게 깎아 만든 것이었다……

그는 자리에 앉았다. 아무 말도 할 수 없었다. 황급히 외투를 열어젖히고 안에 입은 야전복 상의의 중사 계급장과 가슴에 달린 훈장 그리고 어깨에 부착된 별을 가리켜 보였다. 모든 것이 새것이었다. 계급장이 아직도 반짝였으며, 단추도 긁힌 자국 하나 없었다.

부인은 그저 고개를 끄덕일 뿐이었다. 밝은 은색 머리칼에 가려 생기 없는 얼굴 표정은 침착했다.

부인이 말했다. "좋아요. 저도 알고 있었어요. 그런데 어쩌다가…… 어쩌다가 그랬는지 말씀해주세요."

그는 일어나서 외투를 완전히 벗고, 상의도 벗고는 주머니에서 쪽지를 꺼내어 상의와 함께 부인에게 건네주었다. 그래도 부인의 표정은 변하지 않았다. 그는 부인을 외면하고 커튼이 드리워진 큰 창문을 바라보았다. 창문 사이로 햇살이 비쳐들었다. 해는 창문턱 위쪽에 떠 있었고, 커튼을 붉게 물들였다. 붉은색 고운 액체가 눈에 띄지 않게 짙어져서 커튼 천의 모든 올에 완전히 배어든 것처럼 보였다. 벽에 걸린 그림들이 정말 값지다는 걸 새삼 실감했다. 비단 옷깃 위로 평온한 표정을 한 귀족들을 담은 그림은 꼭 빛으로 그린 것 같았다.

그는 다시 부인 쪽으로 천천히 눈길을 돌렸다. 부인이 그가 건네준 옷의 아랫부분 가장자리에 있는 바느질 자국을 조심스레 만져보더니 미소를 지으며 침대 옆 탁자 서랍에서 칼을 꺼내어 바느질한 솔기를 뜯어내는 것을 보고 그는 깜짝 놀랐다.

부인의 손놀림은 얼굴 표정처럼 무척 차분했다. 부인은 칼로 몇 땀을 풀어헤치더니 안감을 자신있게 확 당겨서 완전히 뜯어냈다. 그러고는 왼손을 어둑침침한 옷 구멍 속으로 조심스레 밀어넣어 접혀 있는 종이쪽지를 꺼냈다. 부인은 그에게 종이를 건네주고는

"읽어주세요"라고 차분히 말했다.

그는 종이를 펼쳐서 읽었다.

발신지 미상.[6] 1945년 5월 6일. 아래에 서명한 육군중사 빌리 곰페르츠는 본인 소유의 모든 동산 및 부동산 재산을 아내 엘리자베트 곰페르츠(결혼 전 성은 크로이츠)에게 양도한다.

아래쪽에서 '빌리 곰페르츠, 육군중사'라는 이름을 또렷이 읽을 수 있었다. 그다음에 있는 서명은 알아보기 힘들었고, 군사우편 번호가 찍힌 동그란 소인과 '육군중령 ○○○'라는 글자가 또렷이 적혀 있었다.

그는 말없이 종이쪽지를 부인에게 돌려주었다.

"왜 그러세요? 화나셨어요?" 부인이 물었다.

그는 아무 말도 하지 않고 창문을 바라보았다. 커튼이 더욱 붉게 물들었다. 햇살은 더 화사하고 눈부시게 작렬했다……

"대체 왜 그러세요?" 부인이 다시 물었다. 부인은 진지하고 침착했다. 그는 부인의 얼굴을 바짝 마주 보며 말했다.

"부군께서는 제 죽음을 훔쳐갔습니다. 저 대신 죽었다는 말입니다. 뭐가 잘못됐는지는 저도 알아요. 저는 이처럼 신속하고 깨끗한 죽음을 맞을 자격이 없었던 거죠. 부군은 그런 죽음을 자진해서 선택한 겁니다. 저한테서 빼앗아갔지요. 하지만 영웅적인 죽음이었

---

6 군대에서 병력 주둔지를 감추기 위해 발신지를 밝히지 않은 것.

습니다. 진짜 영웅적인 죽음이었죠. 그런 죽음이 저에게 어울리지 않는다는 것은 저도 알아요. 저는 살아남아야 했지요. 살고 싶었어요. 그래서 부군께서 저에게 목숨을 선사한 겁니다. 누군가의 죽음을 훔쳐서 목숨을 선사할 수 있다는 걸 이제야 깨달았어요."

부인은 몸을 뒤로 기댔다. 침대의 어두운 색상과 대비되어 얼굴이 더 창백해 보였다.

그는 말을 계속 이었다.

"저는 탈영 죄로 총살형에 처해질 예정이었어요. 체포되었지요. 미군이 어느새 아주 가까이까지 진격해왔습니다. 부군께서는 군사재판소의 서기였지요, 그렇죠?" 부인이 고개를 끄덕였다. "모든 일이 신속히 진행되어야 했지요. 미군이 아주 근접해서 보병부대의 전투 소리도 들렸어요. 부군께서 저녁에 제가 총살형을 기다리며 갇혀 있던 헛간으로 찾아왔습니다. 부군은 손전등을 들고 와서 건초더미를 비추다가 제 얼굴을 비추면서 '일어서'라고 했어요. 저는 일어섰지요. 부군의 얼굴은 알아볼 수 없었어요. 벌써 깜깜했거든요. 부군이 '죽고 싶지 않지?' 하고 묻더군요. 저는 그렇다고 대답했지요. 그랬더니 '도망쳐!'라고 하더군요. 저는 '고맙습니다'라고 하고는 그분 곁을 지나가려 했습니다. 그런데 그분이 '잠깐, 내 상의를 입게'라고 하더군요. 여전히 그분 얼굴은 알아볼 수 없었습니다. 부군은 손전등을 건초더미에 내려놓았고, 불빛이 먼지가 자욱한 헛간 천장을 비추었는데, 그제야 반사광으로 그분 얼굴이 보였어요. 초연한 표정이었어요. 그분은 상의를 벗어주었고 대신 제 상의를 받아들고서 떠나라고 하더군요. 저는 떠났습니다. 저는 건너편 농가에 몸을 숨겼는데, 보병부대의 전투 소리가 갑자기 아주 가까이서 들려왔지요. 우리 쪽 병사들이 부리나케 차량에 짐을 싣는 것이 보였어요. 그리고 법무관이 '곰페르츠, 어디 있나 곰페르츠?'라고 거듭 외치는 소리가 들렸습니다. 그렇게 불러봤자 아무런 응답도 없었지요. 그들은 출발하기 직전에 그분을 헛간에서 끌어내어 총살했습니다. 총소리도 거의 들리지 않았지요. 어느새 유탄발사기 포탄이 마을에 떨어졌으니까요. 탱크 포탄이 지붕에 떨어지는 굉음도 들렸습니다……"

그는 잠시 말을 멈추었다 다시 계속했다.

"저는 몇분 동안 마을에 혼자 남아 있었지요. 오물더미, 죽은 부군과 함께. 어슴푸레한 박명에 채 서른걸음도 떨어지지 않은 헛간 앞에 부군의 시신이 보였어요. 그분은 수지맞은 거지요."

그는 말을 멈추고 벽에 걸린 그림 속에 있는 비단 옷깃 차림의 단정하고 창백한 얼굴들을 바라보았다. 그러고는 일어서면서 조용히 덧붙였다.

"그분 집안은 수백년 전부터 사업수완이 좋았다고 알고 있습니다만……"

그는 다시 말을 멈추었다.

"맙소사!" 부인이 나직이 말했다. 줄곧 초연했던 부인의 태도가 처음으로 흔들리는 것 같았다. "맙소사! 그이가 당신한테 살고 싶냐고 물었다고요?"

"그렇습니다." 그가 대답했다. "분명히 그렇게 물었지요. 그들은 항상 묻습니다. 그들은 절대로 잘못하지 않으니까요……"

부인이 조용히 말했다. "지난 일을 돌이킬 순 없지요. 어쨌든 당신은 살아야 해요. 언젠가는 당신도 기뻐할 날이 오겠지요. 하느님의 가호를 빌어요. 상의를 전해주셔서 감사해요. 그런데 이 종이쪽지는 금방 찾았나요?"

"담배를 찾다가 우연히 발견했습니다."

부인이 미소를 지으며 물었다. "아직 담배가 들어 있던가요?"

"예." 그가 대답했다. "두개비……"

그는 갑자기 외투 주머니를 뒤져서 담배 케이스를 꺼내 찰칵 열고는 담배 두개비를 빼 침대 위에 던지고 말했다. "자, 여기 있습니다."

부인이 화들짝 놀라며 그를 빤히 바라보았다.

"그렇지 않아도 제가 전령 역할을 한 보수는 두둑이 챙겼다고 하시겠죠. 죽음을 면했으니까요."

그는 돌아서서 걸음을 옮겼다. 부인이 울먹이는 소리로 그의 등 뒤에 대고 외쳤다.

"당신도 상의는 있어야 하잖아요. 그런데 성함이 어떻게 되죠? 제발, 성함이 어떻게 되죠?"

그는 문간에서 걸음을 멈추고 부인을 돌아보았다. 부인은 정말 울고 있었다. "제발, 당신을 위해 뭐라도 할 수 있게 해주세요. 성함이 어떻게 되세요?"

"저도 모릅니다." 그가 조용히 말했다. "지금 어떤 이름을 쓰는지 정말 몰라요. 정말 모릅니다. 마지막에 사용한 이름이 훈그레츠였죠. 그런데 지금 이름이 뭔지는 저도 몰라요. 주머니 어디엔가 신분증이 있을 텐데…… 안녕히 계십시오……"

그는 더이상 돌아보지 않았다……

넓은 복도에서 다시 노파와 마주쳤다. 노파는 앞치마에 감자껍질을 가득 담아 나르고 있었다. 노파가 나직이 물었다.

"바깥양반은 죽었나요?"

그는 고개를 끄덕였다.

"그럴 거라고 짐작했어요." 노파가 조용히 말했다. "결국 전사했나요?"

"총살당했습니다……"

"맙소사!" 노파가 소리쳤다. "그 양반 부친이 아시기라도 하면…… 그런데 어느 쪽 총에 맞았나요? 독일군?"

"독일군 맞습니다……"

"독일군 총에 맞다니, 어떻게 그럴 수가!" 노파는 고개를 설레설레 저으며 앞장서 갔다. 다시 넓은 복도를 지나 길고 어두운 통로를 따라갔다.

"맙소사!" 문밖에 다다랐을 때 노파가 다시 물었다. "도대체 어떻게 독일군 총에 맞아요? 연합군이 승리할 거라든지 그 비슷한 말이라도 했나요?"

"아뇨, 착오였습니다. 다른 사람으로 착각해서 총에 맞았어요……"

노파는 가까운 잔해더미로 가서 감자껍질을 버렸다. 그가 가다가 뒤돌아보자 노파는 여전히 그 자리에 서서 그를 바라보고 있었다.

4

지금 이름이 켈러, 에리히 켈러라는 사실이 나중에야 떠올랐다. 시내를 돌아다니며 그는 이 이름을 뇌리에 새겨두고 혼자 한참 동안 집요하게 에리히 켈러를 되뇌었다. 그러다가 과연 어떻게 2000마르크를 구해서 이 이름을 확실하게 살 수 있을지 곰곰이 생각해보았다. 본명을 다시 사용할 수 있을 때까지는 이 이름을 써야만 했다. 그의 원래 이름은 슈니츨러, 한스 슈니츨러였다. 그때 징집 통지서는 한스 슈니츨러 앞으로 왔다. 하지만 총살형을 앞두고 있던 시점에는 훈그레츠라는 이름을 사용했다. 그는 훈그레츠 하사관으로 총살당할 처지였다. 그전 몇달은 빌케라는 이름을 사용했다. 헤르만 빌케 병장. 거의 아홉달 동안 그는 이리저리 돌아다니며 조그만 신분증 위조공장을 굴린 셈이다. 임무 수행을 증명하는 직인과 양식서류 꾸러미를 가지고 다녔다. 그 서류는 아주 중요했다. 필요한 돈을 벌 수 있었기 때문이다. 이 서류만 있으면 중대 병력의 절반쯤 되는 병사들을 불법으로 돌아다니게 할 수 있었다. 가상의 목적지를 향해 행군하는 가상의 군대. 하지만 이들은 빈틈없는 합법성을 확보할 수 있었다. 임무수행을 증명하는 직인은 진짜였기 때문이다. 빌케라는 이름을 사용하기 전에는 발도라는 이름으로 그 일대를 돌아다녔고, 그전에는 슈노르라는 이름을 썼다. 서류를 꾸미는 동안에 떠오르는 이름을 골랐다. 그는 존재해서는 안 되고 실제로 존재하지도 않는 인물들을 만들어냈다. 서류에 직인을 찍으면 가상의 인생이 탄생했다. 초록색 줄이 있는 서류에 동그란 고무 직인을 찍으면 그들도 합법성을 부여받았다. 그리고 자기 자신의 분신들은 명부와 서류철에서 실제로는 살지 않은 삶을 계속 유지했다. 취침용 막사, 배급표를 나눠주는 곳, 죽 배급소, 정거장에 있는 영화관에서도 그들의 삶은 계속되었다. 심지어 그는 어떤 이름을 대고 양말과 권총까지 받은 적도 있었다. 지금은 생각도 나지 않는 이름, 도구로 만들어낸 이름들 중 하나였다. 도구가 너무 하찮아서 웃기지도 않았다. 아교로 나무에 붙여놓은 고무조각에 군번을 뜻하는 고상한 서체의 숫자가 새겨져 있었고, 그 둘레에는 화환 모양으로 독일제국을 상징하는 독수리 문양이 있었으며, 독수리의 발톱은 십자 꺾쇠갈고리[7]를 거머쥐고 있었다. 그게 전부였다. 그리고 그게 멋지게 먹혀들었던 것이다. 여기에다 종이쪼가

---

[7] 십자 꺾쇠갈고리는 나치의 상징.

리 하나만 더하면 무를 유로 둔갑시키는 고급사기가 완성됐다……
그는 그 시절에 많은 이름을 사용했다. 그 시절은 겨우 사흘 전에
끝났지만 아득히 먼 옛날처럼 느껴졌다. 이제는 그 이름들이 다
기억나지도 않았다. 길거리를 돌아다니며 에리히 켈러라는 지금
이름을 외는 동안 그가 훈그레츠라는 이름으로 총살당할 뻔했다
는 생각이 다시 떠올랐다. 2000마르크나 되는 아주 비싼 이름이었
다……

　나중에는 아직 집들이 온전한 지역으로 접어들었다. 주택가였
다. 비에 젖은 두 잿더미 중 한쪽에서 갈라진 아스팔트로 누르스름
한 액체가 스며들고 있었고, 그 잿더미 사이에 여자가 서 있었다.
여자는 지저분한 금발에 잿빛 얼굴이었고 눈에는 생기가 없었다.
　"빵!" 여자가 그에게 큰 소리로 말했다. "빵 팔아요!"
　빵이라니, 의아해하며 그는 걸음을 멈추고 여자를 바라보았다.
　"빵!" 여자가 다시 외쳤다. "빵 배급표 팔아요!"
　그는 주머니에서 돈을 찾아보았다. 아직 6마르크가 남아 있었다.
그는 지저분한 지폐를 여자에게 내밀었다.
　하지만 여자는 다시 "빵!"이라고 하면서 고개를 설레설레 가로
저었다.
　"빵 2파운드에 20마르크예요." 여자가 말했다.
　그는 여자를 빤히 쳐다보면서 계산을 해보려 했지만 잘되지 않
았다.
　"그럼 5마르크에 0.5파운드잖아요." 그가 말했다.
　여자는 외투 주머니에서 손을 빼더니 지저분하고 불그스레한

배급표 뭉치를 뒤적이기 시작했다. 그는 여자에게 5마르크를 주었고, 그의 손에는 인쇄된 배급표 쪼가리가 놓였다.

"여기에 뭐라고 쓰여 있나요?" 그가 나직이 물었다. 여자는 화난 표정으로 눈을 부릅뜨더니 인형처럼 눈꺼풀을 깜박이며 말했다.

"빤하죠. 평화가 왔잖아요. 아직도 모르세요?"

"평화라. 언제부터요?" 그가 물었다.

"오늘 아침부터요. 오늘 아침부터 평화가 왔어요…… 전쟁이 끝났다고요……" 여자가 대답했다.

"전쟁이 한참 전에 끝났다는 건 저도 알아요. 그렇지만 평화라니요?"

"우리가 항복했다고요. 믿기지 않으세요?"

"예……"

여자는 몇걸음 떨어진 담벼락 밑받침에 앉아 있는 남자를 불렀다. 다리가 절단된 남자는 뜯은 담뱃갑을 들고 있었다. 남자가 절뚝거리며 다가왔다.

"이분이 평화가 온 걸 믿지 못하겠대요." 여자가 큰 소리로 말했다. "도대체 어디서 왔어요?"

그는 대답하지 않았다.

남자가 말했다. "그럼요, 맞아요. 전쟁이 끝났어요. 진짜로 끝났다고요. 여태 몰랐나요?"

"예." 한스가 대답했다. "이 배급표로 빵을 어디서 살 수 있지요? 이 배급표 진짜인가요?"

"그럼요." 다리가 잘린 남자가 말했다. "진짜라고요. 우리는 속이지 않아요. 저기 모퉁이를 돌아가면 금방 빵집이 나와요. 담배는 필요하지 않나요?"

"필요 없어요. 분명히 아주 비쌀 테죠."

"한개비에 6마르크요……"

그는 모퉁이를 돌아 빵집에서 정말로 배급표를 내고 빵을 받았다. 빵은 저울로 정확히 달아서 다섯조각으로 잘렸다. 빵집 여자는 저울에 올려놓은 마지막 조각이 너무 커서 저울 바늘이 270그램을 가리키자 빵 귀퉁이를 잘라내어 별도의 바구니에 담아놓았다……

그는 쓰레기통에 앉아 조심스럽고도 기분 좋게 빵을 먹으면서 평화의 시작을 자축했다. 빵집 여자한테서 거슬러 받은 잔돈을 꼼꼼히 세어보았다……

빵이 이렇게 비쌀 줄은 미처 몰랐다. 그는 담배 케이스를 꺼내려고 외투 주머니에 천천히 손을 넣었다. 구겨진 편지봉투가 손에 잡히자 봉투를 꺼내어 다시 읽어보았다. 레기나 웅어, 메르키쉐 거리 17번지……

이제 그가 통과해야 하는 잔해더미는 다른 종류의 것이었다. 언덕에 짙은 녹음이 우거졌고 작은 나무들이 자라고 있었으며, 갖가지 색깔의 잡초가 무릎 높이까지 무성했다. 아담하고 나지막한 언덕 사이로 움푹 팬 길이 길게 이어져 있었다. 평화로운 시골길 옆으로는 거친 나무기둥이 늘어서 있었는데, 기둥에는 시가전차를 운행하는 가공선架空線이 연결되어 있었다. 포장도로에는 반들반들 윤이 나는 전차 레일이 깔려 있었다. 그는 움푹 팬 길을 따라 천천히 걸어가다가 돌에 웅크리고 앉아 있는 사람을 마주쳤다. 사내는 누런 판자에 커다란 녹색 H[8]자가 찍혀 있는 골판지 밑에서 전차를 기다리는 것 같았다.

사내는 지친 기색으로 그를 바라보더니 얼떨결에 해진 자루부대에 손을 얹어 물건을 지키려는 자세를 취했다. 자루에 난 구멍으로 감자가 보였다.

"여기에 전차가 서나요?" 한스가 물었다.

"예." 사내는 짧게 대답하고는 그에게 등을 돌렸다. 한스는 보도 경계석에 걸터앉았다. 초록빛 언덕들 뒤로 아득히 먼 곳에 전소된 집들의 윤곽이며 파괴된 채 밑기둥만 남은 교회들의 흉물스런 모습이 보였다. 그런데 한 언덕 위로 커다란 굴렁쇠 모양의 이상한 금속구조물이 솟구쳐 있는 것이 갑자기 눈에 띄었다. 구조물은 형태는 유지하고 있었지만 쇠가 화염으로 새까맣게 그을려 있었다. 하지만 둥근 고리 안쪽에는 예쁘게 만든 새의 조형물이 손상되지 않은 채 거꾸로 뒤집어져 있었다. 한때는 저 빨간 닭이 빛을 내며 밤거리를 비췄을 터였다. 어느 술집의 네온사인 광고였던 것이다. 커다란 둥근 고리 안에 들어 있는 닭의 형상은 계속 홰를 치는 것만 같았다. 춤추는 수탉의 빨간 불빛이 노랑 파랑 초록이 늘어선 광고들 사이에서 늘 단연 눈에 띄었을 것이다. 그는 뒤쪽 감자더미 옆에 앉아 있는 사내를 돌아보며 물었다.

"여기가 그로세 거리인가요?"

---

8 '정거장'을 뜻하는 Haltestelle의 약자.

"예." 사내는 뚱하게 대답했다. 사내의 넓고도 침울해 보이는 등짝이 미동도 하지 않았다.

정거장에 사람들이 차츰 모여들었다. 그들이 어디에서 오는 것인지 알 수 없었다. 그들은 언덕에서 자라난 것만 같았다. 보이지 않게, 소리도 없이. 아무것도 없는 땅에서 솟아오른 유령, 가는 길도 목적지도 알 수 없는 유령 같았다. 짐꾸러미와 자루, 커다란 마분지 상자와 작은 상자를 끼고 있는 이들의 유일한 희망은 커다란 녹색 H자가 찍혀 있는 누런 골판지가 전부인 듯했다. 그들은 소리 없이 나타나 말없이 촘촘히 늘어서서 한무리를 이루었다. 전차가 덜컹거리는 소리와 경적 소리가 들리자 그제야 그들은 살아 움직였다……

5

문간에 나와 있는 여자는 긴 검은색 외투를 걸치고 있었다. 옷깃을 바짝 세우고 있었는데, 높이 세운 옷깃 가장자리 사이로 보이는 예쁘장한 머리가 어두운색 쟁반에 담긴 귀한 과일을 보는 것 같았다. 머리칼은 흰색에 가까운 밝은 은색이었고, 얼굴은 둥글고 창백했으며, 독특한 거의 세모 모양의 검은 눈이 금세 주의를 끌었다……

"어떻게 오셨죠? 무슨 일인가요?" 여자가 물었다.

그가 조용히 대답했다. "외투를 돌려드리러 왔습니다, 웅어 부인. 부인의 외투를 입었거든요……"

"외투라니요?" 여자가 미심쩍은 표정으로 물었다. "어떤 외투 말인가요?"

"병원에 걸려 있었습니다." 그가 대답했다. "지하실에 있는 방사선 촬영실에 걸려 있었습니다. 추워서 그만 실례했습니다……"

그제야 여자가 가까이 다가왔고, 미소 띤 표정을 보였다. 가까이서 보니 더 창백한 것 같았다.

"들어오세요." 여자가 말했다. 그는 곰팡내가 나는 어수선한 방에 들어가서 문을 닫았다……

그는 멀뚱히 서서 주위를 둘러보았지만 아무도 보이지 않았다. 문 뒤쪽 구석에 놓인 침대에는 담요가 걸혀 있었다. 무엇인가에 등을 기댄 여자의 외투 아래로 노란색 잠옷을 입은 다리가 보였다. 그가 문을 두드리는 바람에 잠에서 깬 것이 분명했다……

그는 천천히 외투를 벗고 주머니에서 담배 케이스를 꺼내어 들다 여자에게 내밀면서 조용히 말했다.

"원래 담배가 들어 있었는데, 죄송합니다…… 제가 피웠습니다……"

여자는 고개만 끄덕였다. 그는 여자가 자신을 빤히 쳐다보고 있었지만, 자신의 말을 귀담아 듣지도 자신을 보고 있지도 않다는 사실을 문득 깨달았다. 맨발이 드러난 그녀의 가는 다리 뒤로 거칠게 다듬은 네개의 작은 나무다리가 선명히 보였는데, 나무다리는 횡목으로 연결되어 있었다. 요람이나 아기침대의 받침대로 보였다. 방 안은 조용했고, 이제 그의 시선은 여자를 스쳐서 덧문이 닫혀 있는 어두운 창문을 향했다……

그때 갑자기 여자의 머리 위에 걸려 있는 희미한 전등이 꺼져버렸고, 그는 자기도 모르게 "맙소사!" 하고 소리쳤다.

"괜찮아요. 금방 다시 불이 들어올 거예요." 여자가 말했다.

그는 가만히 서 있었고, 여자가 성냥을 집어드는 소리를 들었다. 노란 성냥불이 여자의 얼굴을 비추었다. 갑자기 더 어두워졌고, 침대 옆에 있는 서랍장 위에서 조용한 불꽃이 타올랐다. 양초에 불을 붙였던 것이다······

"앉으세요." 여자가 말했다.

어디에도 의자가 보이지 않아서 그는 침대에 걸터앉았다.

"정말 죄송합니다." 그가 다시 말을 꺼냈다.

"쉿! 제발 그 얘기는 그만하세요!" 여자가 조용히 말했다.

그는 입을 다물고 생각에 잠겼다. 지금 떠날 수도 있지만, 떠나고 싶지 않고, 게다가 어디로 가야 할지도 모른다. 그는 여자를 바라보았고, 두 사람의 눈길이 한순간 마주쳤다.

그가 말했다. "바깥은 아직 환해요. 양초를 아끼시죠."

여자는 말없이 고개를 설레설레 흔들고서 방 한가운데 놓인 요람을 바라보았다.

"죄송합니다. 조용히 말할게요." 그가 말했다.

여자는 입술을 깨물었다. 미소를 참는 것처럼 보였다. 여자가 아주 낮은 목소리로 말했다.

"당신 목소리 때문에 잠이 깨지는 않을 거예요. 어떤 소리로도 깨울 수 없어요······ 죽었거든요······ 벌써 묻었답니다."

여자의 담담한 어조가 그에게 한대 맞은 것 같은 충격을 주었다. 그는 움찔했다. 뭔가 말하거나 질문을 해야 한다는 느낌이 들었다.

"사산을 했나요?" 그는 그렇게 묻고는 입술을 깨물었다.

"아뇨." 여자가 조용히 대답했다. 그러고는 침대에 풀썩 드러눕더니 담요를 덮고 검은 옷깃으로 목을 바짝 감쌌다.

"아이가 죽은 것은." 여자가 말했다. "미군이 쳐들어왔을 때였어요. 사흘 전이죠. 독일군의 기관총탄이 창문을 뚫고 들어온 바로 그 순간 아이는 이 세상의 아름다운 빛을 더이상 보지 못하고 눈을 감았어요."

여자가 창문을 가리켰다. 총탄으로 깨진 유리창의 삐쭉삐쭉한 가장자리 뒤로 부서진 녹색 덧창이 보였다. 여자는 손가락으로 더 높은 곳을 가리키며 말했다.

"총알이 석회를 바른 천장을 쓱쓱 스치고 가서 미세한 석회가루가 설탕처럼 우리에게 떨어졌지요……"

여자는 갑자기 말을 멈추고 벽으로 돌아누웠다. 여자는 아주 조용히 있어서 숨소리조차 들리지 않았고, 어깨는 나무처럼 뻣뻣해서 미동도 하지 않았다.

"이제 자야겠어요." 여자가 말했다. "너무 피곤해요."

"안녕히 계십시오." 그가 작별인사를 했다.

"어디에 사세요?"

"저도 모릅니다." 그가 머뭇거리며 대답했다. 그러고는 잠시 뜸을 들이다가 말을 이었다. "그러니까 제 말은…… 이 집 방들 중 어디에서 제가 잠을 잘 수 있을까요?"

"방은 하나뿐이에요." 여자가 차분히 말했다. "구석에 낡은 매트리스가 두개 있고 장롱 위에 담요가 있어요."

그는 말이 없었다. 그러자 여자가 "제 말 듣고 있어요?"라고 되물었는데, 그러면서 돌아보지도 꼼짝하지도 않았다……

"예, 고맙습니다." 그가 대답했다. 매트리스는 금방 눈에 띄었는데, 매트리스에서 녹색 해초가 삐져나와서 곰팡내를 풍겼다. 그는 매트리스를 바닥에 깔고 그 위에서 깨금발로 장롱 위에 있는 둘둘 말린 담요 두장을 내렸다. 담요에서는 방공호에서 나는 눅눅한 냄새가 났다.

여자가 침대에서 외쳤다. "잘 준비가 다 됐으면 촛불 좀 꺼주시겠어요?"

그는 "예"라고 대답하고 촛불을 끄면서 여자에게 "안녕히 주무세요"라고 인사를 했다.

여자도 "잘 자요"라고 인사했다.

그는 피곤했지만 금방 잠이 오지 않았다. 다리를 제대로 뻗을 수 있는 잠자리와 당분간 쓸 수 있는 신분증이 생겨서 기분이 좋았다. 이따금 귀를 기울여 여자가 나직이 숨쉬는 소리를 들었다. 비스듬히 달린 덧창 사이 세모꼴의 트인 공간으로 하늘이 점점 어두워지는 것이 보였다⋯⋯

그가 깨어났을 때는 날이 아직 완전히 밝지 않았고 추웠다. 비스듬히 달린 덧창 사이로 빛이 들어와 창문 위에 삼각형의 어슴푸레하게 밝아오는 빛이 비쳤다. 빛은 방 안에도 희미하게 퍼졌다⋯⋯

바닥에 누워 있던 그에게 요람 받침대 다리 사이로 여자가 침대에 누운 채 담배를 피우는 모습이 보였다. 여자는 빛이 비치는 허공으로 밝은 회색 담배연기를 훅 내뿜었다. 연기는 먼지구름처럼 회오리치며 방 안에 있는 어두운 물체들 사이를 밝은 회색으로 스쳐가서 마치 안개처럼 보였다. 담배를 든 여자의 왼쪽 팔이 침대 위로 나와 있었고, 뜨개질로 만든 스웨터의 연회색 소매와 아주 조그만 하얀 손, 그리고 연기가 피어오르는 담뱃대가 보였다. 그는 여자의 창백하고 동그란 얼굴, 헝클어진 밝은 은색 머리칼, 그리고 조용한 검은 눈을 바라보았다······

이윽고 여자가 그에게 눈길을 주면서 "잘 잤어요?"라고 아침인사를 했다.

그도 잠긴 목소리로 "잘 잤어요?"라고 인사했다.

"당신 추워?"

여자가 갑자기 어투를 바꾸어 말을 놓자 그는 이상하게 뜨겁고 짜릿한 기운이 등줄기를 타고 내려가는 것이 느껴졌다. 아무렇지도 않게 말을 놓는 것이 발칙하다는 느낌도 들었고, 이루 말할 수 없이 뭉클하기도 했다······

"예." 그가 잠긴 목소리로 대답했다. 목이 잠겨서 목소리가 제대로 나오지 않았다. 목이 콱 막혀서 목소리가 아예 죽은 것 같았다.

여자는 몸을 앞으로 숙이면서 둘둘 말린 담요 한장을 그에게 던져주었다. 담요는 그가 누워 있는 매트리스 옆에 떨어졌고, 먼지가 풀풀 나서 그는 기침을 했다.

그는 "고마워요"라고 하고는 담요를 펴서 몸을 덮었고, 담요 양쪽 끝을 매트리스 밑으로 단단히 밀어넣어 바람이 들어오지 않게 했다.

창문 위 덧창 사이로 세모꼴로 비치는 빛이 이제 더 밝아졌다. 회오리치는 먼지가 더 또렷이 보이고 더 많아진 것 같았다.

"담배 피울래?" 여자가 조용히 물었다.

그는 "예"라고 대답했고, 이번에도 말을 놓는 어조가 짜릿한 충격으로 다가왔다.

여자는 베개 밑을 뒤져서 납작하게 짓눌린 담뱃갑을 꺼내어 담배에 불을 붙이더니 팔을 치켜들어 던지려는 시늉을 하다가 멈추고 말했다.

"안되겠어…… 담요 위로 던질 수는 없지……"

그는 담요를 옆으로 밀치고 그대로 입고 잤던 바지를 끌어올린 다음 맨발로 여자가 있는 쪽으로 갔다. 방 안으로 비쳐 들어오는 빛줄기를 가로질러 갈 때는 기분 좋게 가벼운 온기가 느껴졌다. 그는 걸음을 멈추고 텅 빈 요람을 바라보았다. 아직도 바닥담요가 그대로 있었다. 살짝 눌린 부분은 틀림없이 아기가 누워 있던 자리일 것이다……

갑자기 그에게 그림자가 드리웠다. 여자가 일어나서 요람의 머리 끝 언저리에 다가서는 바람에 열린 덧문의 틈새로 들어오는 빛을 가린 것이다. 빛은 그녀의 가냘픈 등허리에 모였다가 후광처럼 번졌다. 그녀의 창백한 얼굴에 짙은 그늘이 졌다. 그녀는 그에게 담배를 건네주었고, 그는 담배를 입에 물었다. 그녀는 요람에 시선을 떨구고 있었다. 떨리는 입술이 보였다.

그녀가 나직이 말했다. "도무지 슬퍼할 수조차 없어. 우습지 않아?"

그녀는 그를 바라보았고, 금방이라도 울음을 터뜨릴 것만 같았다.

"이상하게 들릴지 모르겠지만. 하지만 전혀 이상하지 않아. 당신은 이해하겠어? 아이가 부러울 지경이야. 이 세상은 우리에게 아무것도 아냐. 당신은 이해하겠어?"

그는 고개를 끄덕였다. 그녀가 요람에서 물러나자 그의 얼굴에 다시 빛이 환하게 비쳐서 눈이 부셨다. 해가 빠르게 올라오는 것 같았다. 어느새 환한 햇살이 쏟아져서 요람의 아랫부분에 그늘이 졌다.

"너무 추워." 그렇게 말하고서 그녀는 담요를 옆으로 밀치고 다시 침대로 기어들어갔다.

"창문을 열까요?" 그가 조용히 물었다. "밖은 벌써 날이 완전히 밝았는데."

"아니, 아니." 그녀가 황급히 말했다. "그대로 둬요."

그는 잠자리로 돌아가서 양말을 신었고, 탁자 위에 여전히 놓여 있는 외투를 집어들어 대충 걸치고는 그녀가 누워 있는 침대에 걸터앉았다.

그는 다시 담배를 세게 빨았다. 속에서 현기증과 메스꺼움이 올라오는 것이 느껴졌다. 그는 담뱃불을 꺼서 남은 꽁초를 주머니에 넣었다. 여자에게 물어볼 게 수없이 많았지만, 말이 입 밖으로 나오지 않았다. 그의 시선이 창문 아래 오목하게 들어간 벽 쪽을 스쳤다. 그곳에 놓인 탁자에는 옷가지와 잡동사니가 수북이 쌓여 있었다. 그 왼쪽에 있는 찬장 위에는 지저분한 그릇들이 아무렇게나 놓여 있었고, 껍질을 벗기지 않은 감자도 몇개 있었다. 갑자기 허기가 느껴졌다. 경련하듯 허기가 마구 몰려왔고, 위장이 끝없이 입을 벌리기라도 하듯 트림이 올라왔다……

"저, 그런데 빵이라든가 먹을 것이 좀 있나요?" 그가 물었다.

그가 여전히 존댓말을 하자 여자가 그를 빤히 쳐다보았다. 이 시선도 그에겐 짜릿한 충격으로 다가왔다. 그는 뒤로 훌러덩 넘어질 뻔하다가 몸을 앞으로 당겨서 균형을 잡는 느낌이 들었다……

"없어." 그녀는 입을 거의 움직이지 않고 말했다. "빵은 없어. 나중에 빵이 생기면 좀 남겨 올게……"

그는 조금 물러나 침대 끝에 몸을 기대어 앉았고, 문득 자기도 모르게 이렇게 말했다. "당신 집에 있어도 될까? 내 말은 당분간…… 좀 오래…… 아니면 영영?"

"그래." 그녀가 바로 대답했다.

두 사람은 마주 보던 시선을 다시 거두었다. 여자는 머리 밑에 받쳤던 팔을 빼내 담요를 어깨까지 올리고는 벽을 향해 돌아누웠다……

"이 집에 있어도 돼." 여자가 다시 말했다. "나는 남편도 없고, 기다릴 남자도 없어. 어떤 남자와 함께 살았던 적이 한번 있긴 하지…… 일년 전에…… 아이는 그 남자 애였어. 어떤 사람인지도 모르는 사이였어. 성만 알았지 이름도 몰랐으니까. 그 사람은 나한테 말을 놓았고 나도 말을 놓았지. 그게 전부였어. 그런데 당신, 당신은 여자가 있지? 그렇지?"

"아니, 죽었어."

"하지만 그 여자 생각을 자주 하잖아."

"자주 그 여자 생각을 해. 아주 자주 생각해. 그 여자를 떠올리면

너무 슬퍼. 그녀를 사랑했고 지금 그리워해서가 아니야…… 그건
아냐, 그렇게 오해하지는 마. 전혀 다른 이유 때문이야."

그는 뒤로 몸을 기대어 머리를 벽에 기댈 수 있을 때까지 침대
위에 몸을 뻗었다. 여자가 다리를 당겨서 그가 누울 공간을 만들어
주었다. 여자는 긴장된 표정으로 그를 바라봤다. 그가 주머니에서
담배꽁초를 꺼내자 그녀는 성냥갑을 그에게 던져주었다.

"전혀 다른 이유야." 그가 말을 계속했다. "그녀를 제대로 알지
못했기 때문에 슬퍼. 그리고 다정한 말도 해주지 못한 채 떠나보
내서 슬퍼. 다정하게 해주지 못했어. 결혼식도 너무 초라했고, 모
든 게 너무 급하게 진행되었어. 공습경보 때문에 다들 벌벌 떨었지.
날씨는 추웠고. 성당의 고딕식 대형 유리창이 부서져서 막아놓은
축축한 마분지 조각 사이로 찬바람이 들이쳤지. 성당 안에는 먼지
가 흩날리는 희미한 잿빛 불빛이 감돌았어. 제단 앞에 걸린 성스러
운 등불은 줄곧 흔들리며 쉭쉭 하는 소리를 냈고, 둥근 천장의 돌
에 고정된 긴 쇠줄에 달린 램프도 흔들거렸지. 우리는 거의 삼십분
동안이나 신부님을 기다려야 했어. 장인어른의 살찐 희멀건한 목
덜미를 쳐다보면서 기다리는 시간이 너무 지루했지. 그렇게 역겨
운 고깃덩이는 난생처음 봤어. 이윽고 신부님이 입장했지. 성직예
복 위에 합창대 가운을 대충 걸친 젊은이였는데, 기분이 나빠 보였
어……"

그는 잠시 말을 멈추고 담뱃불을 끄고는 꽁초를 치웠다.

"십분 후에 우리는 결혼식을 올렸지. 모두 신경이 곤두서 있었
어. 줄곧 윙윙대던 바람 소리를 갈라놓는 아주 작은 소음만 들려도

모두 움찔하고 달아날 채비를 차렸지. 지나가는 자동차의 경적이나 바퀴 소리가 들리거나 시가전차가 모퉁이 정거장에 정차하면서 끼익 소리를 내도 그랬어.

그는 여자를 바라보며 한숨을 쉬었다.

"계속해요." 여자가 채근했다.

"우리가 집에 돌아오자 나한테 전보가 와 있었어. 동부전선으로 복귀하라는 명령이었지. 나는 삼십분도 채 안돼서 떠났어. 비록, 비록 하루는 더 머물 수 있었지만……"

"신부를 다시는 보지 못했겠네……"

"그렇지 않아." 그러고서 그는 말없이 여자를 바라보았다. 그러자 그녀는 이야기를 계속하라고 눈짓을 했다.

"그녀는 두달 후에 나를 찾아왔어. 나는 부상으로 군병원에 누워 있었지……"

두 사람이 딱 한번 함께 보낸 그날 밤에 대한 기억이 너무 생생해서 그는 차마 말할 엄두가 나지 않았다. 앞으로도 그날 밤 얘기는 영영 하지 않으리라는 걸 문득 직감했다. 그는 앞으로 몸을 숙여 침대 모퉁이에 팔을 괴고 여자에게 등을 돌린 채 벽을 응시했다. 벽에는 어느새 출입문 창의 절반 높이까지 빛이 세모꼴로 선명하게 비치고 있었다.

그날 밤 그는 그녀의 가르마를, 가르마의 가늘고 하얀 선을 보았다. 그녀의 젖가슴이 그의 살갗에 닿았고, 그녀의 따뜻한 입김이 얼굴에 닿았고, 그는 아득히 느껴지는 가늘고 하얀 가르마로 시선을 떨구었다.

양탄자 위 어딘가에는 그의 대검 띠가 있었고, 대검 띠에는 '하느님의 가호를!'이라는 숭고한 글귀가 선명히 찍혀 있었다. 그리고 또 어딘가에는 옷깃에 때가 묻은 야전복 상의가 있었고, 또 어딘가에서 째깍째깍 시계 소리가 났다……

창문이 열려 있었고, 바깥 테라스에서 섬세한 유리잔이 부드럽게 쩽그랑 부딪히는 소리가 들려왔고, 남자들이 가볍게 웃는 소리와 여자들이 키득거리는 소리가 들려왔다. 하늘은 은은한 푸른색을 띠었고, 아름다운 여름밤이었다.

그는 자신의 가슴 바로 곁에서 그녀의 심장이 뛰는 소리를 들었다. 그는 자꾸만 그녀의 가늘고 하얀 가르마에 시선을 떨구었다.

날은 어두웠지만 하늘에는 아직도 여름밤의 부드러운 밝은 빛이 감돌았다. 그는 더이상 가까이 다가갈 수 없을 만큼 그녀의 곁에 가까이 있으면서도 끝없이 멀리 떨어져 있다는 느낌이 들었다. 두 사람은 아무 말도 하지 않았다. 결혼식 날과 결혼식, 이년 전 그가 그녀를 정거장으로 불러내고 작별했던 시간을 둘 중 누구도 언급하지 않았다……

째깍거리는 시계 소리가 그를 밀쳐내고 있다는 느낌이 들었다. 째깍거리는 소리가 가슴에서 느껴지는 심장의 박동보다 더 강했다. 이젠 심장의 박동이 그녀의 것인지 자신의 것인지 분간도 되지 않았다. 이 모든 것이 뜻하는 것은 '기상 자명종이 울릴 때까지만 휴가'라는 의미였다. 여자와 한번 더 동침하라는 뜻이기도 했다. 그래서 시계가 째깍째깍 신호를 보낸 것이다. 그는 포도주를 한병 받아오기도 했다.

포도주병이 또렷이 보였다. 서랍장 위 어두운 곳에 놓여 있었는데, 가느다란 한줄기 밝은 빛처럼 보였다. 어둠 속에서 밝게 빛나는 한줄기 빛이 포도주병이었다. 마시고 비운 병이었다. 야전복 상의와 바지와 대검 띠가 있는 양탄자 위에 코르크 병마개도 있을 터였다……

나중에는 한쪽 팔로 그녀를 껴안고, 다른 손으로는 담배를 피웠다. 그녀는 아무 말도 하지 않았고, 두 사람의 만남 내내 침묵이 흘렀다. 그는 여자와 얘기할 수 있기를 늘 고대했지만 정작 그녀는 아무 말도 하지 않았다……

바깥에는 하늘이 점점 어두워지고 있었다. 요양객들이 테라스에서 가볍게 웃던 소리도 가라앉고 여자들이 키득거리던 소리도 하품 소리로 바뀌었다. 나중에 종업원이 와서 다급하게 컵을 부딪히는 소리가 났는데, 컵을 치우기 위해 네댓잔을 한 손으로 움켜쥐는 소리였다. 더 둔탁하고 단단한 소리를 내면서 병들도 치워졌다. 마지막으로 식탁보도 걷어갔고, 의자를 차곡차곡 쌓고 식탁을 밀쳐놓았다. 그러고는 어떤 여자가 한참 동안 꼼꼼하게 비를 쓸며 청소하는 소리가 들렸다. 이 밤 내내 있던 모든 일이 남의 눈에 띄지 않는, 눈썰미 좋은 이 여자의 청소로 정리되는 것 같았다. 여자는 거의 소리도 내지 않고 조용히 청소를 했는데, 동작이 규칙적이고 부드러웠으며, 삭삭 하는 빗질 소리를 냈다. 그는 여자가 테라스 한쪽 끝에서 다른 쪽 끝으로 걸어가는 모습이 머릿속으로 그려졌다. 이어서 누군가가 피곤해하는 굵은 목소리로 "아직도 안 끝났어요?"

라고 문밖을 향해 묻는 소리가 들렸다. 여자 역시 피곤한 목소리로 "아뇨, 금방 끝나요"라고 대답했다.

얼마 후 바깥이 완전히 조용해졌고, 하늘은 검푸른색으로 바뀌었다. 아주 멀리서 아직도 음악 소리가 들려왔다.

시계가 계속 째깍거렸다. 매분이 지날 때마다 그는 아직 살아 있다는 것이 신기했다. 포도주병은 그대로 있었다. 어둠 속에서 빛줄기가 아까보다 훨씬 더 가늘게 보였다.

옆에 누워 있던 여자가 갑자기 화들짝 놀라며 눈을 뜨고는 그를 바라봤다. 얼굴이 몹시 창백하고 여리여리해 보였으며, 벨벳처럼 짙은 어둠 속에서 눈은 엄청나게 커 보였다. 어린아이처럼 보드라운 밝은 갈색 머리 때문에 무척 앳돼 보였다. 그녀는 낯선 표정으로, 거의 겁먹은 표정으로 그를 바라보고는 다시 눈을 감고 그의 손을 잡았다……

두 사람은 날이 밝을 때까지 그렇게 나란히 누워 있었다. 적포도주병이 어둠 속에서 서서히 드러났고, 빛줄기가 점점 더 넓고 밝아지더니 온전히 둥근 병 모양이 되었다. 때묻은 옷깃의 단추를 채운 야전복 상의, 그리고 '하느님의 가호를!'이라는 숭고한 글씨가 또렷이 찍힌 대검 띠도 바닥에 그대로 있었다. 글씨는 갈고리 십자가가 있는 독일제국 휘장 둘레에 깔끔하게 찍혀 있었다……

그가 이 모든 일을 떠올리며 벽을 응시하는 동안 세모꼴의 진한 노란색 빛이 손바닥만큼 더 올라가 있었다. 아침 8시는 된 듯했다. 속에 철삿줄이 들어 있는 침대 매트리스에서 삐걱대는 소리가 나서 그는 화들짝 몸을 돌렸다. 여자가 일어나고 있었다. 여자는 잠옷을 부여잡고 조그만 맨발로 옷가지가 놓여 있는 탁자로 다가가서 온갖 잡동사니를 끌어모아 팔에 걸쳤다. 여자는 문으로 가다가 그의 옆에서 걸음을 멈추고 조용히 물었다.

"그런데 그 여자 언제 죽었어?"

"나중에 대피하다가 그랬어." 그가 대답했다. 다시 말을 할 수 있게 되어 기뻤다. "열차가 폭격을 당했어. 선로 사이의 자갈에서 그녀의 시신이 발견되었지. 다친 흔적이라고는 전혀 없었는데, 너무 겁먹어서 죽은 것 같아…… 무척 겁이 많았거든……"

"그녀가 아직 살아 있기를 바라?"

그는 어리둥절해져서 여자를 바라보았다. 여태 그런 생각은 하지 못했는데, 그렇지만 얼른 대답을 했다.

"아니, 바라지 않아…… 안식을 바랄 뿐이야……"

여자는 검은 외투의 단추를 채우며 어깨에 옷을 걸치고는 말했다.

"옷 갈아입으러 갈게."

그는 "그래?"라고 하고는 여자가 밖으로 나가기 전에 물었다. "다른 방이 있어?"

여자는 잠깐 얼굴을 붉혔다. 창백한 얼굴에 순식간에 홍조가 스쳤지만 곧 다시 창백해졌다.

"응." 여자가 말했다. "간밤에는 혼자 있기 무서웠어. 전날 밤까지도 아이와 함께 있었거든."

여자는 밖으로 나갔고, 복도에서 신발 끄는 소리가 들렸다. 어느 방문이 열리는 소리도 들렸다. 그는 일어나서 창가로 갔다……

창의 덧문 빗장을 옆으로 밀어내고 덧문을 바깥으로 열어젖히려다 말고 그는 눈을 감았다. 바깥이 너무 밝았던 것이다. 따스한 햇살이 눈부시게 비쳤고, 좁은 도로 건너편에 있는 공원의 숲이 녹음으로 우거져 있었다. 마치 나무들이 생전 처음으로 새파란 녹음에 물들고 잎이 무성하게 돋아난 것 같았다. 하늘은 청명했고, 나무 덤불에서는 새들이 지저귀었다. 여러 새가 뒤섞여서 울어대는 소리가 쟁쟁했다……

멀리 주말농장 뒤에 있는 철둑길 너머로 불탄 도시의 폐허가 솟구쳐서 여기저기가 찢긴 음울한 윤곽선을 그리고 있었다. 그는 속을 후비는 듯한 심한 고통이 느껴졌고, 다시 창문을 닫았다. 실내는 어두컴컴하고 조용해졌다. 새들이 지저귀는 소리도 차단되었다. 그녀가 창문을 열지 않으려 했던 이유를 이제야 깨달았다.

6

그는 줄곧 침대에 누워 있었는데 자기가 무슨 생각을 하는지도 몰랐다. 대개는 피곤했지만 잠이 오지 않을 때가 자주 있었다. 종종 방 안으로 빗물이 떨어졌는데, 그래도 일어나지 않고 담요를 머리까지 뒤집어쓴 채 떨어지는 빗물을 내버려두었다. 시간이 지나면 젖은 것들은 말짱하게 말랐다. 이따금 담배도 피웠다. 여자는 말아 피우는 잎담배나 궐련을 갖다주었다. 그는 빵도 먹고 커피도 마시고 수프도 먹었다. 주로 수프를 먹었는데, 종종 마멀레이드가 발린 빵도 나왔다. 여자를 자주 보지는 못했다. 아예 못 보는 날도 있었는데, 그런 날에는 여자가 부엌에 들어가는 소리만 들렸고, 다음 날 아침에 일어나면 부엌에 먹을 것이 있었다. 마가린과 빵도 있었고, 얇은 금속판으로 만든 커피포트에 커피가 있어서 콘센트를 꽂기만 하면 되었다……

그렇지만 보통 여자가 낮에 한번씩 그의 방에 와보곤 했다. 이제는 그가 큰 방을 썼고, 여자는 부엌에 있는 소파에서 잠을 잤다. 여자가 방 안으로 고개를 내밀면 창백하고 아름다운 얼굴이 보였다. 여자는 "뭐 좀 먹을래? 아니면 담배 피우고 싶어?"라고 묻곤 했다. 그가 그렇다고 하면 — 항상 그렇다고 대답했지만 — 여자가 방에 들어와서 모든 걸 탁자 위에 올려놓고 나갔다. 가끔 그가 "잠깐만 기다려!"라고 하면 여자는 급히 움직이다 말고 멈춰서 문의 손잡이를 잡은 채 고개를 돌려 "그래, 무슨 일인데……?"라고 되물었다. 그러면 그는 처음에는 말이 없다가 겨우 입을 열었다.

"금방 일어날게. 며칠만 기다려줘. 당신을 도울게……"

그러면 여자는 "됐거든" 하고 화를 내고 나갔다. 어떤 때는 온종일 그에게 와보지 않는 경우도 있었는데, 그럴 때면 그는 아침에 일어나 부엌으로 가서 먹을 것을 챙겨놓았는지 살펴보곤 했다. 그때마다 늘 쪽지가 있었다. '빵과 마가린을 절반은 먹어도 돼'라거나 '수프밖에 없어. 담배는 장롱에 있어'라고 쓴 쪽지였다.

그는 거의 항상 배가 고팠지만 그를 침대 밖으로 끌어낼 만큼의 심한 허기는 아니었다. 이따금 화장실만 갔는데, 그것도 귀찮은 일이었다. 옷을 다 입어야 하고, 계단을 내려가야 했기 때문이다. 종종 아래층에 사는 사람들과 마주치기도 했다. 키가 크고 뚱뚱한 금발의 여자는 그가 '안녕하세요'라고 먼저 인사를 할 때까지 의혹의 눈초리로 그를 빤히 쳐다보았다. 그런가 하면 그의 방 바로 아래에 사는 듯한 나이 지긋한 여자는 땋은 머리에 피곤한 얼굴로 그가 먼저 '안녕하세요'라고 인사해도 아무 대꾸도 하지 않았다. 아래층에는 남자들도 사는 것 같았다. 종종 노래를 부르거나 욕설을 하는 소리가 들렸는데, 한번은 유령처럼 말쑥하게 차려입은 남자와 마주쳤다. 남자는 잘 어울리는 푸른색 양복 차림에 하얀 와이셔츠, 녹색 넥타이에 중절모까지 쓰고 있었고, 그가 인사를 하면 함께 인사를 했다. 저녁 무렵에는 이따금 자동차 지나가는 소리도 들렸지만, 그 시간에 그는 좀처럼 일어나 있는 법이 없었다.

시간이 흘러갔다. 그도 시간이 흘러갔다는 걸 느꼈다. 얼핏 꿈결처럼 스쳐간 것 같기도 했고, 끝없이 오랜 시간이 지난 것도 같았다. 그가 수시로 홀짝홀짝 들이마시는, 이상하게 아무 맛도 안 나는 회색 음료, 그런 게 시간이었다……

어느날 저녁 그는 레기나에게 물었다. "오늘이 며칠이지?"

그녀는 문간에 서서 고개를 돌리지도 않고 조용히 대답했다. "25일."

그는 깜짝 놀랐다. 삼주 동안이나 침대에 누워 있었다니. 지난 삼주가 무한정 아득하게 느껴졌고, 평생 침대에만 누워 있었던 것 같은 느낌이 들었다. 빛도 거의 들어오지 않는 이 방에서, 창의 덧문은 여전히 꼭 닫힌 채로, 빵과 담배와 수프를 날라오게 했던 것이다……

삼주라니! 족히 삼년은 지난 것 같았다. 그는 시간감각이 없었다. 이 회색의 비현실적 현실 속으로 가라앉는 느낌이 들었다.

그러고서 레기나는 이틀 내리 그에게 오지 않았다. 그녀가 자신의 방으로 가는 소리만 들렸다. 그는 아침에 일어나 부엌에서 먹을

것을 찾았지만, 아무것도 없었고 쪽지도 보이지 않았다. 서랍과 찬
장을 다 뒤졌지만 아무것도 나오지 않았다. 어딘가에서 오래된 마
멀레이드병에 뭔가 들어 있는 것을 찾아냈다. 여자가 깜박 잊고 내
버려둔 모양이었다. 속에 든 내용물은 이상하게 검고 덩어리져 있
었는데, 원래는 가루였던 것 같았다. 수프 냄새가 났다. 그는 내용
물을 물에 넣어 녹이고 불판 위에 냄비를 올렸다. 냄비에서 수프가
끓고 냄새가 진해지자 배가 고픈데도 구역질이 약간 났다. 정말 오
래된 수프가루인 듯했다. 강한 인공조미료 냄새와 역한 냄새가 났
지만 그는 홀짝홀짝 수프를 들이켰다.

그날 저녁 레기나가 오는 소리를 듣고서 그녀를 불렀지만 그녀
는 오지 않았다. 그는 너무 피곤해서 일어날 엄두도 나지 않았다.
나중에 그녀가 어두운 복도를 지나갈 때 다시 불렀지만 이번에도
들은 체도 않고 부엌으로 갔다. 그는 여전히 너무 피곤해서 일어나
그녀와 얘기할 엄두가 나지 않았다……

다음 날 아침에도 부엌에는 아무것도 없었고 쪽지만이 보였다.
'먹을 게 떨어졌어. 어쩌면 오늘 저녁에는……' 그는 부엌에서 그
녀를 기다리다 침대로 가 잠이 들었다. 깨어났을 때는 그녀가 와
있었고, 어느새 한낮이었다.

그는 부엌으로 건너갔고, 그녀는 지친 기색으로 의자에 앉아 담
배를 들고 있었다. 식탁에 빵이 있었다.

그가 느닷없이 그녀 앞에 다가서자 그녀가 소리 내어 웃으며 말
했다.

"오호라, 배가 고프니까 살아나네……"

그러고는 조용히 말했다. "미안, 어서 와서 먹어."

그는 얼굴이 화끈 달아오르는 것을 느꼈다. 그녀를 찬찬히 살펴보니 창백한 얼굴에 조롱기는 없었고, 살짝 홍조가 감돌았다. 그는 처음으로 키스를 하고 싶은 마음이 생겼다.

그가 의자에 앉아서 커피를 마시고 조심스럽고 숙연한 마음으로 마른 빵을 입속에 밀어넣을 때 그녀가 말했다.

"당신은 도대체 신분증도 없어?"

"아니, 갖고 있어." 그가 대답했다. "하지만 진짜가 아니라서……"

"어디 보여줘봐."

그는 주머니에서 신분증을 꺼내어 그녀에게 건네주었다. 그녀는 이마를 찌푸리고 신분증을 주의깊게 살펴보더니 말했다.

"영락없는 진짜 같은데. 이걸 보여주고 배급표를 받으면 어떨까?"

그는 고개를 설레설레 젓고는 말했다.

"안돼. 이 남자는 죽었어. 내 이름이 아니라고. 그들이 알아차리면……"

"그럼 제대로 된 신분증을 구해야겠네."

"그래. 하지만 어떻게? 그런데 당신 시내에 자주 가?"

"물론이지. 매일 가."

"편지봉투 있어?"

"응."

"하나만 줘."

그녀는 어리둥절해져 그를 쳐다보더니 일어나서 진열장 서랍에서 초록색 편지봉투를 꺼냈다.

그는 신분증을 봉투에 넣고 봉투를 봉한 다음 겉봉에 연필로 '빈센트 수도회 병원, 바이너 박사님께'라고 썼다.

"내 신분증이 아니거든." 그가 말했다. "나 대신 신분증을 갖다 줄 수 있겠어?"

그녀는 봉투를 건네받고 주소를 훑어보고서 말했다.

"그래. 하지만 신분증이 없으면 여기 있을 수 없잖아? 그들은 정식 제대증이 없는 사람은 무조건 체포하거든."

그녀는 편지봉투를 주머니에 찔러넣고 일어났다.

"당신이 정 원한다면 전달해줄게. 그런데 당신 것 아니야?"

"빌린 거야." 그가 대답했다. "깜박 잊고 돌려주지 않았어."

그녀가 막 나가려는데 그가 "잠깐만!" 하고 불러 세웠다.

그녀가 몸을 돌리고 의아해하자 그가 물었다.

"어떻게 하면 돈을 벌 수 있지?"

그녀가 웃으며 되물었다. "돈을 벌고 싶어?"

"응." 그가 대답했다. 그는 다시 얼굴이 화끈거렸다. "뭐든 해야 겠어. 당신을 위해서라도 뭐든 하고 싶어."

그녀는 말없이 눈꺼풀을 내리깔았다. 창백한 얼굴에 속눈썹이 부드러운 검은색 작은 화관처럼 보였다. 그녀가 다시 눈을 떴고, 표정은 진지해 보였다. 그녀는 자리에 앉아 주머니에서 담배를 한개비 꺼내 그에게 주면서 말했다.

"드디어 나한테 그런 의논을 하니까 기뻐. 이런 상태로 오래 버티지는 못해. 그리고 여기." 그녀는 말을 멈추고 쇼핑백에서 하얀색 종이에 둘둘 말려 있는 사진기를 꺼냈다. "이게 내가 가진 마지막 값나가는 물건이야. 당신은 원래 직업이 뭐야?"

"서점 직원." 그가 대답했다.

그러자 그녀가 소리 내어 웃었다. "아직까지 서점은 본 적도 없어. 게다가 일을 해서는 먹고살기 힘들어……"

"그럼 뭘 해?"

"암거래." 그녀가 대답했다. "그게 답이야."

그녀는 그를 유심히 바라보았다. 그녀는 미소를 짓는가 싶더니 진지한 표정이 되었다. 무척 아름다웠다. 그는 키스를 하고 싶어 아릿한 조바심이 났다.

"그런데 당신은 암거래는 절대로 못해." 그녀가 말을 이었다. "근처에 얼씬거리지도 마. 부질없는 짓이야. 그런 짓은 못한다고 얼굴에 쓰여 있어. 무슨 말인지 알겠지?"

그는 어깨를 으쓱했다. "그럼 뭘 해야지?"

"또다른 대안은 도둑질이야." 그녀는 다시 그를 찬찬히 뜯어보았다. "어쩌면 당신도 해낼 수 있겠어. 하지만 우선 온전한 신분증을 구해야 해. 그래야 외출을 할 수 있고 배급표를 받을 수 있으니까……"

그녀는 골똘히 생각하더니 사진기를 집어넣고 느닷없이 "그럼 나중에 봐" 하고 작별인사를 했다.

그는 이날은 낮에 잠을 자지 않았다. 그리고 그녀가 다시 돌아오기를 초조하게 기다렸다. 오후 내내 그의 방에 웅크리고 앉아 있었다. 덧창을 조금 열어 밖을 내다보자 방치된 커다란 공원이 보였다.

끝없는 잿빛 하늘 아래 사람들이 작게 무리 지어 움직이는 모습이 보였다. 몇몇 남자와 여자가 나무를 베고 있었다. 도끼질 소리가 들렸고, 나무가 쓰러질 때 우지끈하는 소리도 들렸다.

저녁 무렵 레기나는 곧장 그의 방으로 들어와서 탁자 위에 흰색 종이를 내려놓았다. 그는 그녀에게 다가가 그녀의 어깨에 손을 올려놓고 그녀 옆에 서서 글자가 빼곡히 인쇄된 흰색 종이를 바라보았다. 그녀는 집게손가락으로 종이의 칸을 하나씩 짚어가면서 조용히 말했다.

"여기에 당신 이름을 써넣기만 하면 돼. 원하면 가명을 써도 좋고. 그리고 직업, 생년월일, 출생지, 적군에 체포되었던 곳을 쓰면 돼. 다른 건 다 진짜야. 직인과 서명도. 여기가 당신이 석방된 포로수용소야. 잘 기억해둬. 전부 다 영어와 독일어를 병기해야 해. 영어 할 줄 알아?"

"조금. 세상에! 이런 걸 어디서 구했어?" 그가 물었다.

"사진기와 맞바꿨어." 그녀가 대답했다. "진짜 증명서야. 미군한테서 구했어……"

그가 "맙소사!" 하고 그녀의 어깨를 꼭 움켜잡으려 하자 그녀는 손을 뿌리쳤다……

"당신이 준 신분증은 병원에 전해줬어."

"고마워." 그가 말했다.

그녀는 돌아서서 문으로 걸어갔다.

그가 "레기나!" 하고 불렀다.

그녀가 "왜 그래?" 하고 되물었다.

"나와 함께 있어줘." 이렇게 말하고서 그는 그녀에게 다가갔다.

그녀는 미소를 지으려 했지만 뜻대로 되지 않았다. 그가 그녀의 어깨에 손을 올려놓고 키스를 하자 그녀는 가만히 서 있었다.

그가 그녀를 놓아주자 그녀가 말했다. "아냐, 이러지 마. 날 놓아줘. 너무 피곤해서 죽을 지경인데, 그렇다고 죽을 수도 없고. 배도 고파, 너무너무 배고파."

"당신을 사랑하는 것 같아." 그가 말했다. "당신도 날 사랑해?"

"그런 것 같아." 그녀가 지친 기색으로 대답했다. "정말이야. 하지만 오늘은 놓아줘. 제발 혼자 있게 해줘……"

"그래." 그가 말했다. "미안해."

그녀는 고개만 끄덕였고, 그는 그녀가 나가도록 문을 열어주었다. 그녀가 지친 걸음으로 부엌으로 가는 모습을 지켜보았다. 그리고 그녀가 불도 켜지 않고 바로 풀썩 드러눕는 소리도 들려왔다……

7

그는 겨우 삼주가 지났다는 게 실감나지 않았다. 일년보다 더 길게 느껴졌다. 수녀는 그를 알아보지 못하는 것 같았다. 수녀도 별로 달라진 게 없었다. 단지 아이처럼 작은 손에 살집이 좋던 팔이 다소 마른 것 같았고, 멍해 보이는 넙죽한 얼굴이 슬픈 표정을 띠는 것 같았다. 그는 수녀를 금방 알아보았다. 수녀는 김이 모락모락 나는 커다란 냄비 위로 몸을 구부리고 서서 국물을 나누어주고 있었다. 김이 나는 냄비 앞에 소녀 몇몇이 줄서 있었고, 차례가 된 소녀는 양은통의 열린 주둥이를 수녀 쪽으로 내밀었다. 수녀도 국물에서 올라오는 증기에 에워싸인 채 뜨거운 국물을 국자로 헤아려서 떠주었다. 국물에서는 무와 묽은 굳기름 냄새가 났다. 파란색 하얀색 줄무늬가 있는 치마를 입은 소녀들이 늘어선 작은 무리가 서서히 줄었고, 이윽고 국자가 냄비 바닥에 긁히는 소리가 들렸다. 모락모락 올라오던 김도 점점 줄었다. 김은 그를 스쳐지나 열린 문으로 빠져나갔고, 그의 얼굴에는 뜨거운 땀방울 같은 것이 송송 맺혔다. 땀이 서서히 식으면서 가는 이슬비처럼 되었고 개숫물 비슷한 냄새가 났다. 소녀들은 낡은 출입문에 비스듬히 기대어놓은 커다란 미닫이문 사이로 주방에서 빠져나갔다. 출입문의 위쪽 도르래 레일이 휘어져 있었다. 문 틈새로 이따금 찬바람이 들이쳐 수증기를 몰아내 열려 있는 창문 밖으로 흩날렸다. 그러자 잠시 수녀의 모습이 또렷이 보였고, 수녀 앞에 아직도 기다리고 있는 두 소녀의 가냘픈 목덜미가 보였다.

그의 뒤로 차 한대가 마당으로 들어왔다. 큼직한 한대 분량의 스웨덴 순무가 털썩털썩 바닥에 내려졌다. 수녀는 황급히 자리를 떠나 문간에 버티고 서서 성난 소리로 외쳤다.

"조심해요! 너무 많이 망가지잖아요. 그래도 사람이…… 먹을 귀한 건데……"

수녀는 그의 바로 옆에 서 있었다. 수녀의 얼굴이 노여움으로 떨리는 것이 보였고, 뒤에서 차량 인부들이 왁자지껄 웃는 소리가 들렸다. 그는 뒤를 돌아보았다. 한 인부가 쇠스랑으로 남은 순무를 경사진 짐칸에서 끌어내리고 있었고, 운전사는 종이쪽지에 수녀의 서명을 받고 있었다. 운전사는 뚱뚱하고 얼굴이 창백했는데, 서두르는 것처럼 보였다. 수녀는 운전사에게 서명 쪽지를 돌려주었고, 고개를 설레설레 저으며 운전사의 뒷모습을 바라보더니 한스에게 눈길을 돌렸다. 수녀는 아직도 국자를 들고 있었는데, 국자에서는 묽고 뜨거운 국물이 방울방울 떨어졌다.

"무슨 일이세요?" 수녀가 물었다.

"먹을 것 좀……"

"안돼요." 수녀가 자리를 뜨면서 말했다. "전체가 먹을 양을 정확히 재기 때문에 안돼요……"

하지만 그는 그대로 서서 수녀가 마지막 두 소녀에게 국물을 나눠주는 것을 지켜보았다.

그는 추웠다. 전날 눈이 내렸더랬다. 축축하고 을씨년스러운 5월의 눈. 마당에는 아직도 눈이 녹은 웅덩이들이 남아 있었다. 그리고 잔해더미와 틈이 벌어진 담벼락 사이의 응달진 곳에는 지저분한 눈덩어리들이 보였다.

드디어 수녀가 냄비 위로 국자를 서툴게 들어올리면서 그에게 가까이 오라고 손짓했다. 그는 재빨리 다가갔다……

수녀가 속삭이듯 말했다.

"내가 먹을 걸 줬다고 누구한테도 말하지 말아요. 안 그러면 내일은 이 도시 사람 절반이 여기에 와서 줄을 설 거라고요. 어서 받아요." 수녀가 다급하게 소리쳤다. "어서!"

수녀는 냄비에서 국물 반 국자를 긁어 떠서 양은그릇에 부어주었다. 그녀는 "얼른 드세요!"라고 외치고서 문가로 가서 바깥 동정을 살폈다……

그는 국물을 얼른 마셨다. 뜨겁고 묽었지만 맛은 근사했다. 무엇보다 뜨거워서 좋았다. 얼굴에서 눈물이 흘러내렸다. 도무지 멈출 수 없는 눈물이 마냥 흘러내렸다. 국물 그릇을 잡고 있어서 손을 쓸 수도 없었다. 눈물이 얼굴 주름을 타고 입가로 비스듬히 흘러내려서 짭짤한 맛이 났다……

그는 그릇을 냄비 옆에 갖다놓고 문으로 걸어갔다. 수녀의 얼굴에는 동정심이 아니라 괴로운 표정이 스쳤다. 다른 일에 정신이 팔려 챙겨주지 못하는 안타까운 마음과 어린애 같은 다정함이 동시에 느껴졌다.

"배가 많이 고파요?" 수녀가 물었다. 그가 고개를 끄덕이자 수녀는 "정말로요?"라고 되물었다. 그는 다시 고개를 세차게 끄덕이고는 수녀의 창백하고 살찐 얼굴에서 봉긋한 예쁜 입을 긴장하며 바라보았다.

수녀는 "잠깐만요……"라고 말하고서 식당용 가건물에 있는 테이블로 갔다. 수녀가 서랍을 여는 것을 지켜보는 짧은 순간에 그는 빵을 줄 거라고 생각했다. 하지만 수녀는 종이쪽지를 꺼내 조심스레 문질러 펴더니 그에게 건네주었다. 그는 쪽지에 적힌 글씨를 읽었다. "빵 교환권. 곰페르츠 씨 댁에서 받을 것. 루벤 거리 8번지."

"감사합니다." 그가 나직이 말했다. "정말 감사합니다. 지금 여기로 찾아가도 되나요?"

"아뇨." 수녀가 대답했다. "시간이 너무 늦었어요. 통행금지 시간 전까지 닿지 못할 거예요. 지하 방공호에서 주무시고 내일 아침 일찍 가보세요……"

"예." 그가 말했다. "감사합니다. 정말 감사합니다……"

8

벽에 걸린 마분지로 만든 커다란 안내판에는 검은색 글씨로 비
스듬히 '담요 보증금 100마르크, 신분증 제시 요망'이라고 쓰여 있
었다. 가난에 찌든 사람의 비참함과 기묘한 여름 땀내가 밴 곰팡내
가 풍겼다. 그는 길게 늘어선 줄에 서서 천천히 앞으로 나아갔다.
줄 앞쪽에는 두꺼운 시멘트벽에 어둠침침한 동굴이 나 있었고 동
굴 위에는 '입구'라고 쓰여 있었다. 입구에서 너덜너덜하고 지저분
한 담요더미를 지키고 있는 여자가 신분증을 요구했고, 그는 레기
나가 구해준 석방증명서를 보여주었다. 여자는 장부에 그의 이름
을 적고 "담요?"라고 짧게 물었다. 그가 고개를 설레설레 젓자 여
자는 그를 앞으로 밀어냈다. 여자의 잿빛 얼굴이 탐욕스럽고 신경
질적으로 실룩거렸다. 그녀는 다음 사람의 손에서 지저분한 신분

증을 낚아챘다. 뒤에서는 사람들이 계속 밀려오고 있었다. 다음! 다음!……

그는 안으로 밀려들어갔다. 방공호 안은 벌써 꽉 차 있었고, 벤치와 탁자는 이미 자리가 없어 그는 바닥에 주저앉았다. 피곤했다. 어슴푸레한 실내 어딘가 빈틈으로 아직도 잔광이 비쳐들었다. 등불은 보이지 않았다. 갑자기 모두가 불을 켜라고 아우성이었다. 익명의 목소리들이 드세게 합세해 "등불! 등불!" 하고 함성을 질렀다. 입구에 인상이 고약한 관리가 나타나 밤마다 전구를 도둑맞기 때문에 등불을 켤 수 없다고 무미건조한 목소리로 외쳤다. 관리는 우우── 하는 야유가 가라앉기를 기다렸다 도난 경고를 주요 내용으로 하는 생활수칙 같은 것을 발표했고, 내일 아침에 열차 시간들을 알려주겠다고 약속했다……

그는 계속 밀려들어오는 사람들에게 더이상 밀리지 않을 만한 구석진 시멘트 바닥에 웅크리고 앉아 있었다. 처음에는 쉴 수 있게 되었다고 좋아했으나 실내가 어두워지자 상황이 점점 악화되는 것 같았다. 열차가 새로 도착할 때마다 누더기 차림의 사람들이 물밀듯이 몰려왔다. 감자자루나 쭈글쭈글한 가방을 든 지저분한 행색의 사람들, 갈색 모자를 손에 들고 돌리거나 외투 주머니에 손을 넣은 제대한 군인들이었다. 사람이 새로 들어올 때마다 출입문이 열렸고, 그러면 희미한 빛 속에서 얼굴을 알아볼 수 없는 검은 형체가 바깥 통로에서 비치는 불빛을 머리에 받으며 방공호로 휘청휘청 들어왔다……

나중에 관리가 다시 나타나서 흡연금지라고 어둠 속을 향해 외쳤다. 많은 목소리가 야유를 보내자 관리가 화를 내며 소리쳤다.
"담뱃불에 타서 죽든지 말든지 상관안해!"

여기저기 구석에서 양초토막에 불이 켜졌고, 궐련과 파이프 담
뱃불이 늘어나자 희미하게나마 조명효과가 났다. 그의 등뒤에 두
여자가 벤치에 앉아 있었는데, 상자와 가방 들을 갖고 있어서 바닥
의 상당한 부분을 차지했다. 한 사람 한 사람 살펴보면 모두 그와
마찬가지로 가난하고 지치고 조용했다. 하지만 집단으로 뭉치면
목소리가 크고 거칠어졌다. 촛불이 하나둘 차례로 꺼지고 희미한
담뱃불만 남자, 모두 먹기 시작했다. 상자와 가방을 가진 뒤쪽 여자
들이 먹는 소리가 특히 또렷이 들렸다. 두 여자는 지칠 줄 모르고
뭔가를 씹어먹었는데, 끝없이 씹어대는 것 같았다. 처음에는 빵을
씹었다. 여러개의 빵을 아주 오래도록. 두 여자가 어둠 속에서 집토
끼처럼 버석버석 빵을 씹는 소리가 아주 오래도록 들려왔다. 그러
고는 뭔가 물기가 있으면서도 딱딱한 것을 씹었다. 과일, 사과인 것
같았다. 마지막에는 뭔가를 마셨다. 병에 담긴 음료를 마실 때 꿀꺽
꿀꺽하는 소리가 또렷이 들렸다. 그의 좌우, 앞뒤에서도 모두 뭔가
를 먹기 시작했다. 모두가 먹기 위해 어두워지기만 기다린 듯했다.
수백명이 몰래 뭔가를 씹어먹었고, 여기저기서 실랑이가 벌어졌지
만 금방 진정되었다. 이렇게 마구 먹어대는 소리가 뭐라 형용할 수
없는 저주의 소음으로 그의 뇌리에 박혔다. 먹는다는 것은 이제 좋
은 의미의 필수적 욕구가 아니라, 무슨 수를 써서라도 무조건 삼키
라고 강요하는 악법처럼 느껴졌다. 아무리 그래도 허기는 가시지
않고, 더 심해지는 것만 같았다. 콜록콜록 기침 소리가 들렸다. 식

100

사는 몇시간이나 계속되었다. 방공호의 어느 한쪽이 조용해지는가
싶으면 다시 바깥 정거장에서 온 새로운 무리가 밀고 들어왔다. 방
공호는 점점 비좁아졌고, 일정한 시간이 지나면 다시 종이가 바스
락거리고 마분지가 뜯어지는 소리가 났다. 자루와 가방을 부산히
찾는 소리, 찰칵 하고 트렁크 자물쇠를 여는 소리, 그리고 어둠 속
에서 몰래 병에 담긴 음료를 꿀꺽꿀꺽 마시는 역겨운 소리가 들려
왔다……

한참 지나자 소곤거리는 소리가 났다. 어둠 속에서 뭐라고 속삭
였다. 그는 기차를 타고 생필품을 구하러 갔던 행복한 기억이 떠올
랐다. 재고가 바닥나서 아쉬워했던 기억도……

그는 추웠지만 이마에서는 진땀이 났다. 누군가의 담요 끝자락
을 슬쩍 잡아당겨 담요 위에 앉고서 빵빵한 배낭에 등을 기댔다.
등의 촉감으로 배낭에 감자와 정체 모를 갈비뼈가 들어 있는 것을
알 수 있었다. 여전히 담배를 피우는 사람들이 있었다. 담뱃불의 빨
간 점들은 오히려 점점 늘어나는 것 같았고, 공기는 갑갑하고 메스
꺼웠다. 잠시 뒤 한쪽 구석에서 아코디언 소리가 은은히 울려왔다.
누군가가 큰 소리로 외쳤다.

「에리카」! 「에리카」를 연주해봐!」

그러자 아코디언이 「에리카」를 연주했다. 다른 사람들이 또다
른 노래를 신청하자 아코디언 연주자는 쉰 목소리로 대가를 요구
했다. 어둠 속에서 아코디언 연주자를 위한 보이지 않는 선물들이
거둬졌다. 선물은 보이지 않는 손들을 거쳐 잽싸게 소리 없이 어둠
속으로 전달되었다. 빵 한조각이나 사과 한알, 오이 반토막 또는 담

배꽁초 등이었다. 그때 갑자기 어디선가 싸움이 벌어져 욕설과 때리는 소리가 들렸다. 연주자에게 줄 선물이 어디서인가 더이상 전달되지 않자 싸움이 벌어진 모양이었다. 어떻든 연주자는 물건을 받지 못했다고 했고 연주를 거부했다. 그러자 기부자가 곧바로 선물이 사라진 곳을 찾아낸 것이다. 캄캄한 무리 중 어디선가 다투는 자들의 움직임이 드러났다. 서로 밀고 치고 휘청거리는 위태로운 동작이었다. 이윽고 조용해졌고, 아코디언 연주자는 누군가 다른 사람을 위해 연주를 했다.

그의 뒤에 있는 두 여자는 어느새 잠이 들었는지 조용했고, 훨씬 뒤쪽에서 젊은 남녀가 음탕하게 시시덕거리는 소리가 들려왔다. 아코디언 소리는 그쳤고, 타오르던 담뱃불도 점점 줄어들었다. 어둠 속에서 주위를 더듬자 형체를 알 수 없는 꾸러미가 만져졌는데, 자루인지 사람인지 분간이 되지 않았다……

그는 한참 뒤에야 잠이 들었고, 거친 비명소리에 갑자기 잠에서 깼다. 누군가가 다른 사람을 밟아 싸움이 벌어진 모양이었다. 그 바람에 짐꾸러미 하나가 사라졌고, 어떤 사내가 카랑카랑하고 격앙된 목소리로 외쳤다.

"내 트렁크! 내 트렁크!…… 기차 타러 가야 한다고, 2시 40분 기차!"

그러자 많은 사람이 "2시 40분 기차, 우리도 타야 해"라고 반복했다. 어둠 속에서 사람들이 거칠게 움직였고, 사내는 여전히 트렁크를 찾는 소리를 외쳤다. 이윽고 문이 열렸고, 한스는 통로에 수많은 사람의 머리가 흐릿한 전등불에 비치는 것을 보았다. "경찰! 경찰! 내 트렁크!" 사내는 여전히 외쳐댔다.

통로에 헬멧을 쓴 경찰 두명이 나타나 무리를 밀치고 전진하는 동안 사방은 쥐죽은 듯 조용했다. 큰 서치라이트가 눈부신 빛으로 방공호 안을 휙 비추자 먼지가루와 잔뜩 움츠린 사람들의 모습이 보였다. 사람들은 기도라도 하듯 공손한 자세로 빛을 향해 얼굴을 내밀었다.

경찰이 차분하고 또렷한 목소리로 "만약 트렁크가 나오지 않으면"이라고 하는 순간 트렁크를 잃어버린 사내는 어느새 트렁크를 다시 손에 든 것 같았다. 사내가 "여기 있어요! 찾았어요!"라고 외쳤다. 그러자 많은 사람이 사내를 향해 "멍청한 놈! 다음부터는 주의해, 이 얼간아!"라고 핀잔을 주었다.

이윽고 문이 닫혔고 다시 어두워졌다. 하지만 한스는 이제 잠이 오지 않았다. 거의 십오분마다 사람들이 밖으로 나가는 바람에 파도가 치듯 소란이 번졌다. 열차 시간을 알리는 고함소리, 지인을 부르는 소리, 짐을 찾느라 악을 쓰는 소리가 울렸고, 사방이 콘크리트 벽으로 된 방공호 안의 공기는 점점 더 탁하고 역해졌다……

한스는 수시로 이마의 땀을 손으로 훔치곤 했다. 그러는 중에도 아랫도리는 추웠다. 담요와 기대고 있던 배낭도 사라졌다. 그는 천천히 앞으로 나아가다, 뭔가가 발길에 채여서 몸을 숙이고 산 것인지 죽은 것인지 살펴보았다. 진한 양파 냄새가 코를 찔렀다. 누더기로 기운 커다란 광주리가 보였다. 그는 광주리에 걸터앉았다. 그저 앉기만 해도 너무 편안했다. 그는 몸을 웅크리고 머리를 가슴에 파묻은 채 다시 얼마 동안 잠이 들었다. 그러다 누군가가 그를 광주리에서 밀쳐내는 바람에 잠에서 깼다. 누군가가 "염치없는 자식" 하고 내뱉었다. 한스는 돌바닥에 넘어져서 비틀거리며 겨우 몸의 균형을 잡고 옆으로 기어가서 웅크린 채 잠시 그대로 있었다……

사람들 사이에는 점점 더 넓은 공간이 생겼고, 그는 계속 기어갔다. 이윽고 사람 숨소리가 들렸다. 천천히 손을 더듬자 종아리와 신발이 만져졌다. 작고 굽이 높은 걸로 보아 여자 신발인 듯했다. 여자의 얼굴이 있을 성싶은 곳으로 몸을 굽히자 따뜻한 숨결이 느껴졌다. 그는 따뜻한 숨결이 나오는 쪽으로 양손을 갖다 대고 더 바짝 몸을 굽혔다. 하지만 아무것도 보이지 않았고, 나이도 외모도 알 수 없는 미지의 여성의 체취에서 비누 향 같은 것이 풍겼다. 아주 희미한 향수와 비누 향이었다. 그는 여자의 얼굴 위로 바짝 몸을 숙이고 숨결이 나는 쪽으로 자기 얼굴을 가까이 가져갔다. 숨결이 고르고 따뜻했다. 그윽한 비누 향이 더 강하게 느껴졌다. 그는 여자 쪽으로 몸을 굴려서 여자의 외투에 얼굴을 파묻었다. 사향과 페퍼민트 같은 이 강하고 그윽한 향에 그는 스르르 잠이 들었다……

그가 다시 깨어났을 때는 주위가 텅 비어 있었다. 그의 옆에 누워 있던 미지의 여자도 보이지 않았다. 그는 밖으로 몰려가는 인파에 떠밀려갔다. 지저분한 담요를 쌓아놓던 탁자 옆에 다다르자 다시 멈춰 서서 신분증을 보여줘야 했고, 담요를 받았는지 여부를 확인할 때까지 기다려야 했다. 탁자 옆에는 이제 남자가 서 있었는데, 나이든 상이군인이 기분 나쁜 표정으로 불이 꺼진 파이프를 입에 물고 멍하게 담요를 받아 챙겼고, 담요를 빌렸던 사람이 내민 지저분한 손바닥에 보증금을 놓아주었다……

바깥은 벌써 환했고 방공호보다 따뜻했다. 수녀가 줬던 종이쪽지를 뒤지기 시작하자 금세 불안해져서 진땀이 났다. 쪽지를 찾을 수 없었다. 다급하게 정신없이 뒤지는 동안 끔찍한 공포가 몰려왔다. 잃어버린 빵, 아니 도둑맞은 빵 때문에 질겁했다. 가슴이 마구 뛰었고, 거의 울상이 되었다. 그러다가 마침내 꼬깃꼬깃 구겨진 작은 쪽지를 가슴 주머니에서 찾아냈다. 그는 쪽지를 펴서 조심스럽게 문지르며 계속 걸어갔다. 빵 한덩이 배급표, 어디어디에서 수령할 것…… 걸어가는 동안 줄곧 가슴이 두근거렸다……

9

심장의 박동이 진정되지 않았다. 한스는 줄곧 빵만 생각했다. 심장박동은 그의 가슴에 생긴 큰 상처에서 밀려오는 은근한 아픔이자 기분 좋은 두근거림 같았다. 그의 심장이 뛰는 것이다. 그는 최대한 빨리 걸어서 거리 한가운데를 파내어 좁은 통행로를 낸 구역으로 접어들었다. 9시 무렵 어느새 큰길에서 루벤 거리가 갈라지는 지점에 다다랐다. 곰페르츠 부인을 생각하니 미소가 번졌다. 그가 나타나서 빵 배급표를 내밀면 뭐라고 할까. 틀림없이 그를 알아볼 것이다. 그는 그럴 걸 알았다. 그에게 돈을 줄지도 몰랐다. 많은 돈을. 온전하고 떳떳한 신분증을 사기에 넉넉한 돈. 그의 본래 이름이 적힌 신분증, 진짜 신분증, 돈으로 사는 신분증의 한도 안에서는 최대한 진짜로 통할 수 있는 신분증. 그렇지만 그가 살 수 있는 신분증을 생각할 때보다 빵을, 진짜 빵을 생각하면 가슴이 더 크게 뛰었다. 쪽지를 갖고 있는 동안에는 아직 빵이 손에 들어오지 않은 것이다. 진짜 빵을 만져보고, 먹어보고, 쪼개보고 싶었고, 레기나에게 갖다주고 싶었다. 밀가루 반죽이 구워져서 갈색이 된 껍질조차 부드러운 빵. 달콤한 냄새가 나고 달콤한 맛이 나는 빵, 세상에서 가장 맛있는 빵. 이주일 전에 수녀한테 얻어먹은 빵을 떠올리며 그는 식욕과는 거의 무관한 기묘한 희열을 느꼈다. 어제 그는 먹을 것을 찾기 위해 외출을 했다. 먹을 것을 찾겠노라고 레기나에게 약속했다. 하지만 빵을 제대로 구하지 못했다. 그는 돈도 바꿀 물건도 없었지만 어떻게든 빵을 구해갈 요량이었다. 어쩌면 많은 빵을. 그녀가 돈을 줄지도 모르니까. 돈을 많이 주면 빵을 잔뜩 살 생각이었다. 전쟁이 끝나자 빵 가격은 빠르게 올랐다. 평화가 오히려 물가를 상승시켰다. 그렇지만 어쨌거나 빵은 있었고, 다만 비쌀 뿐이었다.

어느새 그는 신분증은 사지 않고 빵만 사기로 마음먹었다. 임시로 쓸 신분증은 있었다. 레기나가 사진기와 맞바꾼 문서, 훌륭한 신분증이었다. 안타까운 생각이 들었다. 사진기로 빵을 샀다면 좋았을 텐데……

그는 폐허가 된 수영장 잔해더미에 앉아 두근거리는 가슴을 진정시키려 했다. 가슴에 생긴 상처가 점점 커지고 깊어지는 것 같았다. 그 상처의 고통은 이상하게 달콤했다……

수영장 바닥의 녹색 타일이 지난 며칠 내린 비와 눈으로 아주 깨끗하게 씻겨져 햇살에 반짝였다. 녹색 칠을 한 탈의실 문짝이 쓰러져 있었고, 밝은 녹색 위에는 흰색 바탕에 검은색 숫자를 에나멜로

쓴 번호판이 붙어 있었다.

보통은 폐허 위에 자라난 풀을 보고 건물이 파괴된 시점을 유추할 수 있었다. 그것은 식물학의 문제였다. 그런데 이 폐허에는 아무 것도 자라지 않았다. 거친 돌과 무너진 지 얼마 되지 않은 담벼락이 아무렇게나 쌓여 있었고, 거의 녹슬지 않은 철제 기둥이 삐져나와 있었다. 어디를 둘러봐도 풀 한포기 자라지 않았다. 하지만 다른 곳에는 어느새 나무가 자랐다. 침실과 부엌에서도, 다 타버린 화덕의 녹슨 풀무 바로 옆에서도 귀여운 작은 나무들이 자라났다. 그렇지만 이 수영장은 벌거벗은 폐허였다. 황량하고 을씨년스럽게 텅 비어 있었다. 아직도 폭탄의 압력이 대기를 짓누르는 것만 같았다. 그대로 남아 있는 타일만이 폐허에 아랑곳하지 않고 반짝거렸다.

그는 벌써 자기도 모르게 부인이 줄 돈을 헤아려보기 시작했다. 처음에는 1000마르크일 거라고 생각했다. 그러다가 몇천 마르크일 거라고 생각을 고쳤다. 그때 그를 도와주겠다는 제안을 수락하지 않은 것을 자책했다. 틀림없이 부인은 돈이 엄청 많을 것이다. 남편의 유언이 수십만 마르크의 값어치는 될 터였다. 남편은 죽음으로 유언의 대가를 치렀으니 아주 비싼 값을 치른 것이다. 불과 삼주일 전인 그때가 아득하게 느껴졌다. 당시만 해도 아직 전쟁 중이었다. 전쟁이 완전히 끝났다는 확신 때문에 지난 삼주일이 그토록 아득하게 느껴지는 것이다. 그는 그 삼주일 전의 과거를 무한히 축소해 그의 앞에 놓인 그림처럼 바라보았다. 늘 아득히 옛적으로 떠올리던 고대 그리스의 역사보다 훨씬 더 오래된 과거처럼 느껴졌다.

소년 둘이 잔해더미 위로 올라오더니 버려진 탈의실 문짝을 망치로 패서 요령 있게 해체하기 시작했다. 접착제로 붙인 문틀을 망치로 쳐서 떼어내고 경첩에서 널빤지를 뽑아내 문짝을 작고 납작한 장작 꾸러미로 바꿔놓았다.

그는 일어나서 골목으로 기어올라갔다. 그는 빵을 생각했다. 반드시 빵을 먹을 거라고. 돈을 얻을 거라고. 그는 이제 정말로 돈을 계산했다. 상당한 액수였다. 남편의 죽음을 담보로 한 할부금이니 분명히 빵 스무개 값어치는 될 터였다……

그 집 현관에 들어서자 쪽지를 쥔 손이 땀으로 축축해졌다. 쪽지를 펴자 타자기로 친 글자가 다소 흐려져 있었다. 그는 문을 두드렸다.

한참 동안 아무 소리도 들리지 않았고, 꽤 오래 기다린 것 같았다. 그는 다시 더 세게 문을 두드렸다. 문 두드리는 소리가 메아리도 없이 잡동사니로 꽉 찬 복도 안쪽으로 울렸다. 그래도 아무 소리도 들리지 않자 그는 구둣발로 문을 세번 세게 걷어찼다. 문틀 위의 유리창이 가볍게 떨리는 소리가 들렸고, 먼지가루가 흘러내렸다……

마침내 왼쪽에서 부인의 방으로 통하는 문이 열리는 소리가 들렸다. 남자의 다부진 발소리가 뚜벅뚜벅 들리자 그는 지레 주눅이 들었다. 문이 열리고 사내의 얼굴이 나타났다. 사내는 길쭉하고 넙적한 창백한 얼굴에 신경질적으로 입을 벌리고 있었다……

이런 상황이 종종 그를 성가시게 하고 난처하게 만들었다. 그는 한번 본 사람의 얼굴을 잊지 않았다. 그가 만난 모든 사람의 얼굴이 그를 따라다녔고, 한번 봤던 얼굴이 다시 나타나면 금방 알아보왔다. 그의 무의식 어딘가에서 아는 얼굴들이 둥둥 떠다니고 있었다. 한번 흘낏 스친 얼굴들은 형체가 흐릿한 회색 물고기처럼 흐린 웅덩이에서 수초 사이로 헤엄쳐다녔고, 이따금 말없는 주둥이를 수면까지 바짝 쳐들곤 했다. 그렇지만 정말 다시 마주치는 경우에는 어김없이 떠올랐고 틀림없이 또렷이 나타났다. 아는 얼굴이 그의 눈이 관장하는, 고통스럽게 활성화된 이 영역에 다시 나타나자마자 곧바로 그들의 거울상이 또렷이 떠오르는 것만 같았다. 한번 본 얼굴은 모두 다시 나타났다. 여러해 전에 그에게 승차권을 끊어주었던 시가전차 승무원의 얼굴이 부상병 집결소에서 그의 바로 옆자리에 누워 있는 병사의 얼굴로 나타난 적도 있었다. 그때 녀석의 머리에 감은 붕대에서 이가 기어나왔더랬다. 이들은 응고된 피와 방금 흘러나온 신선한 피 사이를 헤집고 다녔다. 목덜미에서 유유히 기어가거나 무기력한 얼굴이나 귀에 달라붙어 이리저리 기어다녔다. 미끄러져 떨어져도 다시 같은 사람의 어깨나 귀에 달라붙는 맹랑한 놈들이었다. 칠년 전에 서쪽으로 3000킬로미터나 떨어진 곳에서 그에게 환승 승차권을 끊어주었던 병사는 야윈 얼굴에 고통스러워 보였다. 칠년 전만 해도 씩씩하고 밝아 보이는 얼굴이었는데……

그런데 넙적하고 창백한 얼굴에 신경질적으로 입을 벌리고 있는 이 사내의 얼굴은 변하지 않았다. 전쟁도 파괴도 감히 이 얼굴을 축내진 못했다. 학자풍의 평온함이 느껴지는 물렁물렁한 얼굴 피부, 자신만만한 눈초리. 가벼운 고통이 느껴지는 유일한 지점은 살짝 벌린 입이었다. 섬세하게 동그란 입에서 느껴지는 고통은 역겨움일 수도 있었다. 맛있는 것을 실컷 즐긴 그런 부류의 역겨움. 어두운 마룻바닥의 희미한 반사광 속에서 그는 사내의 얼굴이 정말 커다랗고 창백한 잉어의 대가리처럼 느껴졌다. 연못 위로 높이 솟구쳐오른 말없고 자신만만한 잉어. 어두운 공간 아래쪽에 사내의 손은 보이지 않았다. 이 사내는 박사학위를 두개나 가진 피셔⁹ 박사였다. 박사는 그가 수습사원으로 일한 서점의 고객이었다. 수습근무 상급반이 되어서야 박사를 시중드는 일이 딱 한번 허락됐다. 피셔 박사는 책에 대해 일가견이 있었기 때문이다. 박사는 독문학자, 법률가에다 잡지 편집인이었고, 괴테 연구에 깊은 애착을 갖고 나름의 성과도 냈다. 그리고 당시에는 추기경 예하의 문화담당 비공식 자문위원이기도 했다. 그는 이 얼굴을 딱 한번 가까이서 보았을 뿐이다. 그밖에는 박사가 급히 진열대를 지나서 사장실로 사라질 때 흘낏 스쳐보았을 뿐이다. 거의 팔년이 지났지만 그는 금방 알아보았다. 순식간에 낚싯줄을 높이 당겨 이 얼굴을 낚아올린 것이다.

"무슨 일이오?" 박사가 얼굴만 내밀고 물었다.

그는 "빵" 하고 말하면서 쪽지를 배급창구에 내듯이 내밀었다.

"빵은 남아 있지 않소."

그는 납득이 되지 않았다. "빵 주세요." 그가 말했다. "하지만 수녀님 말씀으로는…… 배급표도 있잖아요……"

"없어요." 박사가 차분하게 사무적으로 말했다. "없어요. 남은 빵이 없다고."

---

9 '피셔'(Fischer)는 독일어로 어부, 낚시꾼이라는 뜻.

그제야 아래쪽에서 박사의 손이 올라왔다. 박사는 손가락이 갸름한 길쭉한 손을 들어올리더니 빵과 바꿔야 할 쪽지를 들고 찢어버렸다. 한번에 짧게 죽 찢지 않고, 네번 다섯번이나 계속 포개어 찢었다. 즐기는 기색이었다. 찢어발긴 자잘한 종잇조각이 사육제에서 흩뿌리는 종잇조각처럼 하얗게 흩어져 떨어졌다. 꼭 빵 부스러기 같았다······

"자, 이게 당신 빵이오." 박사가 말했다.

문이 닫히고 나서야 그는 그게 빵이라는 걸 비로소 깨달았다. 육중한 나무로 만든 흔들거리는 문은 문틀과 널빤지와 유리창을 접착제로 붙여놓은 상태였는데, 이제 심하게 덜컹거리면서 흔들렸고, 그 바람에 미세한 석회가루가 다시 흘러내렸다······

그는 오래도록 그 자리에 서서 뭔가 감정을 느껴보려 애썼다. 증오든 분노든 고통이든 간에. 하지만 어떤 느낌도 들지 않았다. 어쩌면 내가 죽은 것인지도 몰라, 하는 생각이 들었다. 하지만 그는 죽지 않았고 말짱하게 깨어 있었다. 발로 문을 걸어찼는데, 발끝으로 차는 바람에 통증이 느껴진 것이다. 그렇지만 증오도 분노도 느껴지지 않았으며, 오직 통증만이 느껴졌다······

10

피셔가 방으로 돌아오자 엘리자베트는 벽을 향하고 있던 얼굴을 돌려 나직이 물었다.

"누가 왔어요?"

"거지야." 그렇게 답하고 피셔는 자리에 앉았다.

"뭘 좀 줬어요?"

"아니." 그가 대답했다.

그녀는 한숨을 쉬고서 얼굴을 다시 벽으로 돌렸다. 커튼은 걷혀 있었고, 커다란 그늘진 창문틀 안으로 보이는 폐허는 마치 환상을 펼쳐놓은 그림 같았다. 검게 그을린 건물 측면, 부서져서 떨어져내릴 것 같은 박공지붕이 보였고, 잔해더미 위에 녹음이 우거졌던 공간은 다시 파헤쳐져 풀이 듬성듬성 이끼처럼 한가로이 자라고 있었다……

"아무것도 주지 않았다고요? 누구였어요?"

"몰라. 어떤 남자였는데……" 그가 말했다.

그녀는 조용히 울기 시작했고, 그는 가만히 듣기만 했다. 지금까지 그녀가 우는 모습을 본 적은 없었다. 그는 그녀의 헝클어진 머리가 흘러내린 가는 목덜미와 떨리는 어깨를 바라보았고, 이상하게 끊길 듯 말 듯한 흐느낌 소리를 들었다. 그는 어리둥절해졌고, 그녀가 이토록 감상적인 모습을 보이는 것이 어쩐지 역겹게 느껴지기도 했다.

"화내지 말아요." 그가 말했다. "이야기를 매듭지어야겠어. 알다시피 어떻게든 결론을 내려야 해. 나는 돈을 중시하기 때문에 돈 때문에 감상적으로 되지는 않아. 그렇지만 나는 정말 돈에는 관심이 없어요. 이미 말했듯이 당신이 빌리의 유언장을 당분간 없는 셈 치고 빌리의 돈과 값나가는 물품들을 처분하지 않겠다고 구두약속만 해주면 당신의 시아버지는 만족할 거요. 단지 구두약속일 뿐이오, 알아들었어요? 당신은 더이상의 호의는 바랄 수 없어. 만약 약속을 하지 않는다면……" 갑자기 그녀가 다시 그에게 얼굴을 돌렸기 때문에 그는 말을 멈추었다. 그녀의 단호한 표정에 놀랐다. "법적 다툼을 하게 될 거요." 그가 소리 내어 웃으며 말을 계속했다.

"내가 보기에는 당신이 지금 가진 증빙자료로 소송에서 이길 가능성은 아주 희박해……"

"빌리의 유언장을 전해준 남자를 찾아볼 수도 있어요." 그녀는 그 남자와 벌인 소동을 떠올리며 얼굴을 붉혔다.

"아무렴." 그가 말했다. "하지만 그 남자를 찾을 수 있는 가능성은 무척 희박해. 그런데 그 남자한테서 뭘 알아내겠다는 거요?"

"빌리가 총살당한 장소. 아마 그곳에 묻혀 있을 거예요. 틀림없이 누군가가 묻어줬겠죠."

"나쁘지 않은 생각이군." 그가 말했다. "전혀 나쁘지 않은 생각이야."

그는 잠시 생각에 잠긴 듯 말이 없더니 다시 물었다.

"자, 말해봐요. 당분간 남들에게 마구 퍼주는 허튼짓을 중단하고 매월 2000마르크를 받는 데 만족하겠소? 그리고……"

"그러니까 휴전을 하자는 뜻이군요. 나야 상관없어요." 그녀가 조용히 말했다. "지금 마음대로 할 수만 있다면 당장 당신 낯짝을 패주고 싶어요."

"그건 기독교인답지 않은 짓이오……"

"나는 알아요." 그녀는 속에서 끓어오르는 분노 때문에 갑자기 눈물이 말라버린 느낌이었다. "수많은 기독교인이 당신 같은 인간의 낯짝을 숱하게 두들겨 팼지만, 그건 기독교인의 양심에 어긋나지 않았다는 걸 잘 알아요. 아니, 안다기보다 그렇게 믿어요. 문제는 나는 좋은 기독교인이 아니고, 그들은 좋은 기독교인이었다는 거죠……"

"지당해." 그가 말했다. "당신은 인간적인 변덕을 부리는데, 그게 문제야. 인간적인 변덕이 종교의 자발적 열정을 대신하지는 못하지……"

"그래, 맞아요." 그녀는 그를 이상한 표정으로, 거의 비웃는 표정

으로 빤히 쳐다보며 말했다. "당신은 뭐든 설명할 수 있지. 당신 같
은 부류는 무엇이든 설명할 수 있어. 그렇지만 언젠가는 당신 같은
부류도 정체가 밝혀질 때가 오길 바라요……"

"말은 잘도 하네. 하지만 나도 좋은 기독교인으로 인정받을 기회
가 오기를 바라오. 교회에는 다행히 당신과는 다른 권위가 존재하
거든." 그는 조용히 웃었다.

그녀는 다시 벽으로 몸을 돌렸다. 이자의 낯짝을 패주고 말 거
야. 이렇게 다짐했다……

"그런데 왜 당신은 나를 때리고 싶어하지?" 그는 물어보면서 주
머니에서 담배를 뒤졌다.

묵묵부답이었다. 그는 뜸을 들이며 담뱃불을 붙이고서 손가락을
톡톡 칠 만한 곳을 찾아봤지만 침대맡 침실용 탁자는 너무 작은데
다 십자가상과 물잔과 접시, 빵조각 등으로 빼곡이 차 있었다. 그는
의자 등받이를 손가락으로 톡톡 쳤다. 하지만 등받이 면이 너무 좁
아서 손가락이 미끄러졌다. 그는 얼굴을 붉혔다. 손가락으로 톡톡
칠 곳이 없으면 신경질이 났다……

"어째서냐고?" 그가 다시 물었다.

"거지한테 아무것도 안 줬으니까 그만해요." 그녀는 피곤한 어
조로 말했다. "당신과 휴전협정을 맺었으니까……"

"당신은 언제까지고 유언장을 우리에게 주지 않을 작정이
군…… 그러니까 내 말은……" 그가 나직이 말했다.

그녀는 몸을 갑자기 홱 돌렸다. 그녀가 큰 소리로 웃는 바람에
그는 깜짝 놀랐다.

"안 줄 거야." 그녀가 말했다. "당신 말대로 아무런 가치도 없는 문서라면 당신네한테도 아무 소용이 없잖아……"

"그렇지만 검증해볼 수는 있겠지. 공증을 했다면서……"

"그래요." 그녀가 말했다. "이제 가보세요. 너무 피곤해요. 병이 호전되지 않고, 밤에는 잠을 설쳤어요."

그는 담배를 입에 물고 외투를 걸쳤다.

"그런데 제 대녀代女 엘리자베트는 건강이 어떤가요?" 그녀가 물었다.

그녀의 어조가 사뭇 바뀌자 그는 움직이던 동작을 멈췄고, 그 바람에 외투가 어깨에 반쯤 걸쳐졌다. 그는 물고 있던 담배를 집어들어 침실용 탁자 모서리에 올려놓고서 침대로 가까이 다가갔다.

"그런데 내 딸아이가 아프다는 걸 어떻게 알았죠?" 그가 침착하게 물었다.

"아프다고요?"

"그래요."

"대체 어디가 아픈데요?"

"고약한 사고를 당했소. 자전거 사고였지. 심한 내출혈이 있었소."

"심한 내출혈이라. 그래요? 그 아이 몸 상태를 봐서는 안 좋은 징조인데……"

"뭐라고?" 그가 나직이 물었다. "그 아이 몸 상태라니? 그게 무슨 뜻이오?"

그는 여간해서는 자제력을 잃지 않았고, 여자와 담판을 지을 때도 그러했다. 그런데 지금은 얼굴이 떨리고, 손에 맥이 풀리면서 땀이 흥건해졌다.

"따님이 임신을 했다는 뜻이죠. 지난 일이 돼버렸지만." 그녀가 차분히 말했다.

그는 다급하게 외투를 걸치고 침실용 탁자에서 담배를 집어들고는 말했다.

"이제 보니 당신 완전히 돌았군. 정말…… 도대체 정말 그렇다고 생각해요?"

그는 초조해서 어쩔 줄 몰랐다. 그녀가 다시 울기 시작한 것이다. 그는 마음속 감정을 이렇게 여과 없이 쏟아내는 게 싫었다.

"물론이죠." 그녀가 조용히 말했다. "그렇게 생각해요. 모든 문제가 한 남자로부터 비롯됐죠. 거지를 문전박대한 한 남자로부터…… 이제 가세요."

그는 잰걸음으로 나갔다.

11

레기나는 접수계 직원에게 헌혈카드를 건네주고 직원이 미심쩍은 표정으로 고개를 숙여 헌혈카드를 살피는 모습을 지켜봤다. 직원의 불그스레한 큰 코는 굴곡 없이 이마까지 쭉 뻗어 있었고 이마는 누르스름한 대머리로 매끄럽게 이어져 있었다. 이윽고 직원이 얼굴을 들더니 그녀 앞에 다부지게 꼿꼿이 섰다.

"15호 수술실입니다." 직원이 말했다. "오른쪽으로 돌아가면 됩니다."

레기나는 밀폐된 병실들을 지나 오른쪽으로 돌아갔고, 다시 왼쪽으로 돌아 좁은 문 앞에 멈춰 섰다. 페인트가 버석버석 갈라진 문에는 붉은 글씨로 '수술실'이라고 쓰여 있었다. 그녀가 문을 두드리자 안에서 "들어오세요!"라는 목소리가 들려왔다.

수술실은 아주 조용했다. 수녀 한명이 김이 나는 소독 냄비 위로 몸을 숙이고 집게로 의료도구들을 집어올리고 있었다. 의사는 피곤한 모습으로 의자에 앉아 담배를 피웠다. 레기나는 진한 담배냄새를 욕심껏 들이마셨다. 메스꺼움과 피로가 묘하게 뒤섞인 허기를 처음으로 느꼈다. 속에서 노곤한 하품 같은 것이 올라와 의사의 질문을 흘려들었다.

"무슨 일이죠?" 그녀가 입을 애써 다물려던 참에 의사가 다시 짧게 물었다.

그녀는 가까이 다가가서 의사에게 헌혈카드를 건넸다.

"아하!" 의사가 말했다. "몰라봐서 죄송합니다. 레기나 웅어 양이죠?"

"예." 그녀가 대답했다.

그는 담배를 입에 물고 책상으로 가서 나무 서랍에서 갈색의 감자배급표를 꺼냈다.

"그렇군요." 의사가 말했다. "웅어죠. 당신의 혈액검사 결과는 양호합니다. 분석 결과 부정적 요인이 전혀 없어요. 오늘 오시라고 한 것은…… 그런데 아직도 혈액을 제공할 의향이 있으신 거죠?"

"그럼요." 레기나가 대답했다.

"벌써 이주일이 지났네요." 의사가 어깨를 으쓱하며 한숨을 쉬었다. "그새 상황이 많이 바뀌어서 헌혈의사를 철회할 사유가 생겼을 수도 있죠. 하지만 여전히 혈액을 제공할 생각인 거죠?"

"예." 그녀가 대답했다.

"좋습니다. 그럼 옷을 벗으세요. 상의요."

그녀는 외투를 벗고 블라우스의 단추를 풀어서 벗은 옷을 옆에 있는 이동식 수술대에 올려놓았다.

"좋아요." 의사가 큰 소리로 말했다. "됐습니다."

레기나는 의사의 힘센 손이 자신의 근육을 더듬어 맥을 짚는 것이 느껴졌고, 차가운 청진기가 가슴에 닿자 가볍게 움찔했다.

"그런데 웅어 양." 의사가 생각에 잠긴 피곤한 표정으로 그녀를 바라보며 말했다. "외투를 여기에 걸어두지 않았던가요?"

"예, 걸어두었죠."

"돌려받았나요?"

"예."

"정직한 사람이군요."

"예, 정직한 사람이더군요."

의사는 청진기를 귀에서 떼고 그녀에게 좋다는 표시로 고개를 끄덕이고서 말했다. "아무런 이상 없습니다. 전반적인 건강 상태로 봐서 혈액 제공을 하셔도 되겠어요. 이제 옷을 입으셔도 됩니다. 혈액형이 어떻게 되죠?"

"O형이에요."

"좋습니다. 오늘 아침에 바로 수혈할 환자가 있어요. 괜찮겠어요? 피셔 양에게 수혈할 겁니다." 의사가 수녀를 불렀다. "어떻게 하실래요?"

블라우스를 다시 입는 동안 수녀의 하얀 두건이 끄덕이는 모습이 보였다.

의사는 피곤이 어린 친절한 표정으로 레기나를 바라보며 말했다.

"당신은 운이 좋아요. 피셔 씨가 딸에게 혈액을 제공해주는 사람에게 특별 사례금을 주겠다고 약속했거든요. 그러니까 관례적인 보상과는 별도로 말입니다. 이봐요 간호사, 금액이 얼마였죠?"

"1500마르크예요." 수녀가 큰 소리로 대답했다. 수녀는 무거운 니켈 덮개로 의료기구 상자를 덮고 돌아섰다.

"1500마르크요." 수녀가 한번 더 말했다. "피셔 씨는 부자거든요."

"돈 낚는 재주가 있는 사람이죠." 의사가 소리 내어 웃으면서 담배를 꼈다. "사람을 낚지는 않아요."

수녀가 고개를 설레설레 저으며 의사를 못마땅한 표정으로 흘겨보고는 레기나에게 말했다.

"여기 그대로 계시는 게 좋겠어요. 10시에 수혈이 예정되어 있어요. 그렇죠 선생님?"

"맞아요." 의사가 말했다. "나는 바로 시작해도 괜찮아요. 아침 식사는 하셨나요?"

"아뇨." 레기나가 대답했다.

"이 여자분에게 먹을 것 좀 줄 수 있을까요?"

"안돼요. 절대로 안돼요." 수녀의 커다란 두건이 힘차게 이리저리 움직였다.

"혹시 보상금 중 소액을 선불로 주면 안될까요? 수혈 중에 상태가 악화되면 곤란해요."

"정말 안돼요." 수녀가 말했다. "제 말 믿으세요. 보상금은 음식 배급표로 지급되는데, 우리가 주는 게 아니고 재무관청에서 교부해요. 이 여자분은 여기서 확인증만 받는 거예요."

의사는 어깨를 으쓱했다. "그럼 차라리 a병실 청년의 피를 받는 게 낫겠어. 적어도 뭐라도 먹었을 테니까."

"안돼요, 안돼!" 레기나가 다급하게 소리쳤다.

의사와 수녀는 어리둥절해져서 그녀를 쳐다봤다.

"왜 그러세요?" 의사가 물었다.

"저는 기꺼이 헌혈할 용의가 있어요…… 몸 상태가 나빠지지는 않을 거예요……"

"저는 상관없어요. 간호사 생각은 어때요?"

수녀가 어깨를 으쓱했다.

"그럼 시작합시다."

수녀가 밖으로 나가자 의사가 다시 담뱃불을 붙이며 말했다.

"한대 드리고 싶지만, 혹시 어떨지 몰라서요……"

"괜찮아요. 감사해요. 담배를 피우면 안 좋을 거예요. 감사해요."

레기나는 담배연기를 들이마셔서 현기증이 났다. 이제 허기에다 두통, 메스꺼움, 피로가 겹쳤다. 갑자기 두통이 왔다. 후비는 것처럼 머리가 아팠는데, 원인은 알 수 없었다.

레기나는 경련을 일으키듯 자꾸만 하품이 나서 손으로 입을 가리고는 몸을 위로 들썩였다. 하품이 너무 심해 턱에서 치아가 부딪히는 소리가 났다. 피곤한 상태에서 그녀는 의사가 사기 세면대에서 손을 씻고 담배를 꺼서 꽁초를 위쪽 유리 선반에 올려놓는 것을 지켜보았다.

"피셔 씨는 정말 부자랍니다." 의사가 돌아서서 손을 닦으면서 말했다. "그 양반이라면 자기 딸을 위해 헌혈하는 사람에게 아침식사도 사줄 수 있을 텐데요."

"따님이 어떤 병을 앓고 있죠?"

"유감스럽지만 알려드릴 수 없어요. 금지되어 있죠. 아무튼 좋은 병은 아닙니다. 전에도 헌혈하신 적이 있나요?"

"아뇨."

"그럼 겁먹지 마세요. 약간 아플 수밖에 없어요. 정맥을 열어야 하거든요. 이를 꼭 물어요." 의사가 한숨을 쉬면서 말했다. "돈과 보상금을 잘 챙기세요. 설령 잘못되더라도……"

의사가 말을 중단했다.

"겁먹지 마세요. 원래 실제 상태보다 더 나빠 보이니까요."

"그런데 돈은 여기서 받나요?" 레기나가 물었다.

"아뇨. 직접 받으셔야 합니다. 피셔 씨한테서요. 돈 내는 피셔 씨. 왜냐하면……"

의사는 이동식 침상이 들어오자 갑자기 말을 멈췄다.

이동식 침상에 실려 온 환자는 몹시 창백한 얼굴이 눈에 띄었다. 눈처럼 하얀 이마 위로 아름다운 검은색 머리가 보였고 가느다란 눈은 맑았다. 몸은 팽팽하게 부푼 돛으로 감싼 것처럼 보였고, 흰색 리넨이 침상 가장자리 아래로 늘어뜨려져 있었다.

"이쪽으로!" 의사가 외쳤다. 의사는 수술대 옆에 있는 수녀들을 지휘하면서 레기나에게 소리쳤다. "이리 오세요!"

레기나는 일어났다.

"여기에 누우세요. 오른팔 소매를 완전히 걷어올리고요."

블라우스 소매의 단추를 풀었고 얇은 천을 어깨까지 걷어올려

대충 말아놓았다.

"예, 좋습니다." 의사가 외쳤다.

레기나는 누우니까 편안했다. 두통도 좀 가라앉았다. 수녀가 그녀의 머리 밑으로 베개를 밀어넣어주자 한결 편안해졌다.

"고마워요, 간호사 수녀님." 그녀가 말했다.

의사의 표정이 불안해지는 것이 눈에 띄었다. 그의 입언저리가 실룩거렸고, 이상하게 피곤하고도 흥분된 표정으로 가볍게 몸을 떨었다.

"펌프!" 의사가 레기나에게 소리쳤다. 의사는 손가락을 벌리고 손을 오므렸다 폈다 했고, 그녀는 의사를 따라했다. 긴장한 의사가 그녀의 팔을 지켜보고 있었다.

"좋아요, 좋아!" 의사가 갑자기 크게 외쳤다. "간호사, 피가 뿜어져 나오는 거 봐요. 아주 좋아요. 이젠 수혈해도 되겠어요. 자, 여기……"

의사는 소녀가 누워 있는 침상으로 다가가서 나직이 말했다.

"펌프, 피셔 양! 이렇게……"

의사는 다시 시범을 보였다. 레기나는 수녀들과 의사의 진지하고도 거의 절망적인 얼굴을 긴장해서 지켜봤다. 그들은 소녀가 가늘고 하얀 팔을 맥없이 들어올려 작은 손을 세차게 움직이는 것을 바라보고 있었다.

"침착하게!" 의사가 말했다. "아주 침착하게! 이렇게." 의사는 불그스레한 힘센 손을 천천히 규칙적으로 오므렸다 폈다 하는 동작을 다시 한번 하면서 소녀의 팔을 지켜보았다. 의사가 한숨을 쉬었다.

"아직 핏줄이 보이지 않네. 그럴 만도 하지. 한번 더 해봅시다. 마냥 기다리면 소용이 없어. 자, 시작합시다!"

"머리를 왼쪽으로 돌려보세요." 의사가 레기나에게 외쳤다. 그녀는 의사의 말대로 했고, 녹색 페인트를 칠한 벽을 바라보았다. 벽에는 아직도 페인트 붓에서 떨어져나온 털이 붙어 있어서 검고 가는 선명한 선이 보기 흉한 무늬처럼 보였다. 페인트를 칠한 벽에 도기로 만든 성모마리아상이 걸려 있었다. 팔뚝 길이만 한 마리아상은 조악했고 도기가 불에 그을려 있었다. 성모마리아는 아기예수를 바로 세워 안고 있었는데, 그래서 도기 재질의 성스러운 후광이 너무 크게 자리잡아 마리아상의 가슴을 가렸고 얼굴만 드러나 보였다. 레기나는 피곤했다. 금세 잠이 들 것 같았다. 눈이 거의 감겨서 힘겹게 눈을 떴다. 보기 흉한 녹색을 배경으로 한 성모마리아상이 물속에서 헤엄치는 것 같았다……

레기나는 갑자기 팔에 따끔한 통증이 느껴져서 몸을 오른쪽으로 움찔 돌렸다. 의사가 고무호스 끝부분을 그녀의 정맥에 꽂는 것을 바라보았다. 넓적한 주사 바늘이 거의 펜촉처럼 평평하고 휘어 있었다……

"펌프!"

레기나는 손을 오므렸다 폈다 했다. 팔 위쪽에 고무줄이 매여 있는 게 느껴졌다. 머리맡에 서 있는 수녀에게서 사람의 체취가 아닌 것 같은 깨끗한 냄새가 났다.

"빨리 묶어! 더 꽉 묶어!" 의사가 소리쳤다. 하지만 벌써 피가 뿜어져나왔고, 의사의 하얀 가운의 거친 천에 붉은 피가 흥건히 묻었다.

"제기랄!" 의사가 내뱉었다. 레기나의 팔에 동여맨 고무줄이 더 꽉 조여졌다. 이제는 잠이 들지 못할 것 같았다. 머리를 오른쪽으로 돌린 채였다. "펌프!" 의사가 다시 외치는 소리가 들렸고, 소녀의 가늘고 하얀 팔에 주사바늘을 꽂다가 다시 빼는 것이 보였다. 의사가 여러차례 "펌프!"라고 외쳤고, 다시 여러번 주사바늘을 가늘고 하얀 팔에 꽂았다 뺐다 했다. 땀방울로 흥건해진 의사의 거친 얼굴은, 옆에 있는 수녀의 하얀 얼굴과 달리 불그스레하고 축축이 젖어 있었다. 수녀는 고무호스를 꼭 잡고서 모래시계처럼 둥근 유리용기를 고무호스에 연결해 고정시키고 있었다……

레기나는 위쪽 팔을 동여맨 고무줄이 갑자기 풀리자 나직한 비명소리를 냈다. 그러고 늘어뜨린 고무호스에 피가 차오르는 것을 긴장을 가라앉히고 지켜보았다. 그녀의 피가 맥박의 리듬으로 흘러가면서 높이 세운 유리용기에 모였다. 검붉은 액체가 거품을 일으키며 세차게 계속 흘러내려가는 것 같았다……

"묶어!" 의사가 외쳤다. "묶어!"

레기나는 유리관 속의 수면이 내려가고 낯선 소녀의 팔로 연결되는 두번째 늘어뜨린 고무호스가 가볍게 꿈틀대면서 피로 계속 채워지는 것을 지켜보았다.

수혈은 한없이 더디게 진행되는 것 같았고, 레기나는 까무러칠 것 같은 피곤함을 느꼈다. 그렇지만 감각이 느껴지지 않는 오른팔에서 갑자기 피가 거세게 흘러나오고, 그녀의 피가 맥박 치며 유리관에 고이기 시작할 때마다 매번 다시 피곤함이 가셨다.

"좋아." 의사가 두어번 중얼거렸다. "아주 좋아."

레기나는 의사의 얼굴에 전혀 기대하지 않았던 낯선 표정이 떠오르는 것을 보았다. 기쁨의 표정, 진짜 기뻐하는 표정이었다.

"좋아." 의사가 다시 말했다. "아주 좋아. 이 상태를 유지하기만 하면……"

이따금 레기나는 소녀의 얼굴을 보기 위해 머리를 최대한 오른쪽으로 돌리려 애썼지만, 수녀의 깨끗한 감청색 두건만 보일 뿐이었다. 그러다 주사바늘이 달린 고무호스를 그녀의 정맥에서 빼낼 때 다시 가벼운 비명소리를 냈다……

"좋아." 의사가 말하는 소리가 들렸다. "아주 좋아……"

레기나는 몸이 빙글빙글 도는 느낌이 들었다. 처음에는 천천히 돌았다. 그러다 그녀의 발을 축으로 몸이 점점 더 빨리 원을 그리며 돌았다. 서커스에서 힘센 검투사가 날씬한 미인의 발목을 잡고 빙글빙글 돌리는 느낌이었다.

레기나는 붉은 도기로 된 마리아상의 형체가 보이는 녹색 벽을 처음에는 알아볼 수 있었다. 다른 쪽 벽에는 유리창에 녹색 조명이 보였다. 그후 녹색과 흰색이 번갈아서 눈앞에 어른거렸다. 그러고는 녹색과 흰색의 경계가 빠르게 희석되면서 색이 뒤섞이더니 아주 밝은 녹색과 흰색이 눈앞에서 빙글빙글 돌았다. 아니, 그녀가 돌고 있는지도 몰랐다. 그러다가 마침내 색깔들이 엄청나게 빠른 속도로 합류했고, 그녀는 거의 색깔이 없는 미광微光 속에서 바닥과 수평을 유지하면서 빙글빙글 돌았다. 이와 동시에 새로운 통증이 느껴졌다. 귀와 몸통과 목이 아파왔다. 배 속을 마구 후비는 듯한 허기가 자석 같은 힘을 발휘해서 계속 새로운 통증을 유발하는 것 같았다. 온몸이 상처투성이고 맨살이 드러난 것 같았다. 그래도 의식은 잃지 않을 거라는 느낌이 들자 소스라치게 놀랐다.

빙빙 도는 움직임이 느려지자 그제서야 레기나는 그 자리에 가만 누워 있다는 걸 알아차렸다. 머리만 빙빙 도는 것 같았다. 어떤 때는 머리가 몸통과 떨어져서 옆쪽에 따로 있는 것 같았고, 또 어떤 때는 발 쪽에 있는 것 같았으며, 그러다가 잠시 원래 있어야 할 위치, 즉 목에 붙어 있었다. 머리가 몸통 주위로 빙글빙글 도는 것 같았다. 하지만 진짜로 그럴 리는 없었다. 그녀는 손으로 턱을 만져보았고, 턱뼈가 솟구쳐 있는 것이 느껴졌다. 머리가 발 쪽에 놓여 있는 것 같아도 턱이 만져졌다. 눈만 돌아가는 것인지도 몰랐다. 그건 알 수 없었다. 유일하게 확실한 것은 통증이었다. 여러 통증이 합쳐지면서도 각각의 실체를 잃지 않아서 목, 귀, 몸통, 머리의 통증을 분간할 수 없게 되었다. 메스꺼움도 거의 화학적으로 실감이 나서 역하게 시큼한 산酸이 목구멍으로 올라왔다가 다시 내려갔고, 또다시 서서히 올라오는 것이 기압계로 재듯이 느껴졌다.

눈을 감아도 아무 소용이 없었다. 눈을 감으면 머리만 빙빙 돌 뿐 아니라 가슴과 다리도 눈이 미친듯이 돌아가는 움직임에 합류했다. 그렇지만 눈을 뜨고 있으면 눈앞에 보이는 벽이 원래 모습대로 있는 것을 또렷한 의식으로 알아볼 수 있었다. 그녀는 의식을 잃지 않았다. 녹색 페인트로 칠한 벽면, 위쪽에 덧댄 초콜릿 색깔의 나무판, 그리고 밝은색 부분에 진갈색으로 격언을 써놓은 글자가 보였는데, 알아볼 수는 없었다. 글자는 안과병원의 시력검사표에 있는 깨알같이 작은 글자들처럼 뭉쳐서 보이기도 했다. 그러다가 다시 글자가 점점 부풀어 암녹색의 흉한 소시지처럼 보이면서 빠르게 팽창해 결국에는 형태도 뜻도 알 수 없는 흉물로 변했다. 그러고는 결국 너무 뚱뚱해서 폭발하는 바람에 전혀 해독이 불가능했다. 바로 다음 순간에는 다시 글자가 수축해서 파리똥처럼 작아졌는데, 그 상태를 계속 유지했다. 벽의 밝은 녹색 부분, 초콜릿 색깔의 나무판, 뚱뚱해졌다가 수축했다 하는 글자, 이 부분들은 늘 같은 상태를 유지했다. 그리고 머리가 빙빙 도는 것 같아도 실제로는 돌 수 없다는 것을 알아차렸다……

레기나는 그전처럼 똑같은 곳에 똑바로 누워 있다는 걸 문득 깨닫고는 화들짝 놀랐다. 털끝만큼도 정신이 나가지 않고, 꼼짝 않고 누워 있었다. 모든 것이 평온했고, 모든 것이 제자리에 있었다. 자신의 가슴이 보였고, 아래에는 지저분한 갈색 가죽신발이 보였다. 벽에 쓰여 있는 글자로 얼른 눈길을 돌렸다. 이제는 글자를 읽을 수 있었다. '하느님이 의사를 도와주시니 의사가 당신을 도와줄 것입니다.'

"고약하게 됐네." 의사가 말하는 것이 들렸다. "이 여자분은 곧 토할 거야."

레기나는 제발 토하고 싶었다. 시큼한 산이 줄곧 목의 일정한 지점까지만 올라왔다가 다시 내려가곤 해서 제어할 수 없는 경련이라도 날 듯 목이 조였다.

이제 통증으로 머리가 콕콕 쑤셨다. 왼쪽 눈썹 위의 어느 한 지점만 집중적으로 콕콕 찌르는 심한 통증이었다. 머리 통증 때문에 자꾸만 피곤이 달아나는 것 같았다. 제발 잠을, 잠을 자고 싶었지만……

레기나는 의사를 볼 수 없었다. 머리를 움직일 엄두도 나지 않았다. 그리고 여전히 공기 중에 떠도는 달콤한 담배 냄새가 그녀의 깨어 있는 의식을 파고들었다. 밝은 녹색 위에 검은 글씨로 '하느님이 의사를 도와주시니 의사가 당신을 도와줄 것입니다'라고 쓴 격언이 보였다. 그러고는 눈을 감았다. '하느님'이라는 글자가 눈앞에 떠올랐다. 처음에는 GOTT(하느님)라는 네개의 큼직한 암녹색 철자로 이루어진 글자로 보였다. 그녀의 감은 눈 속 어두운 곳에 그 글자가 보였다. 그러다가 글자가 보이지 않고 말씀이 되어 그녀의 속으로 떨어져서 점점 더 깊이 떨어지는 것 같았는데, 그러다가도 멈추었고, 또다시 바닥이 없는 깊이로 계속 떨어지다 갑자기 다시 위쪽에 그녀 곁에 있었다. 글자가 아니라 '하느님'이라는 말씀이.

더이상 분간되지 않는 온갖 통증에도 그녀 곁에 함께 있는 유일한 존재는 하느님인 것 같았다. 그녀는 눈물이 나오는 게 느껴졌다. 눈에서 뜨거운 눈물이 마구 쏟아져 뺨을 타고 흘러내렸다. 눈물이 턱이나 목덜미로는 흐르지 않는 걸로 봐서 옆으로 누워 있다는 걸 알아차릴 수 있었다. 이제는 통증보다 피로가 더 커지는 것 같았다. 눈물이 통증을 완화해준 듯했다. 곧 잠들 거라는 걸 알았다……

12

피셔는 커튼을 옆으로 끌어당겨서 걷고는 성모마리아상을 두꺼운 책들을 쌓아놓은 더미 위에 올려놓아 사방에서 빛이 잘 비치게 했다. 그는 회심의 미소를 지었다. 이 성모상의 존재에 대해 여태 몰랐다는 것이 아직도 스스로 용납되지 않았다. 성모상은 그의 집에서 불과 십오분 거리에 있는 성당에 오랜 세월 보관되어 있었는데, 그걸 발견하지 못한 것이다. 하긴 성모상이 성구[10]보관실에 향로, 로코코 시대의 몰취미한 성체현시대,[11] 볼품없는 석고상 틈에 섞여서 숨겨져 있긴 했다. 15세기에 만들어진 이 작은 성모상은 매력적이었다. 현금 가치는 가늠할 수도 없었기 때문에 이 성모상을

---

10 성사 때 쓰는 도구.
11 성체 강복 때, 성체를 보여주는 데 쓰는 제구를 올려놓는 대.

소유한다는 것은 경이로운 일이었다. 그는 운이 좋았다. 조용히 미소를 지으면서 그는 사람들이 빠져드는 성모마리아 숭배의 진정한 종교적 핵심이 무엇일지 처음으로 생각해보았다. 이 기묘하도록 애잔하고 달짝지근한 마리아 숭배에 대해 이전까지는 늘 거부감이 있었는데, 그 이유를 자신도 딱히 설명할 수 없었다⋯⋯

온전히 빛을 받으며 그의 앞에 놓인 성모마리아 입상은 힘 있는 붉은색과 황금색으로 채색되어 있었고, 소박한 황홀감을 느끼게 해주었다. 얼굴은 정말 순결해 보였고, 아름다우면서도 모성이 넘쳤다. 이 세가지 속성이 하나로 합쳐질 수 있다는 것을 그는 지금껏 발견하지 못했고 직접 본 적도 없었다. 그런데 이 성모상은 순결과 아름다움과 모성이 일체를 이루었다. 그리고 순결과 아름다움과 모성을 그 어느 하나도 왜곡하지 않는 모종의 고통스러운 표정이 함께 결합되어 있었다. 성모마리아가 그 세가지 속성의 삼위일체와 고통이 결합된 성스러움을 구현한다는 것을 그는 신학논문과 성모 찬송기도를 통해 알았지만, 그것이 성모마리아상에서 구현된 것을 직접 본 적은 한번도 없었다.

그는 무언가에 열광하는 감정을 좋아하지 않았지만, 지금 이 순간만은 이 성모상이 그가 소장한 값진 예술품 중에서 가장 아름답게 보였다. 보리수나무를 깎아 채색한 이 성모상은 백과사전 크기 정도밖에 되지 않았다. 성구보관실에 있는 잡동사니 사이에서 꺼낸 것으로, 화려하고 진한 붉은색과 황금색 채색이 다소 긁힌 상태였다. 그는 천천히 책상 주위를 돌면서 성모상을 모든 각도에서 자세히 살펴보았다. 어떤 흠결도 찾아낼 수 없었다. 형태의 자연스러운 아름다움, 긴 옷자락의 흘러내리는 선, 팔의 자세, 목의 기울기 등 어디를 살펴보아도 경직되거나 과장된 묘사가 전혀 없었다. 목덜미와 머리를 세운 자세에서 이상하리만큼 겸손한 당당함이 느껴졌고, 비상하게 아름다운 머리가 역설적인 삼위일체를 표현했다. 그는 지금 처음으로 그 삼위일체가 역설이 아니라는 것을 확인했다. 평소에는 아기예수에 대한 묘사에 거부감을 느꼈지만, 지금은 팔에 안고 있는 아기도 마음에 들었다. 아기예수상은 대개는 실패작이었다. 너무 달콤하거나 너무 거칠게 묘사됐던 것이다. 그에게는 실제로 살아 있는 아기들도 너무 달콤하거나 너무 거칠게 보였고, 지나치게 상투적이거나 투박해 보였다.

그는 가까이 다가가서 겨우 집게손가락 크기의 아기가 성모마리아의 팔에 안겨 있는 모습을 자세히 관찰했다. 완벽한 아름다움에도 약간의 역겨움이 치미는 것을 꾹 참고 견뎌야 했다. 그는 이렇게 작은 입상에 비율을 정확히 맞춘 아기를 팔에 안긴 모습으로 제작한 예술가를 책망했다. 이런 모습으로 묘사된 아기는 늘 태아를 떠올리게 했기 때문이다.

그는 입술을 깨물었고, 안락의자를 다급히 끌어당겨서 앉았다. 자신의 얼굴이 창백해진 것이 느껴졌다. 일련의 행복하고 쾌활한 감정, 거의 종교적인 감정은 갑자기 식어버렸고, 다시 그에게 친숙한 다른 감정, 권태와 역겨움이 뒤섞인 감정이 몰려왔다. 그의 시선은 계속 작은 성모상을 향하고 있었지만, 더이상 성모상을 바라보고 있지 않았다……

노크 소리가 들려서 그는 화들짝 놀랐다. 책상 위에 있던 작은 입상을 집어서 책장 위에 커다란 책이 즐비하게 꽂힌 뒤쪽 틈새에 올려놓았다. 성모상은 완전히 감춰져서 보이지 않았다……

"들어와요!" 그가 외쳤다.

비서의 손에 교정지가 들려 있는 것을 보자마자 다시 권태가 치밀었다. 아주 가벼운 절망감과 아주 가벼운 씁쓸함이 뒤섞인 권태로움이었다.

"교정지를 갖고 왔습니다, 박사님." 젊은이가 말했다. "『하느님의 어린 양』 잡지의 복간 제1호에 게재할 글인데, 방금 도착했습니다."

젊은이는 기대에 부풀어서 그를 바라보았다. 얼굴이 창백하고 홀쭉한 청년으로, 겸손하면서도 지적인 인상을 풍겼다. 피서는 평소에는 겸손함과 지성미가 결합된 인상을 좋아했지만 오늘은 어쩐지 거슬렸다.

피서는 "고맙네"라고 하고서 갓 인쇄된 교정지 뭉치를 건네받았다. "좋아."

이상하게 구부정한 등과 웅크린 목을 보니 젊은이는 모욕감을 느끼는 것 같았다.

비서가 나가자 그는 이제 『하느님의 어린 양』 복간호를 내는 것도 대단한 업적이라는 생각이 들었다. 종이가 귀하고, 잡지 인가를 받기도 어려웠다. 필자를 구하고, 인쇄소가 거의 전멸한 이 도시에서 변변한 인쇄소를 찾으려면 필사적인 노력을 기울여야 했다. 저 젊은이의 도움으로 불과 육주 만에 모든 악조건을 극복한 것이다. 하필 그사이에 독일이 항복하는 악재가 터져서 예기치 못한 새로운 정치적 난관이 발생했다. 이 모든 악조건에도 불구하고 『하느님의 어린 양』을 다시 발간하는 데 성공한 것이다.

그는 교정지를 앞에 놓고 지루해하면서 손가락으로 죽 짚어가며 하나씩 훑어보았다. 이제 교정지를 읽고 페이지를 맞추는 일은 모두 비서가 해낼 것이다. 그는 교정지를 옆으로 치우고 표지만 손에 들었다. 『하느님의 어린 양』 표지그림은 정말 유치한 키치로 그려져 있었다. 이미 오십년 전부터 잡지의 표지를 장식한 그림이었다. 모든 도서관과 가톨릭 가정의 책장에는 이 잡지가 있었다. 이 잡지는 책 상자에서 쏟아져나왔고, 먼지가 낀 채 장롱 위에 놓여 있기도 했고, 수납공간에도 있었다. 이 그림을 표지로 한 잡지는 수백만부가 인쇄되었다. 표지그림은 정말 보기 흉했다. 털을 짧게 깎은 어린 양이 지친 표정으로 다소곳이 꼬리를 내리고 있었고, 양의 목에는 십자가가 그려진 작은 세모꼴 깃발이 달려 있었다.

"존경하는 추기경께서 이 작은 입상을 선물로 받아주시길 바라십니다. 모든 난관에도 박사님은 『하느님의 어린 양』을 다시 일으켜 세우는 데 성공하셨으니까요." 대성당의 의전사제가 그에게 말했다. "우리는 전쟁이 끝나고 이 잡지를 다시 출간하는 시도가 큰 성공을 거두길 기대하고 있습니다……"

피셔는 표지를 옆으로 밀쳐놓았다. 이 너절한 표지의 잡지에 맥빠진 글을 몇편 수록해서 인쇄하는 데 성공했다고 그 귀한 작은 성모상을 선물 받은 사실이 이제야 떠올랐다. 하지만 이런 사실의 아이러니가 전혀 흥미롭지 않았다. 그는 피곤했다. 권태와 절망이 더

욱 내밀하게 하나로 녹아서 느릿느릿 끝없이 흘러가는 것 같았다. 그 흐름의 쓴맛도 그를 자극하지 못했다……

전화벨이 울렸다. 그는 수화기를 들고 이름을 댔다.

"빈센트 수도회 병원입니다." 상대방이 말했다.

"그래요?" 그가 갑자기 흥분해서 물었다. "어떻게 되었습니까?"

"잘되었습니다." 미지의 목소리가 대답했다. "따님은 상태가 좋습니다. 훨씬 좋아졌어요. 바이너 박사님이 수혈을 했고, 완벽하게 성공했죠. 지금 좋아진 상태가 앞으로도 계속 지속될 여부는 오늘 저녁 무렵에 판가름이 납니다."

"감사합니다, 수녀님." 그가 소리쳤다. "감사해요. 오늘 저녁에 병원에 들러서 뵙겠습니다. 딸에게 안부 좀 전해주세요."

"그러죠. 혈액을 제공한 여성에게 사례를 하겠다고 약속하셨는데, 그 여자분을 댁으로 보낼까요?"

"그러세요. 아무렴요. 그 여자분에게 적으나마 감사의 표시를 전하고자 합니다. 또 하실 말씀이라도?" 그가 큰 소리로 말했다.

"아뇨. 그럼 오늘 저녁에 뵙겠습니다."

"그때 뵙지요." 그는 수화기를 내려놓았다……

수화기를 내려놓고 딸깍하는 금속성 울림을 듣자마자 어느새 짧은 기쁨은 사라졌다. 그는 다시 목까지 깊은 물에 잠겨 있는 느낌이 들었다. 끝이 보이지 않는 미지근한 수면이 그의 입언저리까지 닿았다. 권태와 역겨움, 그리고 막연한 일말의 욕정이 뒤섞인 느낌이었다……

전쟁 중에는 인생이 근사하다는 느낌이 드는 순간들이 있었다. 적어도 위험하고 위태롭다는 느낌은 매일 실감했다. 그런 위험은 확실한 안전에 둘러싸여 있을수록 더 근사해지게 마련이다. 튼튼한 방공호, 돈, 비축물품이 있었다. 그리고 어떤 상황이 닥치더라도 항상 정치적으로 유리한 편에 설 수 있다는 확신이 있었다. 물론 그는 나치 당원이었고, 나치 인사들과 여러차례 회합도 가졌는데, 그들도 나름대로는 '대장부'처럼 보였다. 하지만 이와 동시에 그는 주교의 비밀서류를 잔뜩 갖고 있었다. 그는 주교의 지시, 거의 압박에 가까운 지시에 따라, 말하자면 종교적 임무를 띠고 나치당에 들어갔던 것이다……

전쟁이 끝난 후로는 만사가 매끄럽게 돌아가서 역겨울 정도였다. 돈을 버는 것은 너무 쉬워서 금고에서 돈다발을 꺼낼 때마다 매번 냉소와 메스꺼움에 사로잡혔다. 그는 꺼낸 돈을 다 세고는 다시 금고에 넣고 잠갔다. 고작 이자 몇푼 때문에 은행계좌로 관리했다면 우스꽝스러웠을 것이다. 다락방의 절반을 채운 미술품들은, 마음에 들지 않아서 그곳에 처박아두긴 했지만, 그래도 예전에 농장 두개를 팔고 받은 돈보다 더 큰 돈을 벌어들였던 것이다……

그는 담배를 피워 물고는 『하느님의 어린 양』교정지를 보지도 않고 건성으로 손가락으로 죽 훑으며 생각했다. 예전에는 즐거운 일이 참 많았는데. 괴테를 읽고, 읽은 생각을 글로 써서 다듬고, 글로 출판되어 나오는 것을 보는 일도 즐거웠다. 종교 잡지를 만들어서 잡지가 성장하는 것을 보는 것도 즐거웠다. 비록 그런 잡지는 무기력하고 무능한 교회 당국에 고스란히 갖다 바치긴 했지만 말이다. 그런데 이제는 어떤 것에도 흥미를 느낄 수 없었다……

그는 손가락으로 담배를 돌리면서 회상에 잠겼다. 지난 일들이 낯설고 지루한 인생의 사진들을 보듯 떠올랐다. 상자에 가득한 사진은 어쩔 수 없이 돌이켜보는 동안에도 아무런 감흥도 일으키지 않고 끝없는 황무지처럼 펼쳐졌다. 기나긴 오후 나절의 장면이 수없이 잇달아 펼쳐지는 것 같았다. 그 장면들은 배가 잔뜩 부른 상태에서 느끼는 지루한 적막감, 또는 언제까지고 보통 수준의 서투른 연주만 하도록 저주받은 초보자의 피아노 연주를 듣는 듯한 느낌으로 꽉 차 있었다.

그는 유일하게 아내를 떠올릴 때만 증오가 치밀어서 흥분했고, 그 순간만큼은 열이 났다. 하지만 그것도 짧은 순간일 뿐이었다. 아내에게도 연민을 느꼈기 때문이다. 이딸리아의 왕후 같은 미모의 그녀에게도……

권태, 구역질, 그리고 일말의 욕정. 권태, 거부감, 그리고 지폐다발이 불러일으키는 은근한 욕정. 무엇을 생각하든 언제나 권태가 세 감정 중에 압도적인 비중을 차지했다. 반면에 권태에 부수적으로 끼어드는 욕정, 싫증, 구역질, 연민은 권태의 엄청난 비중에 짓눌려 미미하게 느껴졌다……

한순간 마리아상이 떠올랐고, 동시에 '태아'도 떠올랐다. 다른 모든 말을 쫓아내고 '태아'라는 말이 남았다. 이 혐오스러운 말은 권태도 싫증도 아닌 불안을 야기했다. '태아'(Embryo)라는 말은 끝모음 o에 외설적 의미를 부여하는 듯한 y 때문에 언제나 거부감을 주었다. 이 말은 낯선 언어에서 차용해온 은어로 자리잡아서 비밀스럽고도 역겨운 아주 복합적인 개념을 표현하는 것 같았다. 마리아상을 생각할 때마다 그를 엄습하고, 줄곧 따라다니는 두려움의 속기록처럼 느껴졌다. 그저 임의의 이런저런 마리아상을 떠올리든 또는 유일무이한 마리아상을 떠올리든 간에 언제나 마리아상은 태아와 결부되어 나타났다. 아름다운 말이 혐오스러운 말과 결합해 거울상처럼 서로를 떠올리게 했다……

그는 1500마르크를 준비해야 한다는 생각이 떠올라서 자리에서 일어났다. 그러고는 금고를 열어 육중한 문을 옆으로 밀고는 돈다발을 집어들었다. 50마르크 지폐 열장, 20마르크 지폐 스물다섯장 그리고 10마르크 지폐 쉰장을 세었다……

그는 책상으로 돌아가서 돈을 서랍에 넣었다. 서랍을 닫으려 할 때 문득 돈에서 냄새가 난다는 느낌이 들었다. 속담에서 돈은 냄새가 나지 않는다고 했는데, 오히려 지독한 냄새가 났다. 그는 금고를 열 때마다 이 냄새를 맡았다. 희미하게 달짝지근한 냄새, 달짝지근하고도 더러운 냄새, 익명이면서 동시에 수많은 인간관계가 밴 냄새, 미약하면서도 얼이 빠질 듯 짜릿한 냄새. 금고문을 열면 진하고 달짝지근한 냄새가 풍겨왔다. 달짝지근한 오물 냄새, 사창가라는 개념을 떠올리게 하는 냄새였다. 하지만 피 냄새라는 느낌도 들었다. 아주 묽게 희석되고 정제된 피 냄새……

그는 엘리자베트가 떠오르자 마음이 약간 가벼워졌다. 그녀의 이름, 그녀에 대한 회상은 이상하게 정겨움을 불러일으켰다. 왜 그런지 알 수도 설명할 수도 없었지만 늘 그랬다. 그녀가 그의 마지막 비밀까지도 들춰내 화가 났는데도 다소 아이러니한 쾌감이 솟구쳤다. 그녀는 장난하듯 가벼운 태도로 뭐든 들춰냈고, 이번에도 그랬다……

어떻든 그녀가 이 시대의 법칙을 거꾸로 뒤집은 것은 기발해 보였다. 유가물에 돈을 투자하는 대신 그녀는 유가물을 돈으로 환전해서 사람들에게 공짜로 희사한 것이다. 그녀는 가족의 귀중품을 팔아치웠고, 임대주택에서 돈을 거두어들였으며, 은행계좌를 해지했고, 그림과 가구 들을 암시장에 내다팔았다. 그렇게 모은 돈으로 그녀는 신종 휴먼 스포츠에 몰입했다. 사람들에게 빵 배급표를 나누어주었던 것이다……

그는 그녀가 그렇게 히스테리를 부리는 모양새가 우스꽝스럽게 느껴지면서도, 당당한 태도 때문에 화가 났다. 그런 태도는 진짜 독창적인 개성의 소유자에게서만 찾아볼 수 있는 것이었다. 그녀는 고집불통이었다. 그는 그녀가 자신에게 그리고 시아버지에게 선전포고한 싸움이 은근히 기대되었다……

휴전이라고 그녀는 말했다.

그녀가 빌리의 유언장을 가져온 병사를 부추기는 데 성공하면 사태가 위태로워질 수도 있었다. 그렇게 되면 빌리의 시신을 파헤칠 수도 있고, 빌리의 신원을 확인할 수도 있게 되는 것이다. 그리고 빌리의 사망을 관청에서 공식적으로 인정하면 그 순간부터 유언장은 효력을 발휘하는 것이다. 직인이나 장교의 이름이 위조되었다는 것을 입증하지 못하는 한에는……

그는 비서를 부르기 위해 만년필로 램프의 갓을 톡톡 쳤다. 공손하고 창백한 젊은이가 문간에 나타나자 그는 친절하게 말했다.

"미안해요, 빈트에크. 아까는 골똘히 생각에 빠져 있었다오. 우리가 공동으로 작업하는 『하느님의 어린 양』 복간호가 나오게 되어서 기뻐요. 내가 자네의 공로를 과소평가한다고는 생각하지 마시게나. 시가 한대 피우겠소?"

비서는 행복한 미소를 지었고, 자기 앞으로 내민 상자에서 시가 한개비를 꺼내고는 조용히 말했다.

"감사합니다, 박사님."

"하나 더 가져요."

비서는 한개비를 더 집어들었다.

"그건 그렇고 조금 있으면 어떤 여자가 찾아올 거요. 내 딸에게 수혈을 해준 사람이오. 그 여자가 병원에서 발급한 증명서를 보여주면 이 돈을 주고 영수증을 받도록 해요. 1500마르크요……"

"알겠습니다." 비서가 대답했다.

비서는 자기 상사가 씨가를 내려놓고 손으로 머리를 괴는 모습은 보지 않고 나갔다.

13

성당의 높다란 회색 측면 벽을 지탱하는 기둥 사이로 벽이 넓고 높게 갈라져 있었고, 커다란 성문처럼 뻥 뚫린 곳에는 한낮의 햇살이 밝은 회색빛으로 비치고 있었다. 아래쪽에는 바위를 폭파한 것처럼 부서진 돌이 흩어져 있었다. 그 주위에는 암석파편이 쌓여 있었지만, 성당 입구에는 청소를 한 흔적이 보였다. 한스는 양쪽에 폐허의 잔해가 쌓인 사이로 매끄러운 흰색 석판을 깐 통로를 따라가서 안으로 통하는 나무대문을 밀어서 열려고 했다. 바로 그때 그는 소스라치게 놀랐다. 기대어놓은 상태였던 거칠게 짠 대문이 그가 손을 대자 기우뚱하더니 그가 있는 쪽으로 쓰러지기 시작한 것이다. 그는 힘겹게 문을 세워서 다시 기대어놓았다.

성당 안은 조용했다. 새들이 실내공간을 날아다녀서 짹짹거리는 소리만이 들렸다. 어디선가 아이들이 부는 호각 소리도 들렸다. 한스는 찌그러진 샹들리에로 곧장 시선이 끌렸다. 샹들리에는 아직도 긴 쇠줄로 연결되어 둥근 천장에 매달려 있었다. 쇠줄이 흔들리면서 가볍게 쨀랑거리는 소리가 났는데, 통통한 참새 두마리가 샹들리에의 금속 크라운 위에 앉아서 균형을 잡고 있었다. 그가 걸음을 옮기자 참새들은 날아갔다. 출입문 주위의 좁은 공간만이 폐허의 잔해를 치우고 청소를 한 상태였다. 걸어가는 동안 돌 부스러기더미를 계속 기어올라가야만 했다. 성당 한가운데 본채 공간에 들어서서 위를 올려다보자 측면 벽의 커다랗게 뚫린 공간으로 빛이 눈부시게 쏟아져들어와 파괴의 흔적을 비추고 있었다. 높은 곳에 모셨던 성상聖像은 모두 쓰러져 텅 빈 받침대만 남아 있거나, 보기 흉한 뭉툭한 잔해가 높은 벽에 붙어 있었다. 어딘가에는 무릎까지 다리만 남은 것도 있었고, 둥근 천장에 세심하게 고정시킨 한쪽 팔뚝만 남아 있는 것도 보였다. 넓게 갈라진 벽 부분이 층계의 실루엣처럼 위에서 아래로 검은색으로 선명하게 도드라졌다. 둥근 천장에도 구멍이 뚫려 있어서 하늘이 톱니처럼 날카롭게 찢긴 회색 덩어리로 보였다. 한스는 두번째 깊은 균열을 발견했는데, 그 균열은 점점 가늘어지다가 다시 넓어지면서 측면 벽의 크게 갈라진 부분까지 이어졌고, 환한 빛으로 가득차 있었다. 그는 갈라진 벽면을 통해서 벽의 두께를 정확히 확인할 수 있었는데, 둥근 천장에서부터 점점 두꺼워져 바닥에 다다르면 거의 문짝만큼 넓어져서 육중한 회색으로 드러났다. 그의 시선은 아래쪽에 머물렀다. 제단은 폐허의 먼지로 뒤덮여 있었고, 성가대 합창단석은 폭격으로 쓰러져 있었다. 아래쪽 둥근 기둥에 새겨진 늘어서 있던 성상들도 군데군데 파괴되어 있었다. 또르쏘[12] 조각상들이 긁히고 떨어져나가서 부서진 돌이 마치 살아 있는 형상처럼 흉한 불구의 모습으로 고통스럽게 일그러져 있었다. 그런 악마적 흉측함은 특히 튀었다. 상당수 얼굴들은 귀나 턱이 없고 얼굴의 균열이 이상하게 일그러져서 우악스런 불구자처럼 히죽거리는 듯했다. 또다른 입상들은 머리가 없고, 석조 목덜미만 몸통 위로 흉측하게 솟아 있었다. 팔이 없는 흉한 입상들도 말없이 애원하며 피를 흘리는 것만 같았다. 바로크식 석고 조각상 하나는 짓눌러 깨뜨린 계란처럼 기묘하게 부서져 있었다. 성자의 손상되지 않은 창백한 석고 얼굴은 슬퍼 보이는 예수회 신도의 갸름한 얼굴 같았지만, 가슴과 배는 깨져서 석고 부스러기가 떨어져내려 입상의 발 언저리에 하얀 조각들이 쌓여 있었다. 깨진 배의 어둠침침한 구멍에서는 응고된 석고가 달라붙은 짚이 삐져나와 있었다.

한스는 계속 기어올라갔다. 성당 건물의 양쪽 측랑에 해당하는 반원형 천장 중 왼쪽 천장 아래 공간으로 들어가서 고해대를 지나갔다. 손상되지 않은 프레스꼬 벽화에 햇살이 환하게 비쳤다. 오래된 벽화는 창백하면서도 빛나는 신비로운 색깔로 세명의 동방박사가 기도하는 모습을 그린 것이었다. 색이 바래고 여러군데 형체들의 색깔이 흐려져 있었지만 그래도 빛이 났다. 이 그림이 손상되지 않아서 한스는 위안이 되었다. 보조제단도 무사했는데, 심지어 말

---

12 머리와 팔다리가 없이 몸통으로 된 조각상.

끔히 단장까지 한 것처럼 보였다. 제대祭臺가 반들반들 윤이 났고, 석조 성합[13] 앞에는 화환도 놓여 있었다. 시선을 돌려 측랑 안을 들여다보자 어두운 색깔의 고해용 의자들이 약간 앞으로 기울어 있었고, 투박한 상자 모양의 고해실은 기울어진 채 먼지와 모르타르[14] 부스러기로 뒤덮여 있었다. 그리고 낮은 둥근 기둥이 줄지어선 저쪽 먼 곳 끝에 등불이 하나 보였는데, 이전까지는 보지 못하던 것이었다. 그는 그 등불을 향해 걸어갔다. 성모상 앞에서 촛불이 타오르고 있었고, 촛불 옆에 나무로 깎은 커다란 십자가상이 걸려 있다. 이 십자가상은 예전에는 둥근 천장 아래쪽 촛대 앞에 걸려 있던 것이었다……

한스는 긴 의자에서 돌 부스러기와 오물을 치우고 자리에 앉았다. 그가 마지막으로 성당에 갔을 때는 아직 전쟁 중이었다. 불과 한달 전이었는데 까마득한 옛날처럼 느껴졌다. 성모상 앞에 있는 촛불이 불안하게 팔락거렸다. 성모상의 나무 받침은 습기 때문에 약간 틀어져 있었다. 니스를 칠한 부분이 군데군데 떨어졌고, 마리아상의 얼굴에는 길쭉하게 희무스름한 줄무늬가 생겨 있었다. 꽃봉오리가 탐스럽고 놀랍도록 큼직한 카네이션만이 싱싱한 아름다움을 뽐내며 화려한 꽃병에 꽂혀 있었다……

막 기도를 시작하려던 순간 그는 화들짝 놀랐다. 아래쪽에서, 지하에서 노랫소리가 들렸던 것이다. 오싹한 느낌은 금방 사라졌다.

---

13 성체를 모셔두는 합.
14 회나 시멘트에 모래를 섞고 물로 갠 것. 시간이 지나면 물기가 없어지고 단단해지는데, 주로 벽돌이나 석재 따위를 쌓는 데 쓰인다.

지하실이 있다는 것이 생각났기 때문이다. 지하실은 파괴되지 않았을 터였다. 노랫소리에 귀를 기울였다. 가냘프고 청아한 소리가 천사의 목소리 같았다. 아주 적은 수의 사람들인 듯했고, 반주 없이 노래를 불렀다. 그가 노래가사와 멜로디를 알아듣자 지금이 5월이라는 게 떠올랐다. 아직도 5월, 전쟁이 끝난 바로 그달이었다……

목소리를 들어보니 노래를 즐겨 부르는 사람들인 듯했다. 첫째 소절에서 둘째 소절로, 이윽고 셋째 소절로 물 흐르듯 이어졌다. 그러다 갑자기 노래가 끊기자 아쉬움이 일었다. 그는 잠자코 기다렸고, 정적이 그를 무겁게 짓눌렀다. 제발 노래를 계속 불러주기를 바랐다.

그는 불안했다. 벽을 가른 넓은 구멍이 문득 위태로워 보였고, 균열이 더 커져서 둥근 천장이 무너져 불구가 된 입상들과 함께 그를 파묻어버릴 것만 같았다. 갑자기 진땀이 쏟아졌다. 둥근 천장이 정말 기울어지는 것 같았다. 그는 일어나서 다급히 성호를 긋고 출입문으로 달려가서 석판바닥이 깔린 곳을 지나 육중한 철제 격자문이 있는 곳까지 갔다……

성가대석의 다른 한쪽에서 사람들이 나오는 소리가 들려왔다. 그들은 소리 내어 웃으며 이야기를 주고받았다. 이윽고 회색 옷차림을 한 작은 무리의 사람 형체들이 보였는데, 그들은 금세 흩어졌다. 그 무리 중 검은 복장의 사제만이 남았다……

그는 격자문 아래 석조 받침대에 앉아서 기다렸다. 뒤쪽에 사제관이 있다는 걸 알았고, 그곳에 사람이 산다는 것도 조금 전에 확인한 터였다. 그는 허기는 거의 느껴지지 않았고 콕콕 쑤시는 가벼운 현기증 같은 느낌만 들었지만, 사제에게 빵이든 감자든 담배든 좀 달라고 부탁해보기로 했다. 사제의 모습이 점점 가까워졌다. 아래쪽에서 보니 실제보다 커 보였다. 검은 프록외투의 아랫자락이 펄럭였고, 유선형의 큰 신발은 남루하고 흉해 보였다……

사제는 사람 형체가 자기 앞에서 벌떡 일어서자 소스라치게 놀랐다. 수척하면서도 부어오른 얼굴이 신경질적으로 일그러진 사제는 두꺼운 찬송가집을 움켜쥐었다……

한스가 말했다. "죄송하지만 먹을 것 좀 주실 수 있을까요?"

한스는 사제의 투박한 귀에 닿을 듯한 기우뚱한 어깨를 흘낏 스쳐보고서 성당 앞 광장으로 눈길을 돌렸다. 꽃이 만발한 고목 줄기들이 잔해더미에 반쯤은 묻혀 있었다……

한스는 사제가 "그럼요"라고 대답하는 소리를 들었다. 잠겨 있는 약한 목소리였다. 그제야 한스는 사제를 바로 보았다. 얼굴이 마르고도 기운차 보여서 농사꾼 같은 인상을 풍겼다. 코는 두툼하고 눈은 묘하게 아름다웠다.

"그러지요." 사제가 한번 더 말했다. "여기서 기다리겠소?"

"예." 한스는 대답하고서 자리에 앉았다. 놀라웠다. 사제가 적어도 도와주려는 시늉이라도 하길 바라는 마음에서 부탁한 것인데, 곧바로 먹을 것을 주겠다고 응한 사람이 있다는 사실 자체가 놀라웠다……

그는 거리를 건너는 사제의 뒷모습을 지켜보았다. 사제가 층계 입구에서 그에게 다시 한번 알았다는 뜻으로 손짓을 했다……

먹을 것을 얻을 가망이 생기자 허기가 몰려왔다. 속에서 트림이 올라왔다. 이상하게 활발한 하품처럼 올라오는 이 아무것도 아닌 것 때문에 뺨이 경련이라도 일으키듯 실룩거렸다. 어서 달라고 조르면서 치고 올라오는 이 공기 구름은 입속에 역한 맛을 남겨서 다시 그에게 절망감을 안겨주었다. 먹는다는 것은 평생 집요하게 그를 괴롭히는 불가피한 고역이 될 거라는 생각이 들었다. 삼십년, 사십년 내내 매일 먹어야만 할 것이다. 매일 적어도 한번씩은. 수천번의 식사가 숙제처럼 부과되어 있고, 그 숙제를 어떻게든 해결해야만 할 것이다. 이 절망적인 고역의 사슬에 그는 질겁했다. 오늘은 벌써 아홉시간이나 폐허가 된 도시를 헤집고 돌아다녔지만 허탕이었다. 심지어 받기로 약속된 것마저도 받지 못했다. 앞으로도 이런 끔찍한 싸움을 수천번은 더 치러야 할 것이다. 그 혼자만을 위한 싸움은 아니었다. 그는 처음으로 레기나가 생각났고, 그녀의 모습이 눈에 선했다. 너무나 아름답게 마음을 사로잡는 모습이었다. 금발에 창백한 얼굴로 어두컴컴한 문간에 나타나서 '빵 좀 먹을래?'라거나 '담배 피울래?'라고 물을 때면 살짝 조롱기 어린 표정을 지었다. 그녀가 그리웠다. 갑작스럽고 격렬한 그리움에 고통스러웠다. 그녀에게 키스하는 상상을 했다……

다시 나타난 보좌신부가 얼굴에 미소를 띤 것을 보자 한스는 천상의 모습을 보는 것만 같았고, 아까 지하실에서 들려온 밝고 순결한 노랫소리처럼 비현실적으로 느껴졌다. 보좌신부가 함께 가자고 그의 어깨를 끌어당겼고, 그는 힘이 빠져서 가볍게 휘청거리며 급히 걸어가는 보좌신부를 뒤따라갔다. 두 사람은 반원형으로 도는 합창대석 앞쪽 통로를 빙 돌아갔는데, 한스는 그 통로가 끝없이 길게 느껴졌다. 그러고는 지하실로 통하는 계단을 내려갔다. 육중한 벽에서 한기가 느껴졌다. 보좌신부가 성수聖水에 적신 축축한 손을 그의 손바닥에 올려놓자 그는 화들짝 놀랐다……

"가톨릭 신자입니까?" 보좌신부가 성호를 긋고 물었다.

"예." 그가 대답했다. "바로 이 성당에서 영세를 받았습니다."

"그럴 리가!"

두 사람은 지하통로 입구에 서 있었다.

"정말입니다."

"맙소사, 그럼 당신은……"

"예." 그가 한숨을 쉬며 말했다. "군대에 가기 전까지 다니던 성당이었죠."

그는 오래전에 일요일이면 이 아늑하고 낭만적인 어두컴컴한 공간에서 어머니 옆자리에 앉아 있던 기억들을 얼핏 떠올렸다……

"그럼 지금은요?" 보좌신부가 물었다.

"지금은 외곽 교외에 살고 있습니다만……"

"따라오세요."

그는 보좌신부를 따라서 어둠침침한 둥근 천장이 있는 공간으로 들어섰다. 그곳에는 긴 의자가 비좁게 줄지어 놓여 있었다. 햇살은 아주 희미하게 들어왔고, 앞쪽에 있는 성합에는 불그스레한 작은 촛불이 팔랑거리고 있었다. 그는 보좌신부의 손짓에 따라 성구 보관실로 들어가 제단 앞에서 고개만 숙여 예배를 했다. 너무 피곤해서 무릎을 굽힐 수 없었던 것이다. 이곳은 전등에 불이 켜 있어서 더 밝았다. 보좌신부의 지친 농사꾼 같은 얼굴에 떠오른 미소가 고통으로 일그러진 것처럼 보였다.

"저에게 기쁨을 선사해주셨어요." 보좌신부가 말했다.

신부는 커튼이 열려 있는 낮은 옷장 앞의 진갈색 의자에 앉으라고 가리켰다. 옷장에는 다채로운 소년성가대 복장과 술이 달린 긴 흰색 사제복이 보였는데, 모두 먼지가 앉은 것 같았다.

"아무렴요." 신부가 흥분으로 다소 일그러진 지친 얼굴로 급히 말했다. "정확히 말씀드리자면 저에게 기쁨을 선사하셨죠."

신부는 미닫이문을 열고 먼지가 앉은 그림 두루마리 두어개를 옆으로 밀어냈다.

"오늘은 저한테 먹을 것을 달라고 한 사람이 아무도 없었거든요. 그래서 오늘 아침 미사 때 바친 봉헌음식이 두꾸러미나 남아 있답니다. 여기, 한번 보세요."

보좌신부는 한스의 얼굴 바로 앞에서 검은 옷소매를 펄럭이며 둘둘 만 작은 갈색 꾸러미 두개를 탁자 위에 올려놓았다. 보좌신부가 말했다.

"이대로 다 가지세요. 제가 가져온 게 아니니 저한테 고마워할 필요는 없어요."

"그럼 누구한테 감사해야 하나요?"

"하느님께 감사하세요. 어차피 모르는 사람들이 가져온 것이니까요. 그러니까……" 신부는 당황해서 얼굴을 약간 붉혔다. "그들이 곧 살아 있는 교회라고 할 수 있지요." 신부의 눈이 흥분으로 가늘어졌다. "어쩌면 그들도 죄인이고, 어쩌면 성자인지도 모릅니다. 그건 모르겠어요. 가난한 사람들이죠. 어쩌면 부자들일지도……"

한스는 탁자에서 꾸러미를 집어들고 묶여 있는 노끈을 풀려고 했지만, 손가락이 말을 듣지 않았다. 갑작스러운 무기력증으로 손가락이 마비된 느낌이었다.

"저는 풀 수 없네요." 한스가 말했다. "대신 좀 풀어주시겠어요?"

신부는 큰 손으로 조심스레 노끈의 매듭을 풀어내어 봉지 안에 든 내용물을 꺼냈다. 쭈글쭈글한 작은 사과 한알이 탁자 위에 굴러 떨어졌고, 아주 두툼한 빵이 한조각 나왔는데, 빵은 옆에 놓인 미사경본[15]만큼이나 두꺼웠다. 그리고 얇은 종이로 만 담배 한개비, 깨끗이 빨고 기운 군용 양말 한켤레가 나왔는데, 양말 둘레의 흰색 띠가 빛났다……

"자, 여기 있습니다." 신부가 말했다.

한스는 손가락으로 빵을 집으려 했지만 잘되지 않았다. 빵이 엄청나게 두툼해 보였다. 갈색의 둥근 빵 껍질은 요새를 에워싼 방호벽 같아서 움켜쥐기엔 손이 너무 작게 느껴졌다. 담배는 탁자의 매끄러운 평면 위에 커다란 흰색 두루마리처럼 놓여 있었다. 마치 높은 지붕 아래로 늘어뜨린 광고 현수막에 그려진 커다란 담배 같았다. 탁자 위에 올려놓은 그의 손은 작고 지저분했으며 너무 멀게만 느껴졌고, 신부의 목소리도 아득하게 들렸다. "마셔보세요"라는 신부의 목소리가 들렸다.

한스는 음료가 속으로 흘러들어가는 것이 느껴졌다. 부드럽고 시원하면서도 몸을 따뜻하게 해주는 신기한 음료였다. 언젠가 마

---

15 미사와 성직자의 기도문을 적은 책.

셔본 적이 있는 맛이었는데, 이름은 기억나지 않았다. 그는 촉촉한 입술에 닿은 혀의 미감을 음미해보았고, 다시 음료를 마셨고, 다시 음료가 속으로 흘러들어갔다. 기막히게 부드럽고 시원했다. 문득 생각이 났다. 포도주였다…… 포도주.

탁자 위에 놓인 물건들이 다시 실제 모습대로 보이기 시작했다. 미사경본처럼 두꺼운 빵 한조각, 사과 한알, 담배 한개비, 양말 한 켤레. 이제 그의 손에 힘과 생기가 넘쳤다. 그리고 바로 앞에 신부의 어리둥절한 얼굴이 보였다. 잿빛 얼굴은 지쳐 보였고, 눈 아래는 불그스레하게 부풀어 있었다. 한스는 글라스를 집어들고 마셨다.

포도주로군. 그렇게 생각하면서 한스는 갑자기 놀라서 글라스를 탁자에 내려놓고 신부의 눈을 쳐다보았다.

"괜찮아요." 신부가 미소를 지으며 말했다. "겁먹지 말아요. 포도주입니다. 그저 포도주일 뿐이지요. 좀더 마시겠어요?"

"신부님이 괜찮다면요."

"괜찮다마다요. 포도주인데요."

한스는 길게 한모금을 마시고, 신부가 두번째 꾸러미를 개봉하는 것을 지켜보았다. 신부가 둘둘 말린 네모난 천을 펼치자 지폐가 떨어졌다. 한스는 이번에도 지폐에 찍힌 50이라는 숫자와 천의 노란색 줄무늬를 잘 알아볼 수 있었다……

"포도주가 충분한가요? 미사에 쓰는 포도주 말입니다……"

"그럼요." 신부가 대답했다. "걱정하지 마세요. 몇년 동안 사용할 수 있을 만큼 충분해요." 신부는 다시 물건을 탁자에 내려놓았다. "미사에는 몇방울만 있으면 충분하거든요. 이 성당에서 보관해온 것을 고스란히 건졌어요. 게다가 새로 들어온 포도주도 있죠. 부인이 있습니까?" 신부가 미소를 지으며 물었다. 그러고는 섬세하고 알록달록한 천을 완전히 펴서 자신의 얼굴 앞에 대보았다.

한스는 잠시 머뭇거리다가 "예"라고 대답했다.

다소 거북한 침묵이 흘렀다. 그러는 사이에 신부는 천을 다시 접었다. 한스는 글라스를 탁자에 내려놓았다. 그는 신부를 바라보다가 문득 레기나와 함께 있고 싶다는 생각이 솟구쳤다.

"이제 가야겠습니다." 한스가 말했다. "실례지만……"

그는 탁자에서 꾸러미를 집어들며 말했다. "그럼…… 저는 이만…… 다음에 또 뵙기를 바랍니다……"

"저도 꼭 다시 뵙기를 바랍니다. 부인을 소개해주세요. 잠깐만요……"

신부는 성구보관실 구석으로 가서 바지 주머니를 이리저리 뒤져 열쇠를 꺼내어 먼지가 쌓인 커다란 진열장을 열었다. 신부는 붉은 빛이 반짝이는 포도주병을 하나 들고 돌아와서 한스에게 내밀고는 말했다.

"이것도 제가 드리는 게 아닙니다. 자, 받으세요."

"이렇게 마음대로 주셔도 됩니까?"

신부가 소리 내어 웃었다. "완전히 제 것은 아니지요. 말하자면 불타는 어느 집의 지하실에서 제가 이 포도주를 구해냈죠. 그리고 집주인이 나중에 저에게 선물로 주었어요. 그러니 제 마음대로 사용할 수 있다고 생각해요. 안녕히 가세요."

한스는 그러고도 잠시 문간에서 기다리며 신부가 미닫이문이 달린 진열장을 잠그는 모습을 지켜보았다.

"기다리지 마세요!" 신부가 외쳤다. "저는 여기에 남아 있을 겁니다……"

한스는 걸음을 옮겼다. 제단 앞에서 몸을 가볍게 숙이고, 밖으로 나와 걸음을 재촉하자 포도주병이 무겁고 차갑게 넓적다리에 부딪혔다.

14

레기나가 오는 소리가 들려왔다. 그녀의 걸음걸이는 지친 듯했
다. 복도에서 잠깐 멈춰 선 그녀는 외투를 벗어 어두운 데서 옷걸
이에 거는 것 같았다. 그러고는 발걸음이 그가 있는 방문 쪽으로
가까이 다가왔다. 그는 심장이 뛰는 것이 느껴졌다. 아주 격하게,
규칙적으로 뛰었다. 이윽고 그녀는 그가 있는 방문 앞에서 멈춰 섰
다. 당장 그녀의 얼굴을 보고 싶었다. 그녀가 들어와서 자기 쪽을
바라보기를 기다렸다. 하지만 발걸음은 다시 멀어졌고, 부엌으로
가는 소리가 들렸다……

그녀가 집에 오면 바로 일어날 작정이었다. 하지만 일어날 수가
없었다. 기쁨이 그를 마비시킨 것 같았다. 그는 계속 누워 있었다.
심장이 뛰는 것만 느껴졌다……

얼마 후 그녀가 복도로 나와서 나무를 쪼갰다. 그녀의 일거수일
투족이 아주 똑똑히 들렸다. 그녀는 거칠게 자른 나무토막을 바닥
에 내려놓았고, 어두운 데서 제대로 보이지도 않는 장작을 팼다. 하
지만 장작은 잘 쪼개지지 않았고, 가느다란 부스러기만 떨어져나
왔다. 그는 그녀가 어둠 속에서 장작을 꽉 잡지 못해 손가락을 치
는 일만 없기를 바랐다. 그가 알기로 손도끼는 무뎠지만, 그래도 자
칫 손가락을 부러뜨리거나 심하게 다치게 할 수도 있었다. 그녀가
작게 욕하는 소리가 들렸다. 종종 장작을 빗맞혀서 무거운 도끼로
마룻바닥을 쳤는데, 그럴 때면 벽과 바닥이 가볍게 떨렸다. 이윽고
그녀는 장작을 충분히 팬 것 같았고, 도끼를 구석에 내던지고 다시
부엌으로 돌아갔다……

그러고는 쥐죽은 듯 조용해졌다. 날이 거의 저물었고, 방 안 구
석구석에 자욱한 연기처럼 푸른 그림자가 짙게 드리웠다. 침대 주
위 말고는 아무것도 보이지 않았다. 모든 것이 지저분했고 벽도 헐
어 있었다. 그는 천장에 정말 구멍이 뻥 뚫려 있는 것을 처음 목격
했다.

한스는 일어나서 조용히 문으로 걸어가 조심스레 문을 열었다.
부엌에서 불빛이 새어나왔다. 그녀가 거울 앞에 걸어놓은 낡은 푸
른색 외투의 구멍 뚫린 부분들이 불빛을 받아 큼직한 노란색 동그
라미로 보였다. 불빛은 마룻바닥의 지저분한 자국들도 비췄다. 한
쪽 구석에서 도끼날이 반들거리는 것도 보였고, 어두운 색깔의 장
작과 쪼갠 면이 노랗게 빛나는 것도 보였다. 그는 천천히 다가가서
그녀를 바라보았다. 그녀의 이런 모습은 처음 보았다. 그녀는 소파

에 누워서 높이 세운 다리를 불그스레한 큰 수건으로 감싼 채 책을 읽고 있었다. 그는 그녀를 뒤에서 바라보았다. 평소보다 더 검고 불빛에 불그스레하게 빛나는 긴 머리칼이 촉촉하게 반짝이며 소파의 팔걸이 위로 늘어뜨려져 있었다. 그녀의 옆에는 등불이 있었고, 난로에는 불이 피워져 있었다. 식탁 위에는 담배 한갑, 마멀레이드가 들어 있는 유리병, 잘라놓은 빵 한조각, 그리고 그 옆에는 헐렁한 검은색 손잡이가 달린 나이프가 있었다……

그는 문득 이 여자를 평생 보면서 살게 될 거라는 직감이 들었다. 현기증 비슷하게 머리가 핑 돌았다. 그녀가 노파가 되었을 때의 모습도 익히 상상이 되었다. 여전히 날씬하고, 머리가 회색으로 세고, 조롱기를 머금은 동그란 얼굴. 이런 모습을 상상하자 그는 가슴이 찡하고 아릿해졌다. 불가항력의 운명 같은 것이 느껴졌다. 누군가가 그의 내면 깊숙이 감춰진 곳에 찬물을 들이붓는 것 같았다. 치과의사가 구멍을 뚫은 치아 부위에 분사하는 용액 같은 그런 느낌, 아주 상쾌하면서도 깜짝 놀라게 하는 느낌이었다. 이미 여러해 전에 그녀의 이런 모습을 본 듯한 느낌, 앞으로도 이십년 동안 이런 모습을 거듭 보게 될 거라는 느낌이 들었다. 그는 침대에서 일어나 이제 돌이킬 수 없는 어떤 것을 행했다. 그는 삶을 받아들였고, 바로 이 자리에서 그의 삶이 집약되어 고통과 행복이 넘치는 짧은 순간의 영원을 경험했다……

그녀는 입에 물고 있는 담배꽁초를 피웠고, 이따금 담뱃재를 털기 위해 몸을 돌려 머리를 매처럼 아래로 휙 움직였다. 그는 그녀의 또렷하면서도 아주 부드러운 얼굴 윤곽을 바라보았고, 문득 키스를 하고 싶어졌다. 하지만 그대로 잠자코 서 있었다. 지금 그가 부엌에 들어가는 것이 무엇을 뜻하는지 잘 알았다. 그것은 결코 키스 몇번으로 상쇄될 수 없는 끝없는 나날의 짐을 떠안아야 하고, 그런 삶을 살아야만 한다는 것을 뜻했다. 나날의 일상이 시작되는 곳, 암거래나 노동이나 도둑질의 세계에 뛰어들어야 한다는 뜻이었다. 지금까지는 그런 세계의 바깥에서, 선수들이 뛰는 경기장 바깥의 그늘진 곳에서 선잠이나 즐길 수 있다고 생각했지만……

그는 아직은 도망칠 시간의 여유가 있다는 걸 알았다. 조용히 계단을 내려가서 야음을 틈타 사라지면 그만이었다. 어쩌면 그녀는 그다지 슬퍼하지 않을지도 모른다. 그가 다시 돌아올 거라고 딱히 기대하지도 않을 것이다……

그는 자기도 모르게 미소를 지었다. 이 여자를 처음 보는 것 같았다. 그는 여전히 그녀의 외투를 입고 있었다. 다른 상의가 없어서 그대로 입고 다닌 것이다. 옷에서 그녀의 체취가 묻어났다. 집 안은 아주 조용했다. 그녀는 천천히 책장을 넘겼고, 담배꽁초를 버렸다. 배에 찻잔을 올려놓고 있는 것 같았다. 난롯불이 더 세게 타올랐고, 장작이 치직거리는 소리가 들려왔다. 허물어진 건물 위쪽에서 바람이 윙윙거리는 소리도 났다. 손상된 지붕과 집의 부서진 부분들에 바람이 들이치며 돌 부스러기와 석회가루가 떨어져 바닥에 널려 있는 잔해에 부딪히는 소리를 냈다.

그녀는 찻잔을 의자에 올려놓고 책을 계속 읽었다. 책을 더디게 읽어서 그는 조바심이 났다. 그녀를 지켜보는 동안 그가 한때는 서점 직원이었고 함께 일하는 동료와 사귀었다는 사실이 새삼 떠올랐다. 이따금 그녀와 영화관에 가거나 함께 강습을 받는 날에는 집까지 바래다주기도 했다. 그 모든 것이 아득한 옛적처럼, 다른 인생처럼 느껴졌다. 자신이 일찍이 뭔가를, 강습이든 직업이든 간에, 진지하게 받아들였다고는 생각되지 않았다. 그녀를, 나중에 아내가 된 그녀를 집에 바래다줄 때면 자신이 속이 타도록 끔찍하게 수줍어했던 기억이 떠올랐다. 그녀는 그가 다정하게 대해주길 바랐지만, 그는 팔짱을 끼자고 팔을 내밀 엄두조차 내지 못했다. 등불이 켜진 도시의 가을날 저녁들을 그렇게 보냈다. 때로는 어두운 골목길을 함께 걸었다. 가끔은 환하게 불이 켜진 정거장에서 전차를 타고 가는 내내 책과 함께 본 영화와 함께 들은 강연 얘기를 했다. 그녀는 예쁘지도 우아하지도 않았다. 키가 작았고, 눈에 별로 띄지도 않았다. 나무줄기 사이로 은은한 가스등 불빛이 액체가 번지듯 노랗게 골고루 퍼졌다. 불빛과 나무 사이에, 부드러운 회색 나무 사이에 연기처럼 길고 자욱한 안개가 깔려 서서히 넓게 퍼져갔다. 파묻어놓은 불에서 모락모락 연기가 피어오르듯이. 그러고서 그는 강변을 지나 집으로 향했다. 아주 천천히, 위쪽에 화강암을 얹은 강둑에 바짝 붙어서 걸어갔다. 안개에 가려 보이지 않았지만 그의 옆으로 강물이 쏴 하는 소리를 내며 유유히 흐르고 있었다. 그는 늘 담배꽁초를 최대한 멀리 안갯속으로 내던졌고, 꽁초가 치직 하는 소리를 내며 캄캄한 어둠 속으로 사라졌다……

레기나는 여전히 꼼짝도 하지 않았다. 한번은 다리에 덮어놓은 큰 수건을 조금 위로 바짝 끌어당겼다. 그는 소녀 같은 이 초조한 동작을 신기하게 바라보았다……

그는 노크도 하지 않고 느닷없이 안으로 들어가 곧장 그녀의 입술에 키스했다. 그녀의 부드럽고 다소 촉촉한 입술이 느껴졌고, 그녀가 눈을 뜨고 있는 것을 보았다. 그녀의 눈은 진회색으로 반짝거렸는데 살짝 흘겨보는 시선이었다. 보랏빛이 나는 눈썹을 놀란 듯 치뜬 모습이 인형 같았다. 그의 입술이 그녀의 입술을 꼭 누르고 있는 동안 그는 그녀를 가만히 바라보았다. 그녀의 목덜미를 끌어안은 손가락 사이로 매끄러운 머릿결의 촉감이 느껴졌다. 그는 그녀를 그렇게 오래도록 바라보았고, 그녀는 눈을 감지 않았다. 그러다가 그녀가 책을 떨어뜨렸고, 그가 그녀 쪽으로 몸을 더 깊이 숙이자 그제야 그녀는 눈을 감았다. 그녀의 얼굴이 황홀감으로 살짝 떨리는 것을 보고 그는 깜짝 놀랐다……

이윽고 그는 그녀를 놓아주었고, 얼굴이 달아오른 것이 느껴졌다.

"앉지 그래." 그녀가 말했다. 그녀는 일어나서 다리를 덮고 있던 수건을 치우고 발의 방향을 바꿔 소파에 앉았다. 그녀를 바라보는 것이 이렇게 기쁠 줄은 몰랐다. 그는 의자에 있던 찻잔을 집어들어 식탁에 올려놓고 의자에 앉았다.

그녀가 말했다. "당신 웃고 있네. 미소도 짓고. 좋은 일이라도 있어?"

그는 아무 말도 하지 않았다. 등뒤에 있는 난로의 온기가 기분 좋게 느껴졌다.

그녀는 "맙소사!" 하고 외치더니 일어나서 마멀레이드가 든 유리병과 빵과 나이프를 챙겨 들었다가 다시 내려놓았다. 그는 처음으로 그녀의 손을 아주 가까이서 보게 되었다. 그녀의 손은 작고 갸름했다. 어린아이처럼 작은, 놀랄 만큼 작은 손이었다. 그녀의 손이 떨리고 있었다······

"배고프지? 그렇지?"

"응." 그는 대답하고는 일어나서 그녀를 가만히 바라보았다. 그녀의 눈은 촉촉이 젖어 있었다.

그는 그녀가 식탁에 놓아두었던 담뱃갑에서 담배를 한개비 꺼냈고, 마멀레이드가 든 유리병에 붙어 있는 알록달록하게 인쇄된 포장지를 한줄 찢어내어 불쏘시개로 쓰려고 돌돌 말았다. 그녀는 그를 가만히 바라보고 있었다······

"얼마나 오래 밖에 나가 있었지? 무척 오래였던 것 같은데. 전쟁 기간보다 더 오래······"

그는 불쏘시개로 담배에 불을 붙이고, 타고 남은 종이를 식탁 가장자리에 내려놓고서 그녀의 곁에 있는 난롯가에 서 있었다······

"커피를 내릴게." 그녀가 말했다.

그는 고개만 끄덕였다. 그녀의 얼굴에 난처한 기색이 감돌았다. 두 사람은 문득 서로가 낯설게 느껴졌다. 그녀는 눈을 내리감고 초록색 스웨터의 지퍼를 다급하게 끌어올렸고, 구겨진 치마를 펴고 머리를 손질했다. 물이 끓었다. 그녀는 숟가락으로 커피가루를 주전자에 털어넣고, 손잡이가 없는 잔으로 끓는 물을 커피포트에 붓기 시작했다······

그는 코에서 커피 향이 느껴지자 속이 쓰릴 정도로 허기가 들었다. 그는 자리에 앉아서 담뱃불을 껐고, 꽁초를 외투 주머니에 집어넣었다……

그녀는 남은 물을 마저 부었고, 마멀레이드병의 양철 뚜껑을 커피포트 위에 올려놓고서 그의 옆에 앉았다. 그러고는 빵에 마멀레이드를 바르기 시작했다. 천천히 조용하게 손을 움직였지만, 그녀의 손이 떨리는 것이 보였다. 그녀는 누르스름한 작은 사기 접시에 빵을 올려놓았고, 커피포트를 들여다보고는 그에게 커피를 따라주었다……

"함께 마셔." 그가 조용히 말했다.

"뭐라고?"

"함께 마시자고." 그녀는 그가 커피잔을 건네주자 미소를 지으며 커피를 잔에 따랐다……

그는 처음 한입 물어뜯은 빵을 목구멍으로 삼키자마자 심한 현기증이 났다. 마멀레이드를 바른 빵이 마치 그의 몸속 깊이 감춰진 지렛대 위로 떨어져서 그 충격이 균형을 무너뜨린 것 같았다. 그는 몹시 어지러웠고, 눈을 감아도 주위의 모든 것이 빙글빙글 돌았다. 격렬하지만 그다지 불쾌하지는 않은 진자운동처럼 느껴졌고, 어둡고 답답한 공간에서 시계추처럼 이리저리 흔들거리는 것 같았다.

그는 다시 눈을 뜨고 커피를 한모금 마셨고, 빵을 다시 베어먹었다. 먹고 마실수록 격하게 흔들거리던 진자운동이 차츰 가라앉았다……

그는 마멀레이드를 바른 빵을 하나 더 먹자 몸 상태가 좋아지는 것이 느껴졌다. 커피 맛이 근사했다. 그는 위쪽 주머니에서 남은 담배꽁초를 꺼내 들고 그녀에게 "불 좀 줘"라고 말했다. 그녀는 식탁

모서리에 놓아둔 불쏘시개 종이를 집어들었다……

"어떤 일을 하기로 결심한 거야?" 그녀가 물었다. "어떤 일을 하고 싶어?"

"아직 깊이 생각해보지 못했지만, 뭔가는 할 거야. 벌써 마음이 설레."

"정말?"

"정말." 그가 말했다. "일할 생각을 하면 마음이 설레. 이 문제는 더 상의하기로 해."

그는 "이것 받아"라고 하면서 주머니에서 천을 꺼내 그녀의 얼굴 앞에 펼쳐 보였다. "당신에게 선물로 주고 싶어……"

"너무 예뻐!" 그녀가 외쳤다. 그녀는 천을 손에 들고 손가락을 펴서 베일처럼 갖다 댔다. "예뻐. 정말 예뻐. 정말 기뻐……"

"포도주도 생겼어." 그가 말했다. "새 포도주가 한병 있고, 빵 조금, 사과 한알도 있어."

"사과라고?" 그녀가 말했다. "정말 귀한 건데. 이런 시절에는 암시장에도 사과는 없는데……"

그는 담배를 눌러 끄고 일어났다.

"가자고." 그가 조용히 말했다. "함께 가. 함께 갈 거지?"

"응." 그녀가 대답했다. 그는 식탁 옆에서 기다리며 그녀가 진열장에서 양초를 꺼내고 담배를 주머니에 넣은 뒤 성냥을 집어드는 것을 바라보았다. 그녀의 얼굴은 아주 진지했고, 거의 우는 듯했다. 그녀의 표정을 보고 그는 그녀에게 다가갔다.

"함께 가고 싶지 않으면." 그가 말했다. "나와 함께 가고 싶지 않다면, 그래도 화내지는 않겠어. 당신을 정말 사랑해."

"그래." 그녀가 말했다. 그는 그녀의 입술이 실룩이는 것을 보았다. "진심으로 당신과 함께 가고 싶어…… 다만 슬플 뿐이야……"

"어째서?"

"모르겠어." 그녀가 말했다. 그는 문을 열고 전등을 껐다. 그리고 그녀의 어깨를 잡고 그녀를 앞으로 밀면서 천천히 걸음을 옮겼다. 그는 그녀를 꼭 잡고서 그의 방문을 열고 전등을 켰다.

"들어가." 그가 말했다.

그는 그녀의 어깨를 놓아주고 고개를 끄떡하며 안으로 들어가라는 신호를 했다. 그녀는 아주 천천히 들어갔다. 그는 그녀의 뒤에서 문을 닫았다.

그녀는 침대에 앉았고, 그는 탁자를 침대 가까이로 밀어서 그녀가 팔을 받칠 수 있게 했다.

"포도주잔 있어?" 그가 물었다.

"응, 저기 장 안에." 그녀가 손가락으로 방구석을 가리켰다. 그녀가 가리킨 쪽은 불이 켜져 있는데도 어두웠다. "종이상자 안에 들어 있어. 코르크 마개 오프너도 거기에 있어."

그는 먼지 냄새가 풀풀 나는 어두운 장 안을 뒤졌다. 이윽고 쨍그랑거리는 상자가 손에 부딪혔다.

"이리 줘봐." 그녀가 말했다. 그녀는 그에게서 포도주잔을 받아 들고 선물 받은 천으로 잔을 조심스레 닦아냈다. 그는 포도주병을 따면서 희미한 등불 아래 술잔이 반짝이는 것을 바라보았다. 그는 포도주를 잔에 가득 따르고 그녀의 옆에 앉았다.

"자." 그가 조용히 말하면서 잔을 들었다. "이제 당신은 내 아내가 되는 거야. 그러겠어?"

"응." 그녀가 나직이 말했다. "그러겠어."

"살아 있는 한 당신을 떠나지 않을 거야."

"나도 당신 곁에 있을 거야. 기뻐."

두 사람은 마주 보며 미소 짓고는, 포도주를 마셨다.

"좋은 포도주네." 그녀가 말했다. "부드럽고 맛있어."

"미사에 쓰는 포도주야." 그가 말했다. "선물로 받았어."

"미사에 쓰는 포도주?" 그녀가 되물었다. 그녀는 화들짝 놀라서 잔을 내려놓고 그를 빤히 쳐다보았다.

"걱정하지 마." 그는 손을 잠시 그녀의 팔에 올려놓았다. "포도주, 단지 포도주일 뿐이야. 내 말 믿지?"

"응, 그럼." 그녀가 말했다. "당신 말 믿어. 당신은?"

"괜찮아…… 처음에는 불안했는데, 이제는 괜찮아."

그녀가 조용히 말했다. "이따금 믿음이 사라지길 바라곤 했어. 하지만 여전히 믿음이 남아 있어서 나도 어쩔 수 없었어. 평범한 포도주가 아니더라도 마실 수 있기를 바라. 너무 슬프네."

"나도 슬퍼. 우리는 자주 슬퍼하게 될 거야." 그가 말했다.

그녀는 다시 잔을 들고 그와 함께 마셨다.

"정말로. 불안해." 그녀가 말했다.

두 사람은 오래도록 뜬눈으로 누워 있었고, 담배를 피웠다. 그러는 동안 집 안에 바람이 윙윙 들이쳐서 벽의 일부가 떨어지고 돌이

굴러떨어지고, 위층에서 모르타르 통이 쿵쾅거리며 아래로 굴러떨어지며 바닥에 부딪혀 내용물이 쇄석처럼 흩어졌다. 레기나가 담배를 피울 때면 희미한 불빛과 불그스레하고 따스한 입김만이 보였다. 그리고 속옷 아래 감춰진 부드러운 가슴 곡선과 평온한 얼굴 윤곽이 보였다. 그녀의 얼굴에서 작고 어두운 골짜기를 이루는 꼭 다문 입술의 잔주름을 바라볼 때면 한없이 깊은 애정이 차올랐다. 두 사람은 담요의 끝자락을 침대시트 밑으로 꼭 밀어넣어 바람이 들지 않게 하고 몸을 밀착했다. 따뜻한 기운이 도는 것이 신기했다. 이렇게 밤새도록 따뜻하게 누워 있을 수 있을 것 같았다. 창의 덧문이 덜컹거리는 소리가 났고, 깨진 창문 구멍으로 바람소리가 윙윙 울렸다. 지붕의 골조 잔해 사이로 들이치는 바람소리가 세찼고, 어디선가 철조물이 계속 벽에 세게 부딪히는 소리도 들렸다.

레기나가 조용히 말했다.

"지붕 처마의 물받이 홈통이 부딪히는 소리야. 오래전에 떨어졌어."

그녀는 잠시 말을 멈추더니 그의 손을 잡고 나직이 말을 이었다.

"전쟁이 터지기 전이었어. 그때부터 여기에 살았어. 귀가해서 물받이 홈통이 떨어져 매달려 있는 걸 볼 때마다 수리를 해야 하는데, 하고 생각했지만 전쟁이 터졌고, 수리할 겨를이 없었지. 그래서 지금도 비스듬히 매달려 있어. 죔쇠 하나가 빠졌는데, 금방이라도 떨어질 것 같아. 바람이 불면 늘 저 소리가 들렸어. 비바람이 치는 밤마다 여기 누워서 들었거든. 건물 외벽에 물이 흘러내린 자국이 선명히 드러났어. 비가 올 때마다 빗물이 비스듬히 벽으로 흘러내

려서 흰색 바탕에 어두운 회색으로 테두리가 얼룩진 길쭉한 물길
이 생겼어. 그 물길이 창문에 닿아서 다시 오른쪽과 왼쪽으로 갈라
져 커다란 곡선을 그리면서 아래로 자국이 이어졌어. 가운데는 흰
색이고 주위가 점점 회색으로 변해서 어두운 회색의 둥근 테두리
가 생겼어……

　나중에는 멀리 떨어진 곳까지 갔어. 튀링엔에서도 일했고 베를
린에서도 일했지. 전쟁이 끝나고 다시 이곳으로 돌아왔어. 망가진
홈통은 그대로 매달려 있었고, 집의 절반은 무너져 있었어. 아주 멀
리까지 갔고, 고통을 당하는 사람을 숱하게 봤어. 죽은 사람, 피 흘
리는 사람 들을 보니 무서웠어. 그러는 내내 망가진 홈통은 여기에
매달려 있었던 거야. 이젠 벽이 무너져서 빗물을 허공으로 흘려보
내지. 기와도 날아가고, 나무는 쓰러지고, 석회가루가 떨어지고 했
는데, 이 양철 홈통은 여전히 한쪽 죔쇠에 매달려 있었던 거야. 육
년 동안이나."

　레기나의 목소리가 점점 가늘어져서 노래를 부르는 것같이 들
렸다. 그녀는 그의 손을 꼭 잡고 있었고, 그는 그녀가 행복해하는
걸 느낄 수 있었다……

　"그 육년 동안 비가 많이도 내렸지. 많은 사람이 죽어나갔고, 성
당도 파괴됐고. 그런데 저 홈통은 그대로 매달려 있었던 거야. 밤마
다 바람이 불면 딸그락거리는 소리가 들렸어. 그래서 반가웠다면
믿겠어?"

　"응." 그가 대답했다.

　갑자기 바람이 그쳤다. 집 안은 조용해졌고, 냉기가 조용히 흔적

도 없이 몰려왔다. 두 사람은 담요를 더 높이 끌어당기고 손을 담요 안으로 넣었다. 이젠 어둠 속에서 아무것도 식별할 수 없었다. 레기나가 숨결이 느껴질 정도로 바로 옆에 누워 있었지만 얼굴 윤곽도 보이지 않았다. 그녀의 고른 호흡이 조용히 규칙적으로 그에게 닿았다. 잠이 든 것 같았다. 그러다 갑자기 그녀의 숨소리가 들리지 않자 그는 당황해서 그녀의 손을 잡으려고 더듬었다. 그러자 그녀는 머리나 가슴에 있었을 손을 옮겨서 그의 손을 꼭 잡았다. 예전에는 몰랐던 행복감이 들면서 그는 따뜻한 온기를 느꼈고, 그녀 옆에서 자면 결코 춥지 않을 거라는 생각이 들었다. 그는 그녀에게 더 바짝 다가가서 그녀를 꼭 안았다. 너무 세게 안아서 두 사람 사이에 손을 둘 틈새도 없었기 때문에 그녀는 손을 빼내야만 했다. 그녀의 숨결이 느껴지지 않는 걸로 봐서 그녀는 코를 위로 향하고 어두운 천장을 응시하고 있는 듯했다. 처음으로 그녀가 무슨 생각을 할까 하는 생각이 들었다. 그녀가 행복하기를 소망했다. 그녀를 사랑하지만, 그녀가 어떤 생각을 하는지는 조금도 알지 못했다. 그는 그녀를 사랑하고, 그녀도 그를 사랑한다는 것을 알았다. 하지만 그녀의 생각은 전혀 알지 못했다. 앞으로도 그럴 것 같았다. 낮과 밤의 긴 시간 동안 그녀의 뇌리에 떠오르는 수많은 생각 중 한토막도 알 수 없었다. 그는 심한 고독감을 느꼈고, 그녀는 그렇게 고독하지는 않을 거라는 느낌이 들었다……

문득 그녀가 울고 있다는 것을 알아차렸다. 어떤 소리도 들리지 않았지만, 침대의 움직임에서 그녀가 자유로운 왼손으로 얼굴을 훔친다는 걸 알 수 있었다. 그것만으로 분명치 않았지만, 그래도 느낄 수 있었다. 그는 일어나 앉았다. 그 순간 문 아래 틈새로 들어오는 냉기가 침대까지 뒤덮은 것이 느껴졌다. 그는 그녀의 얼굴 가까이로 몸을 숙이고 다시 그녀의 숨결을 느꼈다. 숨결은 그녀의 얼굴에서 물결처럼 스르르 퍼지며 그를 스쳐가서 부드럽게 귀에 닿았다. 그가 그녀의 얼음장처럼 차가운 뺨에 코를 갖다 대도 여전히 아무것도 보이지 않았다. 그녀의 주위가 완전히 캄캄해졌다. 갑자기 그녀의 눈물방울이 그의 입술에 닿아 짭짤한 맛이 났다. 그는 눈물이 땀처럼 짜다는 말을 들어본 적이 있었다. 땀방울이 가끔 얼굴을 타고 흘러내려 입으로 들어가는 경우도 있었다. 그런데 이제야 그는 눈물이 땀처럼 짜다는 것을, 짜고 따뜻하다는 것을 이해하게 되었다.

"누워." 그녀가 조용히 말했다. "그러다 감기 들겠어. 외풍이 이렇게 매서운데……"

그는 계속 그녀의 위에 있었다. 그녀를 보고 싶었지만 아무것도 보이지 않았다. 그녀가 갑자기 눈을 떴다. 그러자 그녀의 눈에서 부드러운 광채와 반짝이는 눈물이 보였다. 그는 천천히 드러눕고는 다시 그녀의 손을 찾았다. 그가 일어나 앉는 사이에 그녀의 손이 빠져나간 것이다. 그녀는 말없이 누워 있었고 그는 그녀가 여전히 울고 있다는 걸 알았다. 그녀는 이따금 왼팔을 조용히 얼굴로 가져갔다. 그가 느닷없이 그녀에게 몸을 돌려 그녀의 얼굴에 입김을 불자 그녀가 미소 짓는 것이 느껴졌다. 그는 한번 더 입김을 불었다.

"좋아." 그녀가 조용히 속삭였다. "아주 따뜻해."

그녀도 그의 얼굴에 입김을 불었다. 아주 세게. 정말 따뜻하고 아주 편안했다. 두 사람은 한참 동안 그렇게 서로의 얼굴에 입김을 불었다……

그러다가 그는 어둠 속에서 그녀에게 키스를 했다. 그런데 거의 알아차릴 수 없이 아주 살며시 키스를 거부하는 기미가 느껴져서 그는 다시 원래 자세로 돌아갔다.

"당신을 정말 사랑해……" 그가 말했다.

"알아." 그녀가 말했다. "나도 정말 당신을 사랑해……"

그는 갑자기 하품이 났다. 속에서 경련이 일어난 것처럼 하품이 올라왔고, 엄청난 피로가 몰려왔다. 그녀는 소리 내어 웃으며 팔을 그의 목에 감았다. 그녀도 하품을 하는 것 같았다. 그는 그녀의 뺨에 살짝 키스를 했다. 여태 그녀에게 한번도 키스를 한 적이 없다는 느낌이 들었다. 그녀가 낯선 여자처럼 느껴졌다……

그는 그녀의 어깨를 팔로 감싸 안고 그녀를 바짝 끌어당기고서 잠이 들었다. 자신의 얼굴을 그녀의 얼굴에 꼭 대고 누른 채. 두 사람은 잠을 자면서 따뜻한 입김을 다정한 마음처럼 주고받았다……

15

레기나가 장롱을 밀어내자 벽에서 석회가루가 떨어지며 커다란 자국이 생겼고, 떨어진 자리는 금세 더 넓어졌다. 석회 덩어리가 장롱 뒷면에 부딪혀 둔중한 소리를 내면서 부서져 지저분한 바닥에 석회가루가 금세 퍼졌다. 장롱 뒷면에서 석회가루가 쌓이는 소리가 들렸고, 칠이 떨어져나간 맨 벽이 드러났다. 장롱을 힘껏 옆으로 밀어 움직이자 장롱과 벽 사이에 쌓여 있던 석회가루가 무너져 장롱의 네 다리 사이로 흘러나왔다. 지저분한 석회가루가 먼지구름처럼 흩날렸고, 방 안의 모든 물건에 구역질나는 미세한 가루가 내려앉았다. 발밑에서도 푸석푸석하는 소리가 났다. 석회반죽이 바닥의 거친 틈새로 흘러들며 말라붙어서, 밟으면 부서지는 소리가 났던 것이다……

그녀는 자기도 모르게 눈물이 나왔다. 까닭 모를 고통스러운 절망감이 부풀어올라 목이 메었다. 치미는 고통이 밖으로 터져나오려 했지만, 꾹 눌러 삼키고 떨리는 얼굴로 다시 일을 했다. 창문을 열고 석회가루를 쓸어냈다. 하얀 먼지구름이 흩날렸다. 그러고는 먼지 닦는 천으로 다시 바닥을 닦아냈다. 그녀는 청소를 하고 싶어진 돌발적인 충동을 속으로 자책했다. 어째서 이런 충동이 생긴 것일까? 알 수 없었다. 질서와 청결함을 추구하는 이런 충동은 전에는 느껴본 적이 없었다. 질서와 청결함이 무의미하다는 것도 알고 있었다. 청소하기 전이 오히려 더 깨끗했던 것 같았다. 바닥을 촉촉한 천으로 닦아내자 지저분한 원형의 얼룩이 더 선명히 드러났다. 아주 오래전에 눌어붙은 석회 자국이었다. 청소하기 전에는 이런 자국이 보이지 않았다. 이렇게 힘들여 청소를 했는데 보기 흉한 얼룩이 오히려 섬뜩하게 선명히 드러난 것이다. 얼룩은 도저히 제거할 수 없을 것 같았다. 가구도 먼지 닦는 천으로 다시 닦아내자 처음 청소했을 때보다 오히려 더 구질구질해 보였다. 떨어져나간 자리와 부서진 틈새 들이 이제는 완연히 드러났다. 굳이 깨끗이 청소할 필요도 없는 흉측한 잡동사니도 보였다. 침대는 망가졌고, 의자는 좌석이 헐거워진 데다 움직일 때는 아교로 붙여놓은 의자다리가 빠지지 않게 조심해야 했다. 키가 큰 두개의 갈색 장롱은 석회 자국이 눌어붙었고 비에 젖어 휘어 있었으며, 손상된 천장에서 떨어져내리는 석회가루가 위에 쌓여 있었다……

오물이 끝없이 드러나서 그녀는 절망할 지경이었다. 오물을 치우려 애써봤자 소용이 없었다. 장식용 벽걸이 양탄자는 너덜너덜

했고, 회칠한 벽은 사방이 떨어져 있었으며, 떨어지려는 석회가루를 풀로 여기저기 붙여놓은 상태였다. 풀은 양탄자를 회벽에 접착시키기 위한 용도였지만, 지금은 풀이 회벽을 지탱하고 있는 형국이었다.

두번째 장롱을 조심스럽게 옆으로 밀자 뒤에서 살짝 부서지는 소리가 났다. 장롱 뒤에 쌓여 있던 석회 부스러기가 바닥으로 떨어져서 몇움큼 분량의 쓰레기가 쌓였다…… 그녀는 물 양동이를 지저분한 방으로 계속 날랐다. 그렇지만 2제곱미터만 닦아내면 녹아내린 석회와 석고와 모래 등이 범벅이 되어 맑은 물이 금세 우윳빛으로 걸쭉해졌다. 더러워진 양동이 물을 아래층 잔해더미에 쏟아버릴 때마다 양동이 바닥에 찐득찐득한 침전물이 남아서 힘들게 씻어내야만 했다. 새로운 물을 방으로 날라올 때마다 그녀는 어리둥절해져서 멈춰 섰다. 물로 씻어낸 곳은 그새 말라서 하얗게 빛나는 부분과 거칠고 추해 보이는 부분이 뒤섞여 있었고, 아직 청소하지 않은 바닥은 고르게 어두운색을 유지하고 있었던 것이다.

벽과 바닥의 이음매를 감추는 장식 머름에서도 석회가루가 쉴새 없이 흘러나왔다. 가루는 아주 미세해서 조금만 닦아내도 양동이의 물이 온통 뿌옇게 돼 걸레를 빨 수도 없게 되었다……

그녀는 이상한 오기가 발동해서 고투를 계속했고, 물 양동이를 부지런히 날랐다. 속으로는 무의미한 짓거리라는 걸 알았다. 청소를 할수록 지저분한 얼룩이 드러났고, 부스러기가 자꾸만 새로 떨어져내렸다. 얼마나 많은 석회와 석고, 시멘트와 모래를 치웠는지 알게 된 것은, 새로 떨어진 부스러기를 한차례 쓸어담고 또다시 침대 뒤에 떨어져 있는 마른 쓰레기를 양동이에 가득 담아서 아래로 끌고 내려가려 할 때였다. 침대 뒤의 벽에는 작은 빈 자리가 남아 있었다. 벽을 손으로 짚어보았더니 회칠한 덩어리와 벽면 사이에 서늘하고 어두운 느슨한 틈새가 벌어져 있었다. 그사이로 손을 밀어넣어 조심스럽게 톡톡 두드리자 멍하고도 신비로운 소리가 울렸다. 천장은 고르지 않았고, 시멘트 덩어리의 무게 때문에 군데군데 내려앉아 갈라지고 벌어져 있었다. 그런 균열선이 수수께끼 같은 지도의 형상으로 천장 전체에 퍼져 있어서 언젠가는 우지끈 무너질 것만 같았다. 그러면 엄청나게 많은 먼지와 석회가루가 다시 떨어질 테고, 그렇게 바닥에 쌓인 석회가루가 물을 먹으면 다시 소생해서 도저히 제거할 수 없는 하얀 얼룩으로 변할 테고, 그런 얼룩은 악성 발진처럼 자꾸만 돋아날 터였다……

청소를 한 후 그녀는 침대에 누워 담배를 피웠다. 몇시간이나 고역을 치른 결과의 무의미함을 보지 않으려고 얼굴을 벽으로 돌리고 있었다. 이 괴로움이 점점 불어나서 영원할 것만 같았다. 서랍장 위에 놓인 자명종이 5시를 가리키고 있었다. 일곱시간이나 일하며, 양동이 물을 수없이 날랐다. 이런 충동에 빠지기는 처음이었고 끔찍했다. 바닥은 반짝거리는 흰색에서 아주 어두운 회색에 이르기까지 모든 농도의 색상을 흉하게 불규칙적으로 드러냈다. 그녀의 노고가 얼룩진 기념비였다.

옷이 몸에 착 달라붙었다. 마치 얇은 고무처럼 달라붙어서 피부가 숨쉴 틈도 없었다. 몸에서 냄새가 났다. 시큼한 땀내와 더러운 세척물 냄새가 났다. 좋은 비누로 씻고 깨끗한 옷을 입고 싶은 마음이 너무 간절해서 눈물이 났다. 그녀는 담배를 껐고, 천천히 빵을 조금 먹었다. 커다란 빵 덩어리에서 작게 한조각씩 뜯어내어 입으로 가져갔다……

레기나는 잠에서 깨어나 깜짝 놀랐다. 시계를 보니 벌써 6시였다. 바닥에 남은 물기가 더 어둡게 보였다. 바닥은 비록 깨끗해 보이지는 않아도 약간 반들거리고 전체적으로 고르게 정리된 느낌을 주었다. 청결을 그토록 갈망했다. 이 욕구 때문에 청소를 시작했지만, 무의미한 짓거리 같았다. 끊임없이 쓰레기가 쏟아져나왔고, 아무리 청소해도 오물이 줄어들 기미가 보이지 않았다. 오물은 청소를 도발로 간주하는지 두배 세배로 점점 늘어났다. 밖에서 한순간 해가 떨어지자 그녀는 흠칫 놀랐다. 장롱에는 아직도 먼지가 수북해서 꼭 먼지로 도배를 해놓은 것 같았다. 바닥은 여봐란듯이 흉한 얼룩무늬를 당당하게 드러내고 있었다……

그녀는 피곤한 몸을 가누고 일어나 난로 위에 물을 올려놓고, 난로에 장작을 더 넣었다. 그리고 물이 데워지는 동안 귀중품을 살펴보았다. 포도주 반병, 빵 반조각, 약간의 마멀레이드, 마가린 한덩어리, 그리고 양피지로 덮어놓은 커피가루가 가득한 컵. 말아 피우는 잎담배와 담배종이, 그리고 돈, 돈은 서랍에 들어 있었다. 작게 쌓인 지저분한 지폐. 거의 1200마르크와 한스가 준 50마르크짜리 지폐. 이 모든 풍요가 대단하다고 생각돼 위안이 되었다……

그녀는 한참 동안 비누를 코에 가까이 대고 있다가 마른 비누로 얼굴을 살살 문질러 비누 냄새를 가까이서 음미해보았다. 닳고 닳아서 얇아진 비누 조각에서 복숭아 비슷한 향이 났다……

밖에서 한스가 무거운 것을 내려놓는 소리가 들려왔다. 분명히 자루에서 딱딱하고 무거운 것을 꺼내놓는 소리였다. 그가 집 안으로 들어올 때 보니 밖에는 다시 비가 내리고 있었다. 그는 얼굴이 젖어 있었는데, 검은 연탄 얼룩이 빗물에 범벅이 되어 창백하고 지친 얼굴에 거무스레한 물이 흘러내렸다. 마치 검은 눈물을 흘리는 것처럼 보였다. 레기나는 눈썹과 속눈썹에 듬성듬성 비누거품이 묻어서 눈을 깜빡이며 비누거품 사이로 그의 그런 모습을 바라보았다. 맨가슴을 드러낸 것이 부끄러워 젖은 손으로 흘러내린 셔츠를 끌어올렸다. 그는 미소를 지으며 그녀의 목덜미에 키스를 했고, 두 사람은 잠시 거울 속에 나란히 서 있는 모습을 바라보았다. 그의 어두운색 머리가 그녀의 어깨 위로 그녀의 밝은 얼굴 옆에 나란히 보였다……

두 사람은 침대에서 식사를 했다. 의자 위에 놓인 커피포트 옆에 붉은 잼을 바른 빵을 조금 쌓아놓았다. 공기는 향긋하고 부드러웠다. 밖에는 비가 내리고 있었다. 계속 내리는 빗소리가 마음을 홀리는 것 같았다. 비가 내리면 늘 그렇듯이 천장에는 다시 어두운색의 둥근 빗물 자국이 생겼다. 둥근 자국은 소리 없이 빗물을 완전히 흡수하여 점점 더 넓어져, 파괴된 위층에 생긴 물웅덩이가 남김없이 비워질 때까지 계속 커질 것이었다. 압지[16]가 물기를 빨아들이듯이 물이 소리 없이 신속하게 흔적을 드러내는 모습을 보노라

---

16 잉크나 먹물 따위로 쓴 것이 번지거나 묻어나지 않도록 위에서 눌러 물기를 빨아들이는 종이.

면 어쩐지 위안이 되었다. 눈처럼 보이는 둥근 빗물 자국이 두 사람을 지켜보는 것 같았다. 물방울이 매달렸다 떨어지곤 하는 한가운데는 검은색에 가깝게 어두웠고, 가장자리로 갈수록 점차 더 밝은 회색으로 바뀌었다. 이런 빗물 자국이 무슨 신호처럼, 경고신호처럼 반짝거리며 며칠 동안 남아 있다가 다시 사라지면 어두운 가장자리만 남았다. 그러다가 때로는 빗물 자국 부분이 펫장처럼 떨어져서 석회가 바닥에 철썩 떨어져 석회가루를 흩날렸다. 천장에는 판자를 잇댄 어둠침침한 구멍이 남게 되고, 거미줄이 그 구멍을 서서히 채웠다. 이렇게 회칠한 부분이 떨어져나간 구멍에서는 빗물이 뚝뚝 떨어졌다. 두 사람은 침대를 옮겼다. 침대가 방 한가운데 놓이자 금방이라도 빗물이 떨어질 것 같은 불안감은 오히려 더 커졌다……

두 사람은 몸이 닿지 않은 채로 나란히 앉아 있었다. 깨끗해졌다는 사실만으로도 둘은 행복했다. 그가 이따금 빵을 건네줄 때 그녀의 얼굴이나 팔에 몸이 닿으면 그녀는 그에게 미소를 지었다.

그가 말했다. "그런데 말이야, 당신이 구해준 석방증명서가 어려운 시험을 통과했어."

"그래?"

"석방증명서에 주민등록 확인 도장도 받았어. 그렇지만……" 그가 소리 내어 웃었다. "그렇지만 내가 분명히 첫번째 석방자일 거야. 6월 중순은 되어야 첫 석방자들이 나올 거라고 예상했거든. 그러니까 지금 날짜를 고쳐서 6월 중순까지 기다리는 게 좋겠어. 그래도 배급표는 받아왔어."

"잘했어." 그녀가 말했다. "언제까지 유효해?"

"6월 말까지는 확실해. 그때까지 또 무슨 일이 생길지 누가 알겠어……"

"그래." 그녀가 말했다. "그럼 거의 꼬박 한달 동안 쓸 수 있겠네. 그때까지는 버틸 거야. 그런데 조개탄은 어디서 구했어?"

그는 다시 소리 내어 웃었다.

"아주 간단해. 기차에 뛰어올라가서 조개탄을 아래로 내던지기만 하면 돼. 이따금 기차가 서기도 하고, 거의 감시도 하지 않거든. 어떻게 하면 되는지 자세히 봐두었지. 오후 내내 지켜봤어. 어떤 사람이 언제 기차가 오는지 정확한 시간까지 알려줬어."

그는 의자 등받이에 걸쳐놓은 외투 주머니에서 쪽지를 꺼냈다.

"새벽 5시, 그리고 11시 무렵, 오후에는 4시 조금 지나서, 그리고 6시 정각. 아주 규칙적으로 운행해. 차를 한대 구해야겠어. 새벽 5시는 통행금지 시간이라 다닐 수 없거든. 커피 마시겠어?"

"응." 그녀가 대답했다.

그녀는 가까이에 있는 침대 옆 의자에서 커피잔을 집어들어 그에게 내밀었다. 그는 커피를 따라주었다.

"하긴." 그가 말했다. "6월 말까지 무슨 일이 생길지 누가 알겠어. 6월 중순까지도 예측할 수 없는데. 우리는 돈과 배급표, 빵과 담배가 있고, 내가 매일 조개탄을 백개씩 가져올 거야. 그 정도면 충분해. 듣자 하니 조개탄 오십개에 빵 한덩이, 조개탄 열개에 담배 한개비를 구할 수 있대."

"그래." 그녀가 말했다. "맞을 거야. 빵이 30마르크, 담배가 6마르크 하니까. 게다가 여름에는 석탄이 싸지……"

"기온이 떨어지면 석탄 가격이 올라가. 그럼 빵값도 오르겠지. 그러니 겨울이 되면 굶주림이 악화될 거야."

"벌써 겨울 걱정은 하지 말자고."

"그래." 그가 말했다. "제발 벌써 겨울 걱정은 하지 말자고."

"정말 행복해." 그녀가 느리게 말했다.

"나도 그래." 그가 말했다. "이렇게 행복한 적이 있었나 싶어."

두 사람은 잠시 말이 없었다. 쏴— 하는 빗소리가 줄어들지 않았고, 바깥의 촉촉한 어스름 속에 빗물이 뚝뚝 떨어지는 나무들이 서 있었다. 천장에서 빗방울이 떨어질 때마다 찰싹하고 소리가 났다……

"담배 피우겠어?" 그가 물었다. 하지만 그녀는 대답하지 않았다. 그가 몸을 돌려보니 그녀는 그새 잠들어 있었다. 그녀는 미소를 띠고 자고 있었다. 그는 그녀의 따뜻한 얼굴이 자신의 가슴에 닿을 때까지 가까이 다가갔다. 그리고 생각했다. 이 여자를 사랑한다고, 이 여자를 안다고, 그녀의 많은 것을 알게 될 거라고, 하지만 아무리 많이 알아도 언제나 턱없이 모자랄 것이며, 거의 아무것도 모를 것이라고.

16

    그는 무척 피곤했다. 오래전부터 이렇게 일찍 일어나본 적은 없었다. 그는 잠이 덜 깼다. 날이 제법 쌀쌀했고, 가는 양초의 희미하게 가물거리는 작은 불꽃도 추위에 움츠러든 것처럼 보였다. 촛불은 제단 뒤편 푸르스름한 어두운 색깔을 배경으로 노랗게 비스듬히, 가냘프고 초라하게 타고 있었다. 제단 뒤의 어두운 색깔이 페인트를 칠한 벽인지 빛바랜 커튼인지 분간할 수 없었다. 촛대로 둘러싸인 약간 기우뚱한 밋밋한 성합과 마찬가지로 촛대도 초라했다. 사람들은 말없이 웅크리고 앉아 있거나 무릎을 꿇고 있었다. 많은 사람에게서 고약한 냄새가 풍겼다. 굶주리고 통풍이 안되는 공간에 거주하는 사람의 몸에 밴 석탄과 난로 그을음 냄새였다. 앞에 서 있는 사람들의 목덜미는 가늘었고, 여자들이 쓴 두건 아래로 머리가 치렁치렁 흘러내렸다. 모두 겸손하게 침묵하는 갑갑한 정적 속에서 보좌신부의 목소리가 들렸는데, 시간 여유가 많은 사람의 어투처럼 목소리가 차분하고 균일했다.

"그리스도의 몸은 저를 지켜주시어 영원한 생명에 이르게 하소서. 아멘."

한스는 성체를 수령하는 모든 신도에게 매번 이 라틴어 기도문을 다 말해주는 사제는 처음 보았다. 대부분의 사제는 걸음을 옮기면서 이 기도문을 줄곧 적당히 중얼거리기만 했다. 그런데 이 사제는 제자리에 서서 성체를 수령하는 모든 신도에게 기도문 전문을 또박또박 읊었다. 영성체에 엄청나게 많은 시간이 소요될 것 같았다. 뒤쪽 문이 헐거운지 외풍이 들이쳤다. 벽의 틈새와 창문은 나무 판자로 막아놓았는데, 나무판자가 습기에 휘어서 갈라지거나 여러 겹으로 벌어져 있었다. 그렇게 벌어진 틈새에서 원래 판자를 붙일 때 사용한 아교가 더러운 죽처럼 흘러나왔다……

제단이 있는 앞쪽은 본채로 통하는 고딕식 아치를 벽으로 막아놓았거나, 아니면 커다란 커튼으로 가린 것으로 보였다. 그것이 벽인지 장막인지는 여전히 분간되지 않았다. 다만 고딕형식을 흉내낸 기둥에 연결되어 위쪽 끝이 뾰족한 아치형 꼭짓점으로 모이는 도금한 버팀벽이 보일 뿐이었다. 그 기둥의 위쪽 끝은 정확히 제단의 중앙부 상단으로 모아졌다.

모든 것이 아주 느리게 진행되었다. 보좌신부는 아직도 성체대로 다가오는 몇몇 신도에게 성체를 나눠주고 있었다. 보좌신부가 얇은 성체 조각을 높이 쳐들고는 가난하고 머리가 희끗한 신도들에게 매번 기도문 전문을 엄숙하게 읊조렸다.

"그리스도의 몸은 저를 지켜주시어……"

복사[17]는 입고 있는 중백의[18]의 옷깃을 높이 세웠고, 넓은 소매 속에서 팔을 서로 문질러 몸을 따뜻하게 하고 있었다. 복사가 일정한 간격으로 코를 훌쩍이는 소리도 또렷이 들렸다. 보좌신부는 양손을 들어 마무리 기도를 하고 있었고, 복사의 응답은 건성으로 투덜대는 것처럼 들렸다. 복사는 이따금 고개를 들어서 촛불을 흘겨보곤 했는데, 이렇게 양초를 낭비하는 것을 못마땅해하는 눈치였다. 이윽고 복사가 미사경본을 팔에 받쳐든 채 앞으로 무릎을 꿇었고, 보좌신부는 복사의 몸 위로 천천히 엄숙하게 성호를 그었다……

한스는 오랜 기다림에도 평화와 기쁨 같은 것을 느꼈다. 그는 복사 소년이 황급히 촛불을 끄고 보좌신부를 따라 성구실로 들어가는 것을 바라보았다. 바깥은 아주 환해서 어느새 얼추 8시는 된 것 같았다. 그는 길거리를 건너가 사제관 입구에서 초인종을 눌렀다. 안에 있는 철제 격자문 뒤에서 초인종 소리가 날카롭게 울렸다. 얼굴이 넓고 불그스레한 여자 가정부가 안에서 덧창을 열고 그를 살펴보더니 "미사가 끝났어요?"라고 물었다.

"예." 그가 대답하자 가정부는 더이상 묻지 않고 문을 열어준 뒤 "들어오세요!"라고 외치고는 금방 돌아서서 복도로 들어갔다.

그는 가정부를 따라갔다. 그런데 복도 끝에 다다라 어둠 속에서 나무 벽에 가로막혔을 때 가정부는 이미 사라지고 없었다. 그는 기

---

17 미사 때 사제를 도와 시중을 드는 일. 또는 그런 사람.
18 성직자가 성사를 집행할 때 입는 무릎까지 내려오는 흰 옷.

다려야 하나보다 생각했다……

　모퉁이를 돌아서 보이지 않는 어디에선가 그릇이 달그락거리는 소리가 들려왔다. 그때 문득 복도에서 역하고 들쩍지근한 냄새가 풍겼다. 너덜너덜 해지고 축축한 자루에 밴 듯한 그 냄새는 사탕무를 흐물흐물하도록 삶은 냄새였다. 모퉁이에서 김이 모락모락 나오는 걸로 봐서 그 뒤편에 부엌이 있는 것 같았다. 김이 와닿자 따뜻하고도 역했다. 가정부가 사탕무 잼을 만들고 있는 게 분명했다. 다른 사람들이 하는 것과 같은 방식으로 외풍이 들지 않는 난로에 젖은 장작을 지피고 있는 모양이었다. 연기와 매캐한 냄새가 풍겨왔던 것이다. 그가 출입할 수 없는 듯한 모퉁이 뒤편에서 가정부가 저음으로 노래를 불렀다. 그녀는 "하늘이여 위에서부터 내리소서!"라는 소절을 부르고는, 남성이 화답하듯 더 낮은 음으로 "정의를 이슬처럼 내리소서!"라고 노래를 이었다.[19] 그녀는 이 두구절 이상은 가사를 알지 못하는 게 분명했다. 계속해서 같은 구절을 부르고 화답하기를 반복했기 때문이다. 가정부가 난롯불을 조절하는지 한참 동안 노랫소리가 끊어졌다. 그 긴 휴식시간에 한스는 오랜만에 지금 막 떠오르는 라틴어 기도문을 가정부의 노래 사이에 삽입하고 싶은 유혹을 느꼈다. 거의 십여년 전에 종교 선생님이 가르쳐준 기도문이었다.

　'주님, 화내지 마시고, 우리의 허물을 더이상 기억하지 마소서!'

　호흡이 긴 그 기도문은 반쯤은 말하는 어조로 부르는 노래였는

----

19 두구절은 구약성경 이사야서 45장 8절의 일부이다.

데, 끝으로 갈수록 부드러운 꽃송이처럼 점점 환한 톤으로 바뀌었다. 이 긴 기도문을 떠올리는 중에 갑자기 가정부가 다시 "하늘이여 위에서부터 내리소서!"라고 노래 부르는 소리가 들렸다……

이윽고 대문에서 복도로 빛이 비쳐들었고, 한스는 희뿌연 광채에 에워싸인 키 크고 마른 사람의 형체가 보좌신부라는 것을 알아보았다. 그리고 자신이 판자로 칸막이를 한 방 앞에 서 있다는 것도 깨달았다. 방 안에는 감자상자와 온갖 너저분한 잡동사니가 보관되어 있는 것 같았다. 사람 형체가 가까이 다가오자 어둠 속에서 숨소리가 느껴졌고, 창백한 얼굴도 보였다.

한스는 큰 소리로 "슈니츨러입니다!"라고 했다.

"아, 슈니츨러!" 보좌신부가 황급히 말했다. 예민한 어조가 분명히 느껴졌다. "잘 왔어요. 기뻐요……"

보좌신부는 방문 하나를 열었는데, 안에서는 희미한 빛이 흘러나왔다. 보좌신부는 한스를 안으로 들어가게 했다. 방 안에는 침대, 의자, 책장, 책이 쌓여 있는 엄청나게 큰 책상, 신문, 당근이 가득 든 봉지 등등이 정말 난장판으로 흩어져 있었다……

"미안해요, 이렇게 어수선해서." 보좌신부가 초조하게 말했다. "워낙 비좁게 살거든요."

한스는 한참 동안 주위를 살펴보았다. 방 안은 정말 볼썽사나웠는데, 침대는 그나마 말짱해서 이 어수선한 방 안을 치운다면 아마도 유일하게 건질 수 있는 물건일 성싶었다. 어수선한 물품 사이로 바닥이 드러나 보이는 곳은 그래도 깨끗했다. 나무판 사이에 큰 틈새가 벌어진 목재 마루가 3제곱미터 정도는 되어 보였다. 나무판 틈새에 낀 오물이 물기에 젖어 까무잡잡하게 반들거렸는데, 청소의 물기가 남은 흔적으로 보였다. 책장에는 다양한 종류의 책이 뒤죽박죽 꽂혀 있었다. 그는 책을 바로 세워놓으려고 다가갔다. 바로 그 순간 보좌신부가 가정부와 함께 들어왔다. 보좌신부는 커피포트, 찻잔 두개, 빵조각을 담은 접시 그리고 액상의 사탕무 잼이 든 사발을 올려놓은 차반을 들고 왔다. 가정부는 한쪽 팔에는 장작을 가득 안고, 다른 손에는 얇은 대팻밥 뭉치를 들고 있었다……

"함께 커피 마실까요? 어때요?" 보좌신부가 물었다. "날씨가 춥잖아요. 6월에 이렇게 춥다니." 보좌신부가 웃으며 말했다.

한스는 정말 배가 고팠고, 방 안에 있는데도 추웠다. 그는 "예, 고맙습니다"라고 대답했다. 가정부는 침대 바로 뒤에 있는 난로의 검은 구멍 속으로 대팻밥을 밀어넣고 난로 위쪽으로 장작을 살짝 떨어뜨린 다음 신문지를 구겼다……

"그냥 둬요, 케테." 보좌신부가 말했다. "내가 할 테니까."

가정부는 방에서 나갔다. 가정부가 밖에서 문을 닫자 다시 "하늘이여 위에서부터……" 하고 노래 부르는 소리가 들렸다. 노래를 무척 즐기는 게 분명했다. 이윽고 가정부는 모퉁이를 돌아 사라진 것 같았다.

보좌신부는 구겨진 신문지에 성냥불을 갖다 댔다. 그러자 검푸른 불꽃이 일면서 서서히 위로 불이 번졌다. 난로 아래쪽에서 연기가 나왔고, 위쪽 뚜껑에서는 밝은 회색의 가느다란 연기가 피어나왔다.

"기다리게 해서 미안해요." 보좌신부가 말했다. "주임신부님이 편찮으셔서 두번째 미사도 제가 집전해야 했거든요. 어제까지만 해도 주임신부님이 편찮으신 줄 몰랐어요. 기다리시느라 중요한 일을 놓치지는 않으셨길 바랍니다……"

보좌신부는 이제 난롯가에 서서 손을 비비며 한스를 호기심 어린 눈길로 바라보다가 다시 시선을 떨구고 중얼거렸다.

"성당 안이 얼마나 추운지 모르실 겁니다. 도저히 따뜻해질 것 같지 않아요. 겨울이 되면 얼마나 춥겠어요."

보좌신부의 얼굴은 정말 창백했고, 투박한 입은 지친 듯 아래로 축 처져 있었다. 그의 용모에서 유일하게 아름다운 부분이라 할 수 있는 슬퍼 보이는 아름다운 눈에는 검붉은 그늘이 짙게 드리워 있었다. 눈꺼풀에는 염증이 보였다. 난로 속에서 장작이 타닥타닥 타는 소리가 났다. 보좌신부는 침대 아래로 손을 넣더니 상자에서 조개탄 두개를 집어 난로 위쪽의 불 속으로 조심스레 떨어뜨렸다. 한스가 아무 말도 하지 않자 답답해하는 것 같았다.

"정말 저 때문에 시간을 지체하는 것 아닙니까?" 보좌신부가 예민한 어조로 물었다.

한스는 고개를 설레설레 저으며 "아닙니다"라고 대답했다. "한번 찾아오라고 하셔서, 저는……"

"맞아요." 보좌신부가 말했다. "당신 부인에게 전해달라고 부탁했었죠. 잠깐만요."

보좌신부는 식탁으로 가서 커피잔을 채우고 자리에 앉았다.

"빵과 야채 좀 드세요……"

"아침은 먹었습니다. 커피로 충분합니다. 커피가 따뜻하네요."

"그래도 편하게 뭐라도 좀 드세요."

"감사합니다."

보좌신부는 나이프와 집게 삼아 그러모은 왼손 집게손가락으로 빵을 집어들고, 아직도 따뜻해 보이는 아주 묽은 잼을 숟가락으로 떠서 빵에 흘러내리게 했다. 보좌신부는 맛있게 먹기 시작했다. 그러면서 이따금 난로를 살펴보곤 했는데, 난로의 얇은 철판이 벌겋게 달아오르기 시작하는 것을 확인하고서 눈을 찡긋하며 웃었다……

보좌신부는 천천히 식사를 했다. 더이상 아무것도 먹을 수 없게 될 끔찍한 순간을 최대한 나중으로 미루려는 사람처럼, 그리고 그런 순간이 와도 여전히 배가 고플 거라는 걸 아는 사람처럼 아주 천천히. 그는 무 줄기가 치통을 유발하는지 이따금 얼굴을 찌푸리며 아픈 것을 참으려 애썼다. 그럴 때는 억지로 히죽 웃어 보였다. 보좌신부는 마지막 빵조각을 잼을 바르지 않고 씹어먹고는 따뜻한 커피로 입을 헹궜다.

"담배 피우시죠, 그렇죠?" 보좌신부는 굵은 엄지손가락으로 마지막 남은 빵 부스러기를 접시에서 찍어내며 물었다.

"예." 한스가 대답했다.

"저기 있는 담배봉지 좀 집어주세요." 틀림없이 지저분한 세탁물이 들어 있을 마분지 상자와 트렁크 사이에 있는 책꽂이 위에 담배봉지가 놓여 있었다. 봉지 안에는 거칠게 자른 진갈색 잎담배가 들어 있었다. 한스는 담배봉지를 보좌신부에게 건네주고서 동시에 담뱃갑을 꺼냈다. 담뱃갑에는 꽁초 두어개, 그리고 담배종이를 넣은 노란색 작은 봉지가 들어 있었다.

"말아서 피울래요?"

"예." 한스가 대답했다. 보좌신부는 담배봉지를 한스 쪽으로 밀어놓고 파이프에 담배를 채운 다음 다시 몸을 뒤로 기대고 잔기침을 하면서 말했다.

"어디서부터 시작해야 할지 모르겠어요. 죄송합니다. 신도를 불러모으는 것은 관례에서 벗어나거든요. 아마 좋지 않게 볼 겁니다. 윗분들은 선교활동 기미가 조금이라도 보이면 민감하게 반응하지요."

보좌신부는 아까보다 세게 기침을 했고, 입가에 묻은 흰색 작은 침 거품을 훔쳐냈다.

"하지만 나는 그럴 권리가 있어요. 당신 부인을 알거든요. 당신이 근래에 지하납골당으로 찾아왔던 사람이라는 걸 당신 집을 방문해서 확인했죠…… 보셔서 아시겠지만 지하납골당을 청소해야만 했어요. 성당의 대형 박공지붕이 내려앉고, 납골당 천장에도 균열이 생겼고……"

"저도 보았습니다." 한스가 말했다.

"성당이 아주 지저분합니다." 보좌신부가 어깨를 으쓱했다. 처음 말하려 한 것과는 다른 말을 하고 있는 게 분명했다. "원래 병원예배당으로 썼던 건물이죠…… 그건 그렇고 제가 당신 부인을 안다는 걸 모르셨나요?"

"몰랐습니다……"

"제가 당신 아이를 묻어주었는데요……"

"제 아이가 아니에요……"

"그렇군요." 보좌신부는 헛기침을 했고, 파이프를 이리저리 매만졌다. 파이프가 잘 빨리지 않는 것 같았다. "제가 아이를 묻어주었죠. 당신 부인은 아주 독실한 분입니다."

"그래요?"

"몰랐나요?" 보좌신부는 물고 있던 파이프를 입에서 떼고 깜짝 놀란 듯 한스를 바라보았다.

"몰랐어요." 한스가 말했다. "그녀가 그렇게 신앙심이 깊은 줄은 몰랐습니다. 신앙 문제에 대해서는 겨우 한번 짧게 얘기했을 뿐이거든요……"

"그럼 두분은 아직 결혼식을 올리지 않은 상태군요…… 그러니까 혼인성사는 안했군요."

"그렇습니다. 관청에 혼인신고도 하지 않았어요."

보좌신부는 흐흠 하고 헛기침을 하더니 다시 파이프를 입에 물었다. 담뱃불이 잘 붙지 않아 파이프를 계속 세게 빨아대는 바람에 숨이 가빠 보였다. 얼마 후에야 마침내 담뱃불이 붙어서 제대로 된 연기가 피어올랐다.

보좌신부가 말했다. "아시겠지만 저는 벌써 여러차례 당신 부인과 대화를 나누었어요. 당신이 여기로 찾아오기 전에도 말이죠. 당신 부인은 정말 독실해요. 경건하다고 할 만큼. 그런데도 정말 모르셨나요?"

한스는 말없이 고개만 설레설레 저었다. 담배는 독했다. 틀림없이 직접 재배해 대충 말린 듯했다. 가벼운 현기증이 났고, 속에서 피로가 독처럼 올라와서 서서히 퍼지며 의식으로 통하는 모든 구멍을 틀어막는 것 같았다. 그는 커피를 한모금 마셨다. 보좌신부는 팔을 들어올려 커피를 다시 따라주었다. 한스는 느슨하게 처진 보좌신부의 검은색 팔소매 속을 자기도 모르게 들여다보았는데, 근육질의 팔뚝에 털이 부숭부숭했고, 팔꿈치에 속옷 소매가 둘둘 말려 있었다. 그걸 보고 한스는 춥다면서 왜 속옷 소매를 내리지 않는 걸까, 하는 생각이 들었다. 아마 뜨거운 음료를 마셔서 다시 기운이 난다는 뜻일 터였다. 보좌신부가 계속 말을 했지만, 한스는 딴 생각을 하느라 몇문장은 알아듣지 못했다. 그 순간 보좌신부가 말했다.

"이해할 수 없어요. 하느님을 믿으면서 어떻게 성사[20]를 무시할 수 있죠? 특별한 이유라도 있습니까? 어떤 이유죠?"

하지만 보좌신부는 대답을 기대하지 않은 게 분명했다.

"당신도 하느님을 믿잖아요? 그렇죠?"

신부는 한스를 날카롭게 쳐다보면서 더 큰 소리로 예리하게 다시 물었다.

"하느님을 믿으시죠?" 이 물음에는 답변을 고대하는 것이 분명했다.

"예." 한스가 뜸들이지 않고 바로 대답했다. 실제로 근본적으로는 한번도 믿음을 포기한 적이 없다는 사실이 이제서야 떠올랐다. 그는 모든 종교예식을 당연히 여겼다. 물론 너무 피곤해서 종종 대수롭지 않게 생각한 적은 있었지만.

---

20 형상 있는 표적으로 형상 없는 성총(聖寵)을 나타내는 행사. 곧 견진, 고백, 성세, 병자, 성체, 신품, 혼배의 일곱가지를 가리킨다.

보좌신부가 미소를 지으며 말했다.

"어떻든 당신이 신자라는 사실만으로도 상당한 거죠." 신부의 미소가 싱글벙글해졌고, 얼굴에는 흉내내기 어려운 바보 같은 광채가 살짝 비쳤다. 신부는 담배 파이프를 완전히 내려놓고 말했다.

"게다가 당신에겐 혼인성사의 대변인도 있어요. 대변인이 워낙 막강해서 그의 청을 거절하지 못할 겁니다."

한스는 무슨 뜻인지 몰라서 보좌신부를 빤히 쳐다보았다. 그리고 고개를 설레설레 흔들며 천천히 말했다. "어머니는 틀림없이……"

"어머니뿐 아니라 어쩌면 아버지도…… 그리고 또 당신이 전혀 모르는 이들도 있어요. 하지만 한 명은 아주 확실하죠. 그러니까 제 말은 이 어린아이들에게 기도하면 됩니다. 그들이 하느님 곁에 있다는 것은 분명하죠. 신학적으로 의심할 여지가 없어요.[21] 알겠어요?"

한스는 다시 고개를 가로저었다.

보좌신부는 어리둥절해져 한스를 바라보았고, 놀라서 눈을 질끈 감으며 말했다.

"죽은 아이 말이에요. 그래도 모르겠어요?"

아하, 그 말이었구나, 죽은 아이를 가리키는 말이었어. 한스는 그제야 생각이 났다. 그 아이가 생각나지 않는 날도 있었다. 이따금 그 아이 생각으로 끔찍한 고통이 엄습했지만. 뭐라 이름 붙일 수 없고 형언할 수 없는 아픔이. 그는 신부를 바라보며 말했다.

"아, 예. 하지만 제 아이는 아니었는데요……"

---

21 영세를 받지 못하고 죽은 아이도 구원받을 수 있다는 교리를 가리킨다.

"어떻든 당신은 아이 엄마와 함께 인간관계에서 가장 내밀한 공동체를 이루며 살고 있지요."

한스는 아이가 하늘나라에 있다는 것은 분명히 알았다. 그건 의심하지 않았다. 태어난 지 육주밖에 안된 아이가 금방 하늘나라로 갔다. 그것은 말할 필요조차 없었다. 그런데 그 어린 존재가 그의 대변인이 되어야 한다는 것은 어쩐지 황당했다.

한스는 담배꽁초를 조심스레 담뱃갑에 넣고서 물었다.

"한번 찾아오라고 부탁하신 이유가 그것 때문인가요?"

보좌신부는 고개를 끄덕였다. "미리 밝히지 않아서 미안해요. 어쨌거나…… 나는 책임을 느껴요."

한스는 한숨을 쉬면서 일어나 난롯가로 갔다. "석탄이 부족하세요?" 그가 조용히 물었다.

"예, 그럼요." 보좌신부가 대답하고 돌아서자 이제 두 사람은 마주 보게 되었다. "석탄이 워낙 비싸서요……"

"신부님께 석탄을 가져다드리겠습니다……"

"아, 무슨 말씀인지……"

"석탄 값은 주실 필요 없어요. 저도 돈 주고 사는 것은 아니니까요……"

"그럼 직업적으로 그쪽 일을 하시는군요."

한스는 크게 너털웃음을 터뜨렸다. 정말 속이 후련하게 웃어보기는 오랜만이었다. 너무 심하게 웃어대서 사레가 들리는 바람에 캑캑거리며 기침을 했다. 그런데도 보좌신부의 맹하게 미소 짓는 눈길과 마주치자 다시 웃음이 터졌다.

"죄송합니다." 한스가 말했다. "직업적으로, 직업적으로라는 말이 재미있어서요."

보좌신부는 기분이 상한 표정으로 말했다. "그 말이 어때서요? 직업상 그쪽 일에 종사할 수도 있잖아요."

"그럼요." 한스가 맞장구를 쳤다. 갑자기 슬픈 느낌이 몰려왔고, 레기나와 함께 있고 싶어졌다. 그녀의 옆에 누워서 그녀의 목소리를 듣고 싶었다. "예." 그가 말했다. "저는 직업적으로 이 일에 종사합니다. 조개탄을 훔치죠. 그걸로 먹고살아요……"

"아하!" 신부가 짧게 웃으며 말했다. "무척 힘들겠네요?"

"신부님이 생각하시는 것만큼 나쁘지는 않아요. 꽤나 단순해요. 다만 적당한 한도를 지키는 것이 중요합니다. 예컨대 가방에 서른개만 들어 있으면 아무도 의심하지 않아요. 그런데 저는 하루에 세번 서른개씩 가져오죠. 아주 정확하고 규칙적인 생활입니다. 철도 직원과 똑같은 차림을 하죠. 가방과 전등과 기차표도 지참해요. 저는 공무원처럼 규칙적으로 제 직무를 수행하죠. 게다가 겸손하기도 해서 경찰들에게 틀림없이 존경심을 불러일으킬 겁니다. 신부님께 조개탄을 가져다드리겠습니다……"

"저는 비용을 지불하고 싶은데요……"

"아뇨, 아닙니다. 신부님이 저한테 기쁨을 선사하시는 겁니다. 그러니까 신부님이……"

한스는 말을 멈추고 보좌신부를 불안하게 바라보았다. 그는 처음으로 공감 비슷한 감정을 느꼈는데, 그 공감은 딱히 신부를 향한 것은 아닌 듯했다. 두 사람은 서로를 마주 보았다. 한스는 신부의 얼굴이 축 늘어졌다는 느낌을 받았다. 신부의 얼굴 피부에 그나마 남아 있던 일말의 팽팽함마저도 피로 때문에 사그라져서 마치 신부의 몸과는 아무 관계도 없는 헐렁한 가죽껍데기를 씌워놓은 듯한 느낌이 들었다.

한스가 조용히 말했다. "고해를 하고 싶습니다."

그러자 신부가 느닷없이 부리나케 일어나서 한스는 움찔했다.

"어서, 어서요!" 신부가 소리쳤다. "여기 와서 앉으세요."

신부의 얼굴에는 기쁨과 불안이 교차했고, 불신 비슷한 표정도 스쳤다. 신부는 끓어 넘치는 냄비를 신속히 내려놓으려고 다급하게 난로로 달려가는 사람처럼 서둘러 움직였다.

"여기 앉으세요." 신부가 다시 외쳤다. 그는 옷걸이에서 어깨에 두르는 스톨라[22]를 집어들었고, 커피잔을 옆으로 치우고 팔꿈치를 괴었다. 신부가 손바닥으로 얼굴을 받쳐 얼굴 윤곽을 가리고 있는 모습에서 뭔가 직업적인 면모가 보였다. 배워서 익힌 자세와 무의식중에 취하는 자세가 동시에 느껴졌다. 신부가 기도문을 속삭였다.

"성부와 성자와 성신의 이름으로."

한스는 신부의 말을 더듬거리며 따라하고서 "아멘" 하고 덧붙였다.

"마지막으로 고해성사를 한 게 언제였는지 모르겠어요."

"기억을 되살려보세요……"

"지금이 몇년도죠?"

---

22 사제의 제복에 걸치는 긴 헝겊 띠.

"1945년이죠." 신부가 놀라는 기색도 없이 말했다.

"이제 확실히 알겠어요. 1943년에 마지막 고해성사를 했죠. 그해 겨울, 전투를 앞두고 있을 때였어요……"

"그럼 한두해 지났네요."

"예." 한스는 짧게 대답했다. 그는 조개탄으로 더러워진 신부의 손을 보다가 시선을 돌려서 속절없이 반들거리는 빈 빵 접시, 바닥에 검은 앙금이 남은 빈 커피잔, 그리고 잿빛 식탁보를 뚫어지게 바라보았다.

한스가 조용히 말했다. "저는 대개는 지루한 시간을 보냈습니다. 낯선 신들을 섬긴 적도 없고, 아내가 살아 있는 동안 아내를 속인 적도 없습니다……"

"아내가 있었다고요?"

"예…… 하지만 저는 주로 혼자 권태로운 시간을 보냈죠." 한스가 말했다. "이루 말할 수 없이 권태로웠어요…… 성사에도 미사에도 참석하지 않았어요. 마지막 미사는 일년 전이었죠. 예, 일년 전. 여섯번째 계명을 범하는 죄를 몇번 지었습니다. 도둑질을 했습니다. 전쟁 중에 종종 도둑질을 했고, 지금은 조개탄을 훔치고 있습니다. 지금은 레기나와 함께 살고 있습니다. 하지만 레기나는 제 아내입니다." 그는 마지막 말을 더 단호하게 했다.

그는 단단히 깍지를 낀 손이 쥐가 날 듯 피곤해서 손가락을 좀 폈다. 손가락 사이로 보좌신부가 미소를 짓는 모습이 보였다. 물론 신부는 한스가 자신을 바라보고 있는 줄은 몰랐다.

"마지막 예배는 언제였죠?"

"모르겠습니다······"

"기억을 살려보세요."

"오랫동안 예배를 드리지 않았어요······ 마지막 예배는 군인병원에 있을 때니까 이년 전이군요······ 그리고 조개탄은······"

신부가 "흠" 하고 말했다. "얼마나 많이 가져오나요? 당신이 필요한 것보다 더 많이?"

"예, 조개탄으로 빵과 담배를 구합니다······"

"거저 나눠주기도 합니까?"

"예."

"좋습니다······ 도둑질로 잇속을 챙기면 안됩니다······ 어떻게든 먹고는 살아야죠. 이해되죠?"

"예." 한스는 그리고 말이 없었다.

"지금까지 고해한 내용이 전부입니까?" 신부가 조용히 물었다.

"예."

신부는 헛기침을 하고서 말했다. "권태는 하느님 탓이 아닙니다. 언제나 그걸 명심하세요. 권태가 어딘가에는 쓸모도 있을 겁니다. 악이 신비로운 방식으로 선에 봉사할 수 있듯이 말이죠. 아니, 잘 아시겠지만 틀림없이 악도 선에 봉사하게 마련이죠. 그런데 권태는 하느님으로부터 오는 게 아닙니다. 그 점을 유의하세요. 권태로워지면 기도를 하세요. 처음에는 오히려 더 권태로운 느낌이 들더라도 기도하고 또 기도하세요. 듣고 있죠? 그렇게 자꾸 기도하다보면 언젠가는 확 뚫립니다. 그러니 계속 기도하세요. 그리고 결혼식을 올리세요. 성찬을 받으세요, 이것은 우리가 일용할 양식이니. 그리고 당신에게도 공덕이 없지 않다는 걸 명심하세요. 자애로운 용서를 받지 못할 만큼 무거운 죄인이라고 생각하는 것도 오만함입니다. 겸손함과 혼동하기 쉬운 특별한 종류의 오만함이지요. 결혼식을 올리지 그러세요…… 지금 상태로 사는 것은 당신 부인에게 힘든 일입니다. 제 말을 믿으세요……"

"결혼식을 집전해주세요."

보좌신부는 뜸을 들이다가 말했다. "저는 법의 구속을 받습니다. 먼저 관청에 혼인신고를 하지 않으면 혼인성사를 할 수 없어요. 어째서 혼인신고를 하지 않죠?"

"제 신분증이 진짜가 아니거든요…… 서류를 요구할 텐데요…… 그러니까 우리 결혼식은……"

보좌신부는 한숨을 쉬었고, 한참 동안 말이 없다가 입을 열었다.

"하겠습니다. 법이 뭐라고 하든 하겠어요. 나중에 관청에 혼인신고를 하고 또 혼인성사도 나중에 정식으로 하겠다고 약속하시면 그 조건으로 해드리죠……"

"약속합니다."

"좋습니다." 보좌신부가 말했다. "부인과 함께 저한테 오십시오. 미사가 끝난 후에 성구보관실로 오세요. 누구든 증인들을 데려오세요. 참회기도를 하세요……"

보좌신부는 탁자에 괴고 있던 손을 거두고 손을 펴서 아주 짧게, 그러나 간절하게 거의 눈 깜짝할 사이에 기도를 했다. 그러는 동안 한스는 예전에 배웠던 참회기도를 하려 했지만, 자기도 모르게 혼자 중얼거렸다.

"저는 피곤합니다. 피곤합니다. 배고픕니다. 몸이 좋지 않습니다. 불쌍히 여기소서."

무슨 말을 했는지 알아차렸을 때는 이미 말을 다하고 난 후였다. 현기증을 동반하는 피로가 다시 발작처럼 엄습해서 정신이 깜박했음에 틀림없었다. 창백한 얼굴의 보좌신부가 벌써 일어나서 "예수 그리스도를 찬송하라"라고 나직이 중얼거리고 있었기 때문이다.

한스는 다급히 일어나 얼굴을 난로 가까이로 가져갔다. 그때 속죄 기도문을 받지 못했다는 생각이 문득 떠올랐다.

"저한테 속죄 기도문을 주시지 않았는데요." 한스는 몸을 돌리지 않은 채 말했다.

"부인과 함께 매일 주기도문과 성모송으로 기도를 하세요."

보좌신부의 목소리는 심드렁했다. 약간 짜증스러우면서도 권태로운 목소리였는데, 한스는 이것을 좋게 받아들였다. 한스는 침대 밑으로 손을 넣어 조개탄을 두개 꺼내 난로에 넣고서 말했다.

"조개탄을 가져다드릴게요. 내일 아침에요. 제가 드리는 걸 받으셔야 합니다……"

한스가 돌아서자 보좌신부는 담배통을 들고 담배를 채워넣고 있었다. 보좌신부는 큼직하게 썬 입담배를 담배통에 꼭 눌러 집어넣고 뚜껑을 닫았다.

"그럼 나한테는 이 담배를 받아가세요. 동생이 보내주거든요. 동생은 직접 담배를 재배해요."

한스는 "고맙습니다"라고 인사를 했다. 작별인사를 하면서 그는 신부와 얼굴이 마주치는 것을 피했다.

17

촛불의 빛이 작은 금빛 성체종지의 뚜껑에 비쳤고, 희미하고 온화한 반사광이 벽에 투영되어 춤추듯이 어른거리는 무늬가 생겼다. 동그란 고리 모양의 떨리는 무늬는 금방이라도 부서질 것 같았지만, 작은 동그라미 안에 갇혀 홀린 듯이 춤추고 있었다. 수녀는 탈진상태였다. 주름이 많은 어두운색 수녀복을 입은 모습은 무슨 기념비 같았고, 창백하고 넓은 손만이 살아 있는 사람의 것으로 보였다. 불룩한 옷자락에 감춰져 있던 수녀의 손이 세번 나와서 경건하게 가슴을 치며 기도를 했고, 세번째 기도를 마친 후에 손은 완전히 자취를 감추었다.

사제는 시계 케이스를 열 때처럼 찰칵 소리를 내며 성체종지의 뚜껑을 열었다. 그러자 벽에 어른거리던 빛 그림자가 사라졌다. 눅

녹해진 성체를 보자 죽어가는 여자의 눈에 행복한 빛이 감돌았다. 여자는 손을 들어 가슴을 치려고 했지만 통증 때문에 손을 움직일 수 없었다. 통증으로 여자의 몸이 움찔했고, 주먹으로 짓누르듯 내장이 오그라드는 것 같았다. 증오와 고통만을 잔뜩 움켜쥔 주먹으로 거칠게 짓이기는 것처럼 고통스러워했다. 그러다가 갑자기 통증이 완전히 사라졌다. 너무 순식간이어서 여자는 깜짝 놀랐고, 심한 현기증이 났다. 속에서 뜨거운 액체가 쏜살처럼 솟구쳐 올라와서 침실용 탁자 모서리에 뿌려졌고, 십자가상의 받침대까지 흥건히 적셔졌으며, 양초 중 하나에도 튀어서 얼룩이 졌다. 그러고는 다시 다량으로 토해낸 토사물이 바닥의 침대 모서리에 쏟아져 크게 고이면서 급속히 번졌고, 반들거리는 수녀의 신발이 그렇게 번진 액체 위에 섬처럼 떠 있었다. 피였다. 진하고 검붉은 피……

수녀가 비명을 질렀고, 사제는 성체종지의 뚜껑을 찰칵 닫았다. 벽에는 다시 어른거리는 동그라미가 작은 원에 갇혀 춤을 추었고, 사제가 성체종지를 옷자락 속으로 집어넣자 그 동그라미는 사라졌다……

환자는 자세가 거의 바뀌지 않았다. 더러워진 흔적도 보이지 않았고, 단지 턱에만 검고 끈적끈적한 핏물이 한줄 흘러내려와 있었다. 여자는 성체종지가 사라지는 것을 보고는 이제 마지막 위안마저도 없어졌다는 걸 깨달았다. 기운이 없었고 고통도 느껴지지 않았다. 하지만 끝없이 길게 느껴지는 한순간만 그랬을 뿐, 다시 보이지 않는 주먹이 그녀의 몸을 짓이겼다. 실체가 없는 그 무엇을, 고통을 움켜쥔 주먹. 고통, 그 치명적인 무無는 거친 압박을 받자 다시 터져서 용솟음쳤다. 빠르게 솟구치는 피가 이번에는 여자의 가슴 위로 끈적끈적하게 흘러내리면서 침대시트에 잉크처럼 흡수되어 커다란 검붉은 원이 그려졌다……

사제의 얼굴이 허공에 홀로 떠 있는 것 같았다. 사제의 검은 옷은 주위의 어둠과 구별되지 않았다. 그 어둠 속에서 그의 지치고 질린 얼굴이 허공에 있었고, 성당예식에 따라 깍지를 낀 뻣뻣한 손이 가슴 언저리로 짐작되는 곳에 놓여 있었다……

"한번 더 축복해주세요." 여자가 기어들어가는 목소리로 말했다.

사제는 바닥을 내려다보았다. 수녀가 다급한 손놀림으로 걸레질을 하고 있었다. 그렇지만 불룩하게 부푼 축축한 회색 걸레는 피를 흡수하지 못했다. 걸레질을 하면 죽처럼 걸쭉한 피는 빠르게 흘러 기이한 물질처럼 옆으로 번져갔다……

사제는 환자에게 가까이 다가가서 축복을 해주고 조용히 속삭였다.

"그 무엇도 두려워하지 마세요. 당신은 참회성사와 병자성사도 받았어요. 당신의 고통을 주님께 맡기세요. 주님은 인간의 모든 고통을 아시니까요……"

"예, 예." 여자가 속삭였다. "이제 의사를 불러주세요." 하지만 벌써 의사가 들어오는 것이 보였다. 덩치가 큰 의사의 옆에 또다른 사람 형체가 보였는데, 그는 하얀 가운의 단추를 급하게 채우면서 걸어오고 있었다. 환자는 그의 진지하고도 지친 표정과 경쾌하고 신속한 손놀림을 보고 그가 전문가라는 것을 금방 알아차렸다. 그가 그녀의 셔츠를 위로 올리고 배를 만지자 그녀는 저항하려 했다.

그의 절망적인 얼굴이 아주 가까이, 거의 그녀의 가슴 위에 있었다. 자기가 대단한 권위자임을 과시하려고 면밀히 학습한 노인네 같은 얼굴이었다. 학습한 순서대로 회의적인 표정을 짓고, 눈썹을 치뜨고, 골똘한 생각에 잠기고, 피곤한 표정을 지었다. 그러는 동안 손가락을 펴서 그녀의 배꼽 주위를 더듬었다. 그가 갑자기 세게 누르자 여자는 비명을 질렀다. 그의 다섯 손가락이 다섯개의 송곳처럼 느껴졌다. 여자는 그의 얼굴에 살짝 만족스러운 표정이 스치는 것을 보았다. 그녀는 그에게 조용히 속삭였다. "가세요…… 가라고요!"

하지만 의사는 그녀의 심장 부위에 귀를 기울였다. 그녀의 입에서 그의 등 쪽으로 피가 뿜어져나왔다. 이번에는 흘러서 퍼지지 않는 핏덩어리였는데, 벌써 굳어서 검게 변색된 것 같았다. 의사는 아랑곳하지 않고 그녀의 가슴 위로 몸을 숙이고 있었다. 마치 포탄이 병영 인근에 떨어지는데도 안전한 후퇴가 보장되어 있고 훈장도 확실히 받을 거라는 걸 알고 있는 장군이 작전지도를 살펴보는 것처럼. 사소한 것이 명성을 키워준다는 것을 아는 장군처럼. 자세가 중요하다는 것을 아는 장군처럼……

의사는 확인해야 할 것을 진작 확인했지만 그러고도 잠깐 여자의 가슴 위로 몸을 숙이고 있다가 조용히 담요로 여자를 덮으면서 몸을 일으켰다. 그러고서 동료의사를 구석으로 데려가서 물었다.

"뢴트겐 사진 가져왔어요?"

"예, 방금 가져왔습니다."

그는 봉투에서 사진을 꺼내고 등불을 든 수녀에게 가까이 오라

고 손짓했다. 사제도 다시 침상 가까이로 다가왔다. 흐릿한 뢴트
겐 사진이 촛불에 비쳐서 거칠고 불그스레한 색조로 투명하게 보
였고, 기이한 검회색 둥근 형체 안에는 진한 검은색 점들이 줄지어
나타났다……

　"믿을 수 없군." 전문가가 중얼거렸다. "아직도 살아 있다는 게
믿어지지 않아."

　"여기 사주일 전에 찍은 사진도 있습니다만……"

　의사는 수녀에게 몸을 조금 숙이라고 신호를 보냈다. 두번째 사
진에 수녀의 그림자가 드리웠던 것이다. 의사는 불그스레한 회색빛
이 어른거리는 사진을 집게손가락으로 세번 톡톡 치면서 말했다.

　"하나, 둘, 셋. 더이상은 없었어요. 제가 직접 찍은 사진입니
다……"

　"두번째 사진에도……"

　"네. 갑자기 손을 뒤덮는 두드러기처럼 순식간에 퍼졌습니다. 제
소견으로는 체내에서 흘러다니며 새로운 종양을 두드러기처럼 만
들어내는 어떤 물질이 종양에 들어 있는 게 틀림없습니다. 어쩌면
신경계 이상이 원인일까요?"

　전문가는 말이 없었다. 그는 동료에게서 두번째 사진을 받아들
고 두 사진을 나란히 대조해 보면서 중얼거렸다.

　"그렇게 짧은 시차를 두고 찍은 사진이라고는 믿어지지 않아요.
혹시 기계 고장이 아니라면……"

　"그건 제가 보증합니다."

　"그럼 틀림없겠죠. 그런데 이런 현상을 알아요. 아주 드물게 관

찰됩니죠. 장기의 파괴가 기하급수적인 속도로 진행되죠. 학계의 관심을 끌 겁니다." 그는 목소리를 낮추었다. "지금 상태를 한장 찍어두면 말입니다. 어떻든 토해낸 피를 분석해야죠." 그는 히죽 웃었다. "다량의 샘플을 제 가운에 묻혀서 가네요. 시아버지와 얘기해봐야겠어요. 함께 만나죠." 그는 목소리를 더 낮추었다. "해부를 할 수만 있다면! 갑시다……"

여자는 사제를 아주 가까이서 보고 있었지만, 아무 말도 알아들을 수 없었고 얼굴만이 또렷하게 보였다. 사제는 흥분과 피로가 서로 부정적인 작용을 일으켜서 입술을 격하게 움직이며 뭐라고 떠들었지만, 그녀는 한마디도 알아들을 수 없었다. 사제가 이렇게 들리지 않는 소리를 광분해서 더듬거리는 모습이 사랑에 빠진 남자의 황홀한 속삭임처럼 느껴졌다. 보좌신부의 커다란 아름다운 눈에 일말의 멍한 희열감 외에 경악의 표정이 스쳤다.

"저는 돈이 많아요." 여자가 말했다. "그 돈을 신부님께 드리겠어요. 제 말 듣고 계세요?"

보좌신부가 그녀를 보며 고개를 끄덕이자, 무언의 간청이 그쳤다. 보좌신부의 입술이 가볍게 떨리고 있었다.

"그 돈은 모두 신부님 거예요…… 그들에겐 동전 한푼 줄 수 없어요. 전부 다 가지세요. 그 돈으로 적선하세요…… 제 돈을 전부 다. 듣고 계시죠?"

보좌신부가 다시 고개를 끄덕였다.

그녀는 빌리가 옆에 있는 것 같은 느낌이 들었다. 어둠 속에서 그의 중사 계급장이 반짝거렸다. 그가 무릎을 꿇었고, 말발굽의 징처럼 생긴 두개의 반짝이는 은색 견장이 바로 눈앞에 보였다. 그 견장 안에는 국방색 천에 별모양의 계급장이 달려 있었다. 그의 얼굴은 창백하고 수척했는데, 심한 피로로 인해 표정에서 냉소를 찾아볼 수가 없었다.

그가 고개를 숙이자 뒤통수 언저리에 머리털을 완전히 깎은 부위와 목덜미의 흉터가 보였다. 빌리가 말하는 소리가 들렸다.

"당신을 사랑해. 기념물처럼 사랑하지. 있는 그대로의 당신을 사랑하는 게 아니고, 과거의 흔적으로 남은 기념물만 사랑해. 예전에는 있는 그대로의 당신을 사랑했으니까. 그건 지금도 기억해."

그가 잠시 다시 고개를 들자 그의 목덜미가 보였다.

"그렇지만 당신을 미워하지는 않아. 그것만 해도 대단하지. 당신을 미워하지 않고, 작별인사를 하고 싶었어. 당신을 한번 보고 싶었어. 우리가 다시 만날 일은 없을 테니까."

그녀는 그의 머리에 손을 얹으려 했지만 그럴 수가 없었다. 중사 계급 견장이 달린 양어깨 사이로 갑자기 보좌신부의 얼굴이 나타났고, 빌리가 아닌 다른 사람의 목소리가 들렸다.

"이런 시간에 돈 생각은 하지 말아요. 당신은 이 순간에……"

"아뇨." 그녀가 속삭이듯 말했다. "돈 생각을 해야 돼요. 제가 바라는 건 신부님이 그 돈을……"

그런데 다시 빌리의 머리가 나타났고, 두 사람의 머리가 계속 번갈아 바뀌었다. 마치 두개의 그림을 재빨리 바꿔치기 하는 것 같았다. 목소리도 계속 교체되어서, 한 사람은 말을 놓았고 다른 사람은 존댓말을 했다.

"노인네한테는 한푼도 남겨주지 마. 나한테 약속해."

"하느님의 심판대 앞에 섰을 때는 그런 생각은 하지 말아야
죠……"

"나는 노인네를 증오해. 그러니까 약속해줘……"

빌리의 목소리와 함께 시내 어딘가에서 포성이 울렸다. 요란하
게 쾅쾅 하는 소리가 보통의 폭탄 터지는 소리와는 달랐다……

"그럼 이제 사도신경 기도를 하겠습니다……"

이 목소리가 들리는 바로 그 순간 포성도 사라졌다……

"이제 가야겠어. 그럼……"

"……성령으로 잉태되어 동정녀 마리아에게서 나시고……"

그녀는 회색의 형체가 문을 향해 걸어가 문을 열고 나가서는 이
내 닫는 것을 바라보았다. 문이 닫히자 멀리 밖에서 총포가 둔중하
게 울리는 소리도 멎었다……

"지옥에 떨어졌어요……"

이제 고통은 아주 살짝 쑤시는 느낌이었다가 사이렌 소리처럼
금방 엄청나게 부풀어 내장을 마구 휘젓고 쥐어짜서 위로 밀어올
리는 느낌이 들었다…… 그녀는 목구멍으로 덩어리가 올라오는 것
이 느껴졌다. 자기도 모르게 비명을 질렀지만 더이상 목소리가 들
리지 않았고, 그녀가 마지막으로 본 것은 소리 없이 움직이는 입술
이었다……

뜨겁고 검은 핏줄기가 곡선을 그리며 보좌신부의 턱에 떨어졌
다. 역하고 비린 피 냄새가 코로 풍겨오자 보좌신부는 머리가 아찔

해졌다. 보좌신부는 얼른 몸을 일으켰지만 이미 때는 늦었다. 평상복의 단추를 미처 채우지 못해 셔츠의 단에 피가 흥건히 젖어서 핏물이 천천히 흘러내렸고, 살갗도 끈적하게 축축이 젖는 게 느껴졌다. 보좌신부는 일어서서 성체종지를 꺼내어 초조하게 살펴보았다. 성체종지에도 피가 묻어 있었다. 그는 성체종지를 쓰러지지 않게 조심스레 손으로 감싸쥐고, 피 묻은 부분을 옷소매로 초조하고 다급하게 문질렀다. 그러는 동안 수녀가 침상 위로 몸을 숙인 것이 보였는데, 너무 서두르는 바람에 촛불이 팔락거리면서 십자가상 그림자의 윤곽이 커졌다. 작은 대들보의 그림자도 천장 꼭대기에서 잠시 넓고 검게 어른거렸다. 그러다가 촛불이 다시 작아지자 십자가상의 커다란 그림자도 덩달아 가라앉아서 작아졌다. 그 대신 다른 그림자가 보였는데, 촛불을 끄는 뿔 모양의 소등기구 그림자였다. 그림자는 커다란 모자처럼 보였다가 점점 촛불 위로 내려와서 촛불 하나를 덮었다. 그러자 방의 구석이 어두워졌고, 침상을 향해 약간 왼쪽으로 십자가상의 그림자가 비쳤다. 침상 옆에는 이제 하나의 촛불만이 타고 있었다……

"죽었나요?" 보좌신부가 조용히 물었다.

수녀가 고개를 끄덕였다……

"주님, 이 여인의 불쌍한 영혼에게 자비를 베푸소서……"

보좌신부는 돌아섰다. 복도에서 얼핏 보았던 남자가 천천히 다가오고 있었다. 홀쭉한 체격의 검은 옷을 입은 남자는 거만한 인상을 풍겼다. 그런데 돌처럼 딱딱한 것 같은 그 늙은이의 얼굴이 눈물에 젖어 있는 것을 보고 보좌신부는 깜짝 놀랐다.

아마도 아버지려니 생각하며 보좌신부는 옆으로 비켜서 노인이 지나가도록 길을 터주었고, 수녀도 자리를 내주었다. 보좌신부는 죽은 여인의 모습을 처음 보았다. 작은 얼굴이 누렇게 변색됐고, 입은 다시 피를 토해낼 것처럼 여전히 벌어져 있었다. 벌린 입이 고통스럽게 일그러져 얼굴에서 무한한 피로와 역겨움이 뒤섞인 인상을 풍겼다.

수녀는 보좌신부에게 나가자는 신호를 보냈고, 보좌신부는 금빛 성체종지를 다시 가슴 주머니에 집어넣고 나가면서 평상복의 단추를 조심스레 채웠다……

18

피셔는 문을 바라보았다. 그는 문이 닫혀 있는 것을 확인하고 는 몸을 숙여 침실용 탁자 서랍장의 자물쇠를 열었다. 실내용 슬리퍼, 뭉쳐 있는 지저분한 스타킹 한켤레를 꺼내고, 얼굴을 바닥 가까이로 숙이자 완전히 지워지지 않은 핏자국이 보였다. 아직도 얇은 검은색 딱지가 바닥에 눌어붙어 있었다. 요강을 옆으로 치우고 가쁘게 숨을 헐떡이며 침대 모서리에 기대어 촛불을 바라보자 그에게 수치심 같은 것이 느껴졌다. 상속권 소송에 관해 들은 모든 것이 떠올랐고, 땀이 쏟아졌다. 침실용 탁자 서랍장 안에도 유언장 쪽지는 보이지 않았다. 자물쇠를 잠그다 찰칵 하는 소리에 화들짝 놀랐다. 바닥에 엎드려 있는 동안 침대 아래 어두컴컴한 곳에서 트렁크 하나를 발견했다. 그는 바닥에 납작 엎드려서 트렁크의 손잡이를 잡으려 애썼다. 그러나 트렁크는 뒤로 더 밀려가기만 했고 아무 소용이 없었다. 하는 수 없이 머리를 더 숙이고 몸을 침대 밑으로 밀어넣어서 손을 안쪽으로 더듬었다. 구역질이 났다. 이제 오물 투성이 바닥에 아예 배를 깔았다. 바닥은 역겨운 먼지로 뒤덮여 있었다. 안으로 조금 더 기어들어가려고 몸을 바닥에 바짝 밀착시키자 먼지가 코에 닿았고 먼짓덩어리가 입 안으로 마구 들어왔다. 드디어 트렁크 손잡이를 잡으려는 찰나에 심하게 기침이 났다. 그는 호흡을 멈추어 기침을 억누르고 가죽 손잡이를 낚아챘다. 한순간 방 안이 조용해졌다. 이 정적 속에서 방문이 열리고 다시 닫히는 소리가 들렸다. 피셔는 그대로 엎드려 있었고, 누군가의 발소리가 들려왔다. 그러고는 다시 조용해졌다. 누군가가 서서 그의 다리와 신발을 지켜보고 있다는 느낌이 들었다. 침대 밑에 엎드려 있는 남자의 하반신, 그 우스꽝스러운 꼴을 지켜보고 있었다. 피셔는 속으로 욕을 했다. 속으로 마구 씨부렁거리자 좀 후련해졌다. 그는 지금까지 한번도 내뱉은 적이 없고 그런 욕설이 있는 줄도 잘 몰랐던 말들을 떠올렸다. '똥 밟았네…… 씨부럴……' 그러자 거의 해방감마저 느껴졌다. 그는 침대 밖으로 기어나가기로 작정했다. 한 손으로 바닥을 짚고 몸을 천천히 뒤로 밀면서 다른 손으로는 트렁크를 잡았다. 참았던 숨을 헐떡이며 거칠게 토해내자 주위에 먼지구름이 일었고, 오물이 코와 입으로 마구 들어와서 재채기를 했다. 옷깃이 침대 매트리스의 철삿줄에 걸리자, 그는 다시 멈추고 속으로 아무 뜻도 없는 너저분한 욕설을 마구 퍼부었다. 땀과 오물로 뒤범벅이 되면서 구역질과 쾌감이 뒤섞인 묘한 느낌이 들었다. 몸을 확 밀치자 옷깃이 찢어지는 게 느껴졌다. 그는 몸을 천천히 돌려 침대 밖으로 나왔고, 서 있는 사람에게 등을 돌린 자세가 되었다. 그는 트렁크를 침대 위에 올려놓았다……

피셔는 얼굴에 묻은 먼지를 닦아내고 옷의 먼지를 털어내면서 등뒤를 향해 "무슨 일로 오셨소?"라고 물었다.

피셔는 아무것도 보이지 않았고, 심장은 마구 뛰었다. 흥분해서 빙글빙글 돌아가던 시야가 아주 더디게 진정되었고, 침실용 탁자 위에 놓인 십자가상과 불그스레한 벽이 보이기 시작했다……

피셔는 자기도 모르게 속으로 계속 욕을 해댔다. 무엇 때문에 욕하는 줄도 모른 채 그랬다. 그저 돌발적이고 격렬한 충동에 자신을 내맡기고 속으로 욕설을 퍼부으면 후련해졌고, 거의 까무러칠 정도로 짜릿하고 묘한 희열이 솟구쳤다. 역겨운 말들을 만들어내고 싶은 욕구, 힘들이지 않고 열 수 있는 미지의 세계의 추악한 어휘들을 신나게 흥얼거리며 뇌리에 심어두고 싶은 욕구, 이 욕망을 해소함으로써 그는 수치심을 씻어내는 것 같았다. 그러면 만사에 무관심해졌고, 오로지 이 누더기 같은 종이쪽지에만 혈안이 되었다……

피셔는 눈앞에서 어지럽게 빙빙 돌던 시야가 완전히 정상을 되찾는 동안 냉정한 태도로 침대에 걸터앉아 얼굴을 깨끗이 닦아냈다. 얼굴이 창백한 청년이 꼼짝 않고 서 있는 모습이 이제야 보였다. 군인 모자를 손에 든 청년은 적의 어린 표정으로 피셔를 훑어보고 있었다……

"그런데 무슨 일로 오셨소?" 피셔가 물었다. "찾는 사람이라도 있소?" 그러면서 피셔는 트렁크 자물쇠를 찰칵 열고 트렁크 덮개

속에 부착된 주머니에 손을 넣어 뒤지면서 청년을 호기심 어린 표정으로 바라보았다……

"곰페르츠 부인…… 곰페르츠 부인을 찾아왔습니다. 16호실이라고 알려주더군요……"

피셔는 여성 속옷 사이에서 책이 두어권 나오자 호기심이 발동했다.

"곰페르츠 부인은 죽었소……" 피셔는 태연히 툭 던지듯 말했다. 이 누더기 종이쪽지가 그녀의 아버지와 형제자매에게 얼마나 소중할까 하는 생각이 퍼뜩 들었다. 이루 헤아릴 수 없이 소중할 거라는 생각이 들자 가슴이 마구 뛰었고, 너무 흥분해서 목구멍이 뜨거워져 질식할 것만 같았다. 트렁크에서 아무것도 찾아내지 못할 것 같은 느낌이 들었고, 절망적인 심정으로 속옷 사이를 헤집다 기도서가 나와 다급하게 손가락으로 페이지를 넘겼다. 청년의 그림자 때문에 피셔의 몸에 그늘이 지자 피셔는 그제야 동작을 멈추고 청년을 올려다보면서 창백한 얼굴을 찬찬히 살폈다.

청년이 다가오자 피셔가 큰 소리로 물었다. "곰페르츠 부인은 죽었는데 뭘 원하시오?"

"당신은 엉뚱한 데를 뒤지고 있어요." 한스가 말했다. 그는 침실용 탁자로 천천히 다가가 십자가상을 들어올리고 받침대 아래쪽에서 가느다란 흰색 종이쪽지를 꺼내 들며 말했다.

"부인은 이 쪽지를 집에서는 늘 같은 곳에 두었지요."

피셔는 머리꼭지가 돌았다. 이가 바득바득 갈리는 것을 억누르려고 입을 앙다물어야 했다. 그런데도 꽉 다문 입술 안에서 이가 부들부들 떨리면서 딱딱거리는 소리가 느껴졌다. 피셔는 낯선 청년이 쪽지를 주머니에 넣는 것을 보고 힘들게 입을 열었다.

"당신은 알지요……" 피셔는 말을 더듬었다. "그러니까…… 이 문서가 무엇인지 알지요?"

"알지요, 박사님. 제가 직접 부인에게 전해주었으니까요……"

"당신이? 그 말이 사실이오? 그런데…… 우리 초면 아니오?"

"구면입니다." 한스는 미소를 지으며 대답하고서 문을 향해 돌아섰다.

"잠깐!" 피셔가 소리쳤다. 한스는 멈춰 섰다.

피셔는 부들부들 떨리는 경련을 꾹 삼키려고 입을 꽉 다물었다. 경련 때문에 그의 의지와는 반대로 이가 바득바득 갈렸다. 이로 인해 어쩔 수 없이 침묵하는 동안 피셔는 새로 찾아낸 욕설을 속으로 뇌까렸다. 속에서 계속 떠오르는 새로운 표현을, 그 절망의 표현을 즐겁게 씹어댔다. 피셔는 느닷없이 청년을 향해 돌진했다. 그는 청년의 질겁하는 얼굴에서 완전히 기습당한 표정을 읽어냈고, 바로 그 순간을 이용해 낯선 청년을 벽으로 밀어붙여서 팔을 제압하고 다른 손으로는 청년의 왼쪽 주머니를 열심히 뒤졌다. 누더기 쪽지가 손에 잡히자 피셔는 껄껄 웃어댔고, 침대 뒤로 달려갔다. 거기서 그는 양손을 복싱선수처럼 들어올리고 싸울 태세를 취했다. 하지만 벽에 붙어 있는 낯선 사람의 형체는 꼼짝도 하지 않았다.

"당신에겐 아무런 가치도 없는 거요. 돈을 원하시오?" 피셔가 소리쳤다. 그러고는 조용히 덧붙였다. "게다가 진짜라고 생각하지도 않소."

피셔는 대답을 듣지 못했다. 이름도 모르고 어쩌면 얼굴은 한번 쯤 흘깃 스쳤을지도 모를 낯선 사내는 벽에서 천천히 떨어져서 문을 향해 걸어갔다……

한스는 빛이 환하게 들어오는 넓은 현관홀에 다다르자 순간 멈칫했다. 왼쪽에 미소 짓는 천사상이 서 있었던 것이다. 예전에 밤에 왔을 때 그를 반겨주던 바로 그 천사상이었다. 한스는 멈춰 섰다. 천사상은 그에게 윙크하는 것도 같았고, 측면에서 그에게 미소를 짓는 것도 같았다. 그는 몸을 돌려 천천히 다가갔다. 하지만 천사의 굳은 시선은 그를 비켜갔고, 도금한 백합을 든 손도 움직이는 자세가 아니었다. 다만 천사의 미소만이 그를 향하는 것처럼 보였다. 그는 살며시 미소로 화답했다. 천사상이 환하게 드러난 지금에야 천사의 미소가 고통스러운 모습이라는 것을 알아볼 수 있었다.

레기나의 목소리가 들려서 그때야 비로소 한스는 몸을 돌렸다. 그녀의 눈에 기쁨이 비치는 것을 보고 그는 흠칫했다.

"그래서 어떻게 되었어?" 그녀가 물었다.

"부인이 죽었대." 그가 대답했다.

"죽었다고?"

그는 고개를 끄덕였다.

"상관없어." 그녀가 말했다. "다른 증인을 찾아보기로 해."

그는 그녀와 팔짱을 끼고 함께 계단을 내려갔다.

19

주임신부가 천사상을 내려다보며 그쪽을 향해 말하는 것 같았지만, 대리석으로 만들어진 커다란 천사상은 말이 없었다. 천사상의 옆얼굴은 검은 진창에 처박혀 보이지 않았다. 기둥에서 떨어져 나온 뒷머리 부분의 평평하고 경사진 단면은 뭔가로 내리쳐진 느낌을 주었고, 이제 땅에 머리를 대고 울거나 뭔가를 마시는 모습처럼 보였다. 천사의 얼굴은 진흙 웅덩이에 놓여 있었고, 딱딱한 곱슬머리에는 오물이 튀어 있었으며, 동그란 뺨에는 진흙 얼룩이 묻어 있었다. 푸르스름한 귀만 말짱했고, 부러진 검의 일부는 천사의 옆에 놓여 있었는데, 천사상에서 떨어져나온 길쭉한 모양의 대리석이었다.

천사상은 뭔가에 귀를 기울이는 듯했고, 얼굴은 비웃음을 표현하는지 고통을 표현하는지 아무도 분간할 수 없었다. 천사는 말이 없었다. 천사의 등줄기를 따라 서서히 웅덩이가 생겼고, 젖은 발바닥은 푸르스름하게 빛났다. 이따금 주임신부가 체중이 실린 발을 바꾸면서 조금씩 다가갈 때면 천사가 주임신부의 발에 입을 맞추려는 것처럼 보였다. 하지만 천사는 진창에 묻힌 얼굴을 들지 않고 그대로 엎드려 있었다. 병사가 야전교범에 적힌 대로 진흙을 뒤집어쓴 채 몸을 숨기듯이……

"자, 묵상합시다!" 주임신부가 외쳤다. "슬퍼할 사람은 고인이 아니라 우리 자신입니다." 그러면서 신부는 두툼하고 흰 양손을 펴서 무덤 속을 가리켰다. 무덤에는 두개의 이오니아식²³ 기둥 사이에 관이 놓여 있었고, 관을 덮은 검은 천의 가장자리에 매달린 장식술에서 빗방울이 떨어지고 있었다.

"묵상합시다!" 주임신부가 외쳤다. "죽음은 삶의 시작이니……"

주임신부의 뒤에 서 있는 복사가 우산의 검은색 뿔 손잡이를 떨리는 손으로 꼭 움켜잡고 있었는데, 주임신부가 움직이는 대로 우산을 돌리느라 애쓰고 있었다. 그렇지만 이따금 주임신부가 구사하는 표현에 따른 몸짓이 워낙 돌발적이어서 복사가 주임신부의 동작을 미처 따라잡지 못하면 빗방울이 주임신부의 머리에 떨어졌고, 그럴 때마다 주임신부는 뒤를 흘겨보았다. 주임신부의 뒤에서 얼굴이 창백한 복사 소년은 마치 제왕의 천개天蓋처럼 우산을 받쳐들고 있었다……

─────────────

23 고대 그리스에서 발달한 건축 양식. 아테네 전성기 때 이오니아 지방에서 발생하여 1세기가량 성행했는데 우아하고 경쾌한 것이 특징이다.

"묵상합시다." 주임신부가 대리석 천사상을 향해 외쳤다. "우리 또한, 우리 또한 언제나 죽음의 문턱에 서 있습니다. 중세의 어느 시에 '생의 한가운데 죽음이 있나니'라는 구절이 있습니다. 우리의 소중한 고인을 추모합시다. 고인은 사랑받았고, 이승의 재화를 누렸으며, 크고 강한 가톨릭 공동체 안에 살아 있으며, 우리 도시는 가톨릭 공동체의 큰 도움을 받고 있습니다. 고인을 추모합시다. 고인은 창졸지간에 주님의 부르심을 받았습니다. 주님은 보이지 않는 사자를 그녀에게 보냈습니다……"

주임신부는 갑자기 당혹해하며 한순간 말을 멈추었다. 진흙이 씻겨나간 푸르스름한 대리석상 천사의 뺨이 미소를 지으며 움직이는 것처럼 보였기 때문이다. 주임신부는 불안한 시선을 거두고 옹기종기 모여 있는 우산을 바라보며 그중에 가장 반들거리고 값져 보이는 우산이 있는 곳을 찾았다.

"이 갑작스러운 부고에 유족께서는 얼마나 놀라셨습니까."

주임신부는 다시 여기저기 우산을 훑어보다가 작은 무리의 사람들이 우산도 쓰지 않은 채 맨머리에 비를 맞고 있는 쪽을 바라보았다.

"가난한 이들이 고인을 잃고 얼마나 상심이 크겠습니까. 고인은 가난한 이들의 처지를 헤아려 진실한 마음으로 도와주셨습니다. 우리 모두 잊지 말고 고인을 위해 기도합시다. 우리 모두, 우리 모두 주님께서 보내신 보이지 않는 사자를 어느 순간에라도 예고 없이 맞이할 수 있습니다. 아멘!"

"아멘!" 주임신부는 대리석상 천사의 귀를 향해 한번 더 외쳤다.

조문객들도 "아멘!" 하고 복창했다. 작은 예배당의 안에서도 둔중한 울림이 메아리로 들려왔다.

"여기에 자리를 잡자고." 피셔가 말했다. "여기는 젖지 않았어." 그는 고인의 시아버지를 부축해서 천사상의 엉덩이 쪽에 평평한 자리를 내드렸고, 자신은 천사상의 등에 올라섰다. 주임신부가 예배당 안에서 미사를 시작하자 두 사람은 모자를 벗었다.

대리석 천사상이 서서히 가라앉았다. 천사의 동그란 뺨은 무른 땅바닥 속으로 점점 깊이 들어갔고, 말짱하던 귀도 서서히 축축한 진흙에 잠겼다……

"유언장 쪽지를 찾았네." 피셔가 말했다. "여기 있어."

곰페르츠는 작은 종이쪽지를 받아 들고 천천히 읽어내려갔다. 슬픈 얼굴을 실룩거리며 그는 나직이 중얼거렸다.

"아들 녀석의 마지막 인사가 증오의 기록물이 되어버렸어. 그 녀석이 나를 왜 그렇게 미워했는지 도무지 이해할 수 없었어."

"그런데 이게 진짜라고 생각하나?"

"한번도 의심해본 적 없네." 곰페르츠는 쪽지를 천천히 찢어서 종잇조각을 조심스레 장갑 속에 밀어넣었다……

예배당 안에서는 집사가 주임신부의 라틴어 기도문에 응답하고 있었다. 주임신부가 한순간 당황하는 것이 보였다. 삽에 뜬 진흙을 어디에 버려야 할지 몰랐기 때문이다. 주임신부는 결국 관을 향해 진흙을 뿌렸고, 진흙 부스러기가 관의 대리석판에 흩어졌다……

천사는 말이 없었다. 천사는 두 남자의 무게에 짓눌려 점점 아래로 가라앉았다. 천사의 수려한 곱슬머리가 꾸르륵 소리를 내는 진흙탕 속으로 잠겨들어갔고, 천사의 팔뚝도 땅속으로 점점 깊이 파고들어갔다.

전후 폐허문학의 원형

    하인리히 뵐(Heinrich Böll, 1917~85)은 2차대전 종전과 함께 본격적인 창작활동을 시작한 전후문학의 대표적 작가이다. 1946년 헤르만 헤세가 노벨 문학상을 수상한 이후 독일에서 26년 만인 1972년에 뵐이 노벨 문학상을 수상한 사실에서도 그의 작가적 비중을 가늠해볼 수 있을 것이다. 또한 뵐은 독일 펜클럽 회장(1970~72)과 국제 펜클럽 회장(1971~74)을 역임할 정도로 독일은 물론 국제사회에서도 큰 신망을 누렸다. 뵐이 이처럼 폭넓은 신망을 얻었던 이유는 그의 소설이 전후 독일사회의 모순과 불의에 저항하는 정직한 양심의 표현을 일관했기 때문이다. 또한 작품 바깥에서도 지식인의 사회적 책무에 충실했던 뵐은 다양한 사회적 쟁점에 대해

정직하게 소신을 밝히고 투쟁에 동참하기도 했다. 예컨대 1981년
10월 10일, 당시 서독의 수도 본(Bonn)에서 30만 군중이 모여 핵무
기 대량배치 반대집회를 열었을 때 뵐은 연사로 참여했다. 그리고
1974년 구소련의 반체제 작가 쏠제니찐이 독일로 추방되던 당시
뵐은 쏠제니찐을 한동안 자기 집에 머물도록 하면서 강력한 연대
의지를 보여주었다.

  뵐은 1970년대 한국의 민주화운동과도 연이 닿는다. 김지하 시
인이 무기징역형을 선고받고 복역 중일 때 뵐은 독일의 유력 일간
지『프랑크푸르터 알게마이네 차이퉁』(FAZ) 1976년 10월 14일자
지면에「김지하를 걱정함: 옥중의 한국 문인을 위한 호소」라는 글
을 발표하였다.[1] 이 글에서 뵐은 독일어로 번역된 김지하의 시를
읽고서 김지하가 "시와 열렬한 참여가 대립하지 않는다는 것을 보
여주는 뛰어난 시인"임을 확인할 수 있었다고 말한다. 그리고 김지
하가 1975년 5월 1일 옥중에서 발표한「양심선언」독역본에 대해
"착취와 억압에 저항하는 담대한 신앙고백"이라며 높이 평가한다.
이 글에서 뵐은 여러해 전부터 독일 작가들이 독일 가톨릭교회의
고위 성직자들에게 김지하 구명운동에 나서도록 호소했다는 사실
도 언급한다. 뵐 자신이 독실한 가톨릭 신자였으므로 이 과정에서
아마 주도적 역할을 했을 거라 짐작된다.[2] 1978년에는 또다른 세계

....

1 Heinrich Böll, *Angst um Kim Chi Ha-Ein Aufruf für den inhaftierten koreanischen
   Schriftsteller*, in: *Einmischung erwünscht*, Verlag Kiepenheuer & Witsch 1977, 381~83면.
2 뵐은 당시 국제가톨릭선교회(Missio)의 언론 담당 책임자로 제3세계 문제를 서
   방에 알리는 데 주력했던 마리에타 파이츠(Marietta Peitz) 박사가 원주 천주교회

적 문인들과 함께 뵐이 김지하 석방을 촉구하는 탄원서를 당시 박정희 대통령에게 보냈다.[3]

이런 열정적 참여활동에 헌신하면서도 뵐은 작가로서 결코 과장이나 허세에 빠지지 않고 정직한 언어의 양심에 충실했다. 가령 전후 독일의 놀라운 경제부흥을 일컫는 말로 우리에게도 잘 알려진 '라인강의 기적'이라는 표현에 대해 뵐은 '기적'이란 예수의 부활 같은 엄청난 사건을 일컫는 말이지 경제부흥 따위를 가리키는 말은 아니라고 일침을 놓았다. 뵐이 그런 반응을 보인 까닭은 1950년대 독일의 대명사처럼 되어버린 '라인강의 기적'이라는 말이 나치 과거사 청산 문제를 희석시키는 동시에 냉전체제와 반공 이념을 무조건 정당화하는 구실로 호도되는 시류를 비판하기 위함이었다.

한편 하인리히 뵐이 창작활동을 시작한 1940년대 후반의 전후문학을 당시 독일 문단에서는 이른바 '폐허문학'(Trümmerliteratur)이라 일컬었다. 문자 그대로 전쟁으로 — 특히 전쟁 막바지에 독일 도시들에 대한 무차별 집중폭격으로 — 초토화된 도시의 폐허

에서 지학순 주교와 대담한 내용을 『공론 포럼』(*Publik Forum*) 1976년 6월호에서 읽었노라고 언급하고 있다.

3 1978년 3월 13일 김승훈 신부가 주임신부로 있던 동대문 천주교회에서 '김지하 구출위원회'가 결성되었다. 같은 해 6월 19일 원주 천주교회에서 김지하 구출위원회 2차 기도회가 열렸는데, 여기서 문익환 목사가 '세계 문인에게 보내는 메시지'를 국문과 영문으로 낭독했다. 하인리히 뵐을 비롯한 세계 문인들의 탄원서는 이 메시지에 대한 응답이었던 것으로 보인다. '김지하 구출위원회'에 관해서는 박태순 『문예운동사 30년』(III), 작가회의 출판부 2004, 75면 이하 참조.

를 증언하는 문학을 일컫는 말이다. 그런데 독문학자이자 소설가인 제발트(W. G. Sebald, 1944~2001)의 진단에 따르면, 이 시기에 나온 독일문학 작품 가운데 뵐의 소설 『천사는 침묵했다』만이 당시 폐허에 직면한 사람들을 사로잡았던 '경악의 깊이'를 제대로 표현한 유일한 작품이라 할 만하다.[4] 제발트의 이러한 진단은 1949년 이전에 집필된 이 작품이 뵐의 생전에 출간되지 못하고 그의 사후인 1992년에야 출간된 사정을 어느정도 설명해준다. 당시 이 작품의 원고를 검토한 출판사는 1950년 출간예고문까지 냈지만 결국 출간을 하지 않았다. 출판사 주간이 뵐에게 보낸 편지에는 "독자들이 전쟁과 조금이라도 관련이 있는 모든 책에 무조건 질색합니다"[5]라고 언급하는 대목이 나온다. 하인리히 뵐 자신도 2차대전 발발 직전에 군에 징집되어 전쟁이 끝날 때까지 전쟁의 참상을 고스란히 겪었기 때문에 전시상황에 대한 묘사는 의식적으로 피했던 것으로 보인다. 나중에 살펴보겠지만 『천사는 침묵했다』에는 전쟁 당시 상황에 대한 묘사나 언급은 거의 없고 종전 후의 현재 시점에서 짧은 회상의 장면이 두어군데 나올 뿐이다. 그럼에도 적어도 출판사의 입장에서 보면 이 소설에는 여전히 전쟁의 흔적이 너무 강해서

---

4 제발트 『공중전과 문학』, 이경진 옮김, 문학동네 2013, 22면. "1940년대 말에 나온 전체 독일문학 작품 중 하인리히 뵐의 소설 『천사는 침묵했다』만이 유일하게, 당시 폐허에서 실제로 주위를 둘러본 모두를 사로잡았던 그 경악의 깊이에 근접하는 표상을 전달해준다."

5 이 작품을 발굴하여 펴낸 벨만(W. Bellmann) 교수의 후기에서 재인용. Heinrich Böll, *Der Engel schwieg*, Verlag Kiepenheuer & Witsch 2000, 195면.

결국 출판할 수 없었다는 얘기가 된다.

여기서 우선 당시 독자들이 전쟁체험을 다룬 작품에 심한 거부 반응을 보인 이유를 생각해볼 필요가 있다. 독일에서는 1920년대 후반에 이미 1차대전에 참전한 세대의 전쟁소설이 쏟아져나왔다. 그런데 전쟁의 잔혹한 참상을 고발하는 이런 유형의 소설은 작가의 의도와 상반되게 전쟁의 폭력성에 대한 감수성을 둔화시키는 역효과를 초래했다. 이전 세기의 재래식 전쟁과 달리 엄청난 물량전과 대량살상을 동반한 1차대전의 가공할 경험은 인간적 척도와 감성으로 가늠할 수 있는 한도를 초월한 것이어서 폭력의 강도라는 하나의 기준 외에 다른 모든 경험적 가치를 절멸시켰기 때문이다(이것은 마치 1920년대 후반의 천문학적 인플레이션이 경제에 대한 감각을 마비시켰던 것과 흡사하다). 그리하여 더 강력한 폭력이 상대적으로 저강도의 폭력을 무화시키는 방식의 조건반사적 경험만 남게 됐고, 그런 경험의 사실적 보고에서 문학적 성찰이 들어설 여지는 거의 사라져버린다. 1920년대 후반에 쏟아져나온 전쟁소설에서 문학사에 남을 만한 진품을 찾아보기 힘든 이유이다.

이미 1차대전 후에 그런 소동을 치렀기 때문에 ─ 1차대전보다 폭력의 강도가 훨씬 셌고 독일의 주요 도시들이 초토화된 ─ 2차대전 후 독일인들이 전쟁 이야기에 넌더리를 냈을 법도 하다. 그런데 앞서 말한 대로 뵐의 『천사는 침묵했다』에는 전쟁경험 자체는 거의 언급되지 않는다. 그 대신 제발트가 언급한 대로 종전 직후 폐허에 직면한 사람들을 사로잡은 '경악의 깊이'가 실감나게 묘사되어 있다. 이 작품을 검토한 출판사는 아마도 그런 폐허의 참상을 전쟁경험과 동일시했을 공산이 크다. 그렇지만 이 작품에서 묘사되는 폐허는 1920년대 전쟁소설들이 전쟁의 폭력성을 사실적으로 보고했던 것과는 사뭇 다른 차원을 보여준다. 이 작품의 폐허 묘사에서 느껴지는 경악은 단지 전쟁의 폭력성에 대한 전율만이 아니라 당시 독일인의 집단적 무의식을 짓누르던 어떤 터부를 건드리는 전율을 동반한 것이다. 여기서는 먼저 작품의 줄거리를 간단히 살펴보고, 이 작품이 과연 어떤 의미에서 폐허에 직면한 사람들의 '깊은 경악'을 드러내는지 생각해보고자 한다.

작품 줄거리

1945년 5월 8일 독일이 항복하던 날 탈영병 한스 슈니츨러는 쾰른(Köln)으로 돌아와서 엘리자베트 곰페르츠 부인을 만나기 위해 빈센트 수도회 병원을 찾아간다. 부인의 남편 빌리 곰페르츠는 슈니츨러와 같은 부대 소속의 군법무관 서기였다. 슈니츨러는 탈영 중에 체포되어 감옥 대용의 헛간에 감금되는데, 빌리 곰페르츠는 자신의 군복을 슈니츨러에게 입히고 도망치게 했다. 슈니츨러를 탈출시킨 곰페르츠는 슈니츨러의 군복을 입은 채 헛간에 머물러 있다가 독일군에 의해 총살당한다. 미군의 공격에 밀려 다급히 후퇴하는 독일군이 곰페르츠를 슈니츨러로 오인해 사살한 것이다.

곰페르츠는 아버지를 증오하여 스스로 죽음을 선택했다는 것이 나중에야 밝혀진다. 슈니츨러는 곰페르츠의 유품인 군복을 그의 부인에게 전달하고자 그녀가 입원해 있다는 병원으로 찾아간다. 그러나 곰페르츠 부인이 며칠 전에 퇴원했다는 소식을 듣고 그는 부인의 주소를 확인한다.

슈니츨러는 탈영병 검거를 피하기 위해 병원 의사의 도움으로 가짜 신분증을 입수한다. 병원에서 추위 때문에 벽에 걸린 여성용 외투를 무심코 걸쳐 입은 슈니츨러는 이를 돌려주기 위해 외투의 주인 레기나의 집을 찾아간다. 사흘 전 미군과 독일군의 교전 때 날아온 총알로 갓난아기를 잃은 레기나는 혼자 빈집에 살고 있다. 폭격으로 집이 사라진 슈니츨러는 레기나의 집에서 하룻밤을 묵고, 다음 날부터 아예 그녀의 집에 기거하면서 두 사람은 차츰 가까워진다. 레기나는 자신의 유일한 귀중품인 사진기를 맞바꿔 슈니츨러에게 신분증으로 사용할 수 있는 석방증명서를 구해준다.

슈니츨러는 곰페르츠 부인을 찾아가서 곰페르츠의 군복과 유언장을 전해주고, 그가 자기 대신 죽은 경위를 얘기해준다. 유복한 곰페르츠 부인은 중병을 앓고 있는 중에도 재산을 매각하여 가난한 사람들에게 빵을 나눠주는 자선활동에 진력하고 있다. 나중에 병원 수녀로부터 빵 배급표를 받은 슈니츨러는 빵을 받으러 다시 곰페르츠 부인을 찾아간다. 그러나 때마침 곰페르츠 부인을 방문 중이던 피셔 박사가 문간에 나와서 슈니츨러가 건넨 빵 배급표를 갈가리 찢어버린다. 피셔 박사는 추기경의 비공식 자문위원으로 가톨릭 잡지를 발간해주면서 고위 성직자들의 두터운 신임을 받는 인물이다. 다른 한편 피셔는 히틀러 치하에서 나치에 협력하며 진기한 교회성물(聖物)을 포함한 골동품을 수집해 전후에도 아무 탈없이 떼돈을 벌고 있다. 그는 곰페르츠의 유언장이 가짜라고 주장하면서 곰페르츠 부인이 유산을 상속받는 것을 저지하려 한다.

슈니츨러는 우연히 성당에 들렀다가 보좌신부의 호의로 와인 한병과 빵, 담배 등을 얻는다. 슈니츨러와 레기나는 그 미사용 와인을 마시면서 평생 부부가 될 것을 언약한다. 통행이 자유로워진 슈니츨러는 기차에서 조개탄을 훔쳐 생필품을 마련한다. 보좌신부는 슈니츨러에게 레기나와 정식으로 혼인성사를 하라고 권하면서 증인을 구해보라고 당부한다. 슈니츨러가 증인을 부탁하려던 곰페르츠 부인은 그러나 병원에서 심하게 각혈을 하고 죽음을 맞는다. 숨을 거두기 직전에 그녀는 신부에게 전 재산을 빈민구호를 위해 기부하겠다고 유언을 남기고, 죽은 남편의 환영과 마지막 작별인사를 한다. 곰페르츠 부인이 죽은 직후 피셔 박사는 그녀의 집에 잠입하여 유언장을 찾는다. 그때 곰페르츠 부인이 죽은 줄 모르고 혼인성사 증인을 부탁하러 온 슈니츨러가 피셔가 찾던 유언장을 찾아내지만, 피셔 박사는 그 유언장을 빼앗는다.

작품의 마지막은 곰페르츠 부인의 장례식 장면이다. 비가 내리는 가운데 대리석 천사상이 진창에 쓰러져 있다. 피셔 박사와 곰페르츠의 아버지는 쓰러진 천사상을 딛고 선다. 곰페르츠의 아버지는 죽은 아들의 유언장을 찢어버리고, 두 사람의 몸무게에 눌려서 천사상이 진창 속으로 점점 더 깊이 가라앉는다.

폐허의 자연사

소설의 첫 문장은 "도시의 북쪽에서 타오르는 불빛이 워낙 강해서 건물 입구에 있는 글자를 알아볼 수 있었다"라고 서술되어 있다.(7면) 이 간결한 묘사는 독일의 항복과 종전이 결코 전쟁의 끝도 아니고 새로운 삶의 시작도 아니라는 것을 강하게 환기시켜준다. 1945년 5월 8일 독일의 항복으로 전쟁은 끝났지만, 전쟁의 화염은 아직도 다 꺼지지 않은 채 활활 타오르고 있는 것이다.

한스 슈니츨러가 곰페르츠 부인을 만나기 위해 병원을 찾아갔을 때는 이미 어두운 저녁이다. 어두컴컴한 복도를 지나는 내내 육안으로 명확히 식별되지 않는 폐허는 온갖 종류의 냄새로 감지된다. "불타서 식은 재와 축축한 오물 냄새가 사방에 진동했고, 그는 속이 메스꺼워졌다."(9면) "땀과 소변 냄새, 그리고 침상 보온용 자라통에 담아놓은 물 냄새가 뒤섞여 악취가 진동했다. 담배연기를 빨아들인 듯 축축한 오물에서 나오는 갑갑한 냄새가 사방에 풍겼"다.(21면) 소설의 1장에서 반복되는 이러한 묘사는 전쟁이 남긴 폐허가 단지 건물이 파괴되고 잔해더미가 쌓인 공간적인 차원보다 훨씬 더 근본적으로 삶의 환경 자체를 숨막히게 바꾸어놓았다는 것을 확인시켜준다. 병원 복도를 지나던 한스 슈니츨러는 우연히 수술 장면을 목격한다.

뭔가를 양동이 속으로 철썩 던지는 소리가 났다. 의사가 낀 하얀 고무장갑은 검붉은 피로 물들어 있었다. 의사는 장갑을 벗어 뒤에 있는 탁자에 내던졌고, 마스크를 벗고는 어깨를 으쓱했다. 뒤에 서 있던 수녀가 누워 있는 노파의 몸에 커다란 천을 휙 덮어씌우더니 침상을 이리저리 밀쳤다. 그제야 한스는 누워 있는 노파의 얼굴이 제대로 보였다. 석회처럼 창백한 얼굴이었다. (1장, 23면)

의사가 어깨를 으쓱하고 곧바로 수녀가 노파의 몸에 천을 휙 덮어씌우는 동작은 이 노파처럼 죽어나간 사람이 부지기수라는 것을 암시한다. 한스가 만난 수녀 간호사는 병실이 모자라서 며칠 전에 내과환자를 모두 퇴원시켰다고 말한다. 다시 말해 외상이 심한 중환자만 병원에 남겼다는 뜻이다. 그렇게 보면 아마 병실에 누워 있는 환자 중에도 적지 않은 이들이 이 노파의 뒤를 이을 것이다. 이 모든 정황을 고려하면 1장에서 반복되는 악취에 대한 묘사가 "석회처럼 창백한 얼굴이었다"라는 노파에 대한 표현 못지않게 매우 절제된 것임을 알 수 있다.

2장에서 한스 슈니츨러는 예전에 살던 집을 찾아가지만, 집은 대부분 파괴되고 건물 계단의 일부만 남아 있다. 한때는 늘 북적대던 집 앞 거리에 인적이 끊기고 생쥐 한마리가 냄새를 맡으면서 거리를 더듬어가는 장면은 이렇게 묘사된다.

이곳은 예전에는 낮은 물론이고 한밤중에도 사람들로 북적였다. 그런데 지금은 옆에 쌓인 잔해더미에서 기어나오는 생쥐 한마리만이 보였다. 생쥐는 잔해더미 위를 살금살금 기어가면서 뭔가를 찾기라도 하는 듯 도로 쪽으로 더듬어가고 있었다. (…) 생쥐는 잔해더미가 없는 도로 한쪽을 건너가더니 시야에서 사라졌다. 그러고는 전복된 시가전차 안에서 다시 생쥐가 시끄럽게 찍찍대는 소리가 들려왔다. 전차는 배가 터져 내장이 삐져나온 것처럼 양철지붕이 터진 채 쓰러진 두개의 전봇대 사이에 나뒹굴고 있었다…… (2장, 30~31면)

전복된 전차에서 생쥐가 시끄럽게 찍찍대는 이유는 전차 안에 온전히 수습되지 않은 유해 또는 그 잔재가 남아 있기 때문일 것이다. 제발트에 따르면 폭격 이후 수습되지 않은 시신에서 번식한 기생 생물들이 도시를 단번에 장악했지만, 이에 관한 보고는 유독 드물다고 한다.[6] 그 이유는 독일인들이 위생과 청결을 강조하지만 그들 자신이 페스트처럼 치명적인 전염병을 퍼뜨리는 생쥐 족속으로 전락한 끔찍한 현실에 대한 공포로 인해 침묵의 금기가 형성됐기

---

6 제발트, 같은 책, 52면 이하. "넋이 나간 사람들의 움직임을 제외하면, 초토화 공격 이후 몇주 사이에 도시의 자연적 질서 속에서 생긴 가장 눈에 띄는 변화는, 수습되지 않은 시체에 번식한 기생물들이 도시를 단번에 장악했다는 사실이다. 이를 보고하거나 논평한 자료가 유독 드문 까닭은 어떤 침묵의 금기 탓이라 풀이할 수 있는데, 유럽 전역에 청결과 위생을 퍼뜨리고자 했던 독일 민족이 사실은 쥐 일족이었다는, 내면에서 솟구치는 그 공포에 저항해야 했음을 떠올려본다면 왜 그런 금기가 생겼는지 더 잘 이해할 수 있을 것이다."

때문이라는 것이다. 나아가 그런 위생관념이 타 인종에 대한 대량 학살의 전쟁으로 귀결되었음을 인정하기를 꺼리는 침묵의 금기도 작용했음은 물론이다.

작품에서 묘사되는 폐허 중에는 9장의 "보통은 폐허 위에 자라 난 풀을 보고 건물이 파괴된 시점을 유추할 수 있었다. 그것은 식 물학의 문제였다"라는 말처럼 '폐허의 자연사'라 일컬을 만한 장 면들이 나온다.(108면)

이제 그가 통과해야 하는 잔해더미는 다른 종류의 것이었다. 언덕 에 짙은 녹음이 우거졌고 작은 나무들이 자라고 있었으며, 갖가지 색 깔의 잡초가 무릎 높이까지 무성했다. 아담하고 나지막한 언덕 사이 로 움푹 팬 길이 길게 이어져 있었다. 평화로운 시골길 옆으로는 거친 나무기둥이 늘어서 있었는데, 기둥에는 시가전차를 운행하는 가공선 (架空線)이 연결되어 있었다. (…) 정거장에 사람들이 차츰 모여들었 다. 그들이 어디에서 오는 것인지 알 수 없었다. 그들은 언덕에서 자 라난 것만 같았다. 보이지 않게, 소리도 없이. 아무것도 없는 땅에서 솟아오른 유령, 가는 길도 목적지도 알 수 없는 유령 같았다. (4장, 66, 68면)

잔해더미가 쌓인 언덕에 녹음이 우거진 진풍경은 폐허를 완전 히 가리고 있는 것처럼 보인다. 그리고 사람들이 마치 언덕에서 풀 이 자라듯 나타난 것은 그들의 강인한 생명력을 보여주는 듯하다.

하지만 그런 모습보다 '아무것도 없는 무의 땅에서 되살아난 유령들'처럼 보이는 이미지가 훨씬 강렬하다. 사신(死神)에 들씌운 인간들이 유령처럼 움직이는 모습은 인류의 한세대가 완전히 멸망하고 새로 출현한 미지의 종(種)처럼 보이는 것이다. 이처럼 종말론적 분위기가 짙은 폐허에 대한 묘사는 폴 오스터(Paul Auster)의 『폐허의 도시』(In The Country of Last Things, 1987)에서 묘사되는 폐허의 묵시록을 방불케 한다는 평도 있다.[7]

13장에서 성당 내부의 폐허를 묘사한 대목은 그로떼스끄의 극치를 보여준다.

또르쏘 조각상들이 긁히고 떨어져나가서 부서진 돌이 마치 살아 있는 형상처럼 흉한 불구의 모습으로 고통스럽게 일그러져 있었다. 그런 악마적 흉측함은 특히 튀었다. 상당수 얼굴들은 귀나 턱이 없고 얼굴의 균열이 이상하게 일그러져서 우악스런 불구자처럼 히죽거리는 듯했다. 또다른 입상들은 머리가 없고, 석조 목덜미만 몸통 위로 흉측하게 솟아 있었다. 팔이 없는 흉한 입상들도 말없이 애원하며 피를 흘리는 것만 같았다. (13장, 145면)

신성한 장소에 모신 성인들의 조각상마저 파괴되어 '악마적 흉측함'을 드러낸 것은 전쟁폭력의 악마성을 증거하며, 다른 한편 과

7 Ulrich Greiner, Nichts versöhnt, http://www.zeit.de/1992/36/nicht-versoehnt.

연 신앙이 최후의 위안과 구원을 담보할 수 있는가 하는 근본적인 의문을 던진다. 뒤에서 살펴볼 한스와 레기나의 사랑은 이 의문에 대한 간접적인 대답이 될 것이다.

나치의 유령

15장에서 레기나는 혼자 집 안을 대청소하는데, 청소를 할수록 오히려 지저분한 얼룩이 더 선명하게 드러나는 곤혹스러움에 직면한다.

> 질서와 청결함이 무의미하다는 것도 알고 있었다. 청소하기 전이 오히려 더 깨끗했던 것 같았다. 바닥을 촉촉한 천으로 닦아내자 지저분한 원형의 얼룩이 더 선명히 드러났다. 아주 오래전에 눌어붙은 석회 자국이었다. 청소하기 전에는 이런 자국이 보이지 않았다. 이렇게 힘들여 청소를 했는데 보기 흉한 얼룩이 오히려 섬뜩하게 선명히 드러난 것이다. 얼룩은 도저히 제거할 수 없을 것 같았다. (15장, 173면)

뿐만 아니라 레기나는 균열된 천장이 어느 순간 붕괴되어 바닥에 쌓인 먼지와 석회가루가 물을 먹으면 "도저히 제거할 수 없는 하얀 얼룩으로 변할 테고, 그런 얼룩은 악성 발진처럼 자꾸만 돋아날" 거라는 불안에 시달린다. (175면) 그녀가 느끼는 불안은 나치 과거사를 제대로 청산하지 않고서 전후 재건사업이 과연 온전히 새로운 시작이 될 수 있겠는가 하는 근본적인 의문과 연결된 것으로 보인다.

한편 작품에 등장하는 피셔 박사는 나치의 망령이 버젓이 활개치며 행세하는 자의 표본을 보여준다. 독문학 박사이자 법학 박사인 피셔는 추기경의 '문화담당 비공식 자문위원' 역할을 맡고 있다. 피셔가 골동품 수집가로 떼돈을 벌었다는 사실을 감안하면 '문화담당' 자문위원이란 교회에 안치된 성물이나 성화(聖畵)의 가치를 감정하는 역할로 짐작되어 석연치 않은 여운을 남긴다. 피셔는 그동안 미술품을 팔아서 떼돈을 벌어들인 것 말고도 "다락방의 절반을 채운 미술품들"을 갖고 있다.(138면) 많이 알려져 있다시피 나치 치하에 그렇게 많은 미술품을 거저 확보할 수 있는 유력한 방편은 유대인 부호들이 소장한 미술품을 탈취하는 것이었다(지금도 간혹 유대인으로부터 탈취한 다량의 미술품이 뒤늦게 발견되어 언론에 보도되기도 한다). 물론 그러기 위해서는 나치 세력의 비호가 있어야 할 것이다. 피셔가 나치 당원이었고 "나치 인사들과 여러차례 회합도 가졌"다는 말은 그런 유착관계를 짐작하게 한다.(같은 면) 추기경의 측근인 피셔의 명망에 비추어볼 때 여기서 말하는 '나치 인사들'이란 나치 고위간부가 분명하다.

이처럼 어두운 과거사의 전력에도 피셔가 독일 패전 후에 당당히 활보할 수 있는 까닭은 무엇일까? 피셔 자신의 생각을 빌리면 그는 "어떤 상황이 닥치더라도 항상 정치적으로 유리한 편에 설 수 있다는 확신이 있었다".(같은 면) 그렇다면 그런 확신은 어디에서 오는가?

　　물론 그는 나치 당원이었고, 나치 인사들과 여러차례 회합도 가졌
는데, 그들도 나름대로는 '대장부'처럼 보였다. 하지만 이와 동시에
그는 주교의 비밀서류를 잔뜩 갖고 있었다. 그는 주교의 지시, 거의 압
박에 가까운 지시에 따라, 말하자면 종교적 임무를 띠고 나치당에 들
어갔던 것이다······ (12장, 138면)

　　필자가 보기에 이 소설이 종전 직후인 1940년대 말은 물론이고
뵐의 생시에 출간될 수 없었던 결정적인 이유는 이 대목 때문이라
고 짐작된다. 주교의 지시에 따라 종교적 임무를 띠고 나치당에 들
어갔고, 고위 성직자와 나치 사이의 협력관계를 증언해줄 '비밀서
류'를 잔뜩 가진 피셔가 고위 성직자들이 자신의 든든한 방패막이
가 되어줄 거라고 확신하는 부분에서 특히 그러하다. 실제로 피셔
는 종전 직후에 『하느님의 어린 양』이라는 가톨릭 잡지를 복간하
는 데 성공하였고, 추기경은 이에 대한 보답으로 피셔가 생전 처음
보는 최고의 걸작 성모마리아 조각상을 피셔에게 선물해주었다.
이 조각상을 혼자 감상하면서 피셔는 "순결과 아름다움과 모성이
일체"를 이루는 것을 교리로는 알고 있었지만 이렇게 아름다운 예
술작품으로 구현된 것은 처음 본다고 감탄해마지 않는다.(133면) 그
런데 이 조각상에서 성모마리아의 품에 안긴 아기예수가 피셔에겐
못마땅하다.

완벽한 아름다움에도 약간의 역겨움이 치미는 것을 꾹 참고 견뎌야 했다. 그는 이렇게 작은 입상에 비율을 정확히 맞춘 아기를 팔에 안긴 모습으로 제작한 예술가를 책망했다. 이런 모습으로 묘사된 아기는 늘 태아를 떠올리게 했기 때문이다. (12장, 134면)

피셔가 아기예수를 보고 떠올리는 '태아'라는 말은 그에게 '불안'을 야기한다고 언급된다. 이 대목은 아기예수를 형상화한 부분의 예술적 결함의 문제가 아니라 피셔의 '마지막 비밀'과 관련이 있다. 10장에서 피셔는 곰페르츠 부인을 회유하여 유산 상속을 포기하도록 종용하지만, 곰페르츠 부인은 돈에 혈안이 된 피셔에 대한 증오를 숨김없이 드러낸다. 두 사람 사이의 실랑이가 끝날 무렵 곰페르츠 부인은 자신의 대녀인 피셔의 딸의 안부를 묻는다. 피셔는 딸이 자전거 사고를 당해서 심한 내출혈이 있었다고 말하는데, 그러자 곰페르츠 부인은 딸의 '몸 상태'로 봐서 그것은 안 좋은 징조라고 언급한다. 무슨 뜻인지 묻는 피셔에게 부인은 대녀의 '몸 상태'란 임신을 뜻한다고 대답하고, 그러자 피셔는 말도 안되는 미친 소리라고 펄펄 뛰면서 매우 초조한 반응을 보인다. 그러자 곰페르츠 부인은 "모든 문제가 한 남자로부터 비롯됐죠"라며 피셔를 이 끔찍한 사달의 책임자로 지목한다.(118면) 딸이 임신했고 피셔가 범인이라는 것, 그것이 피셔의 '마지막 비밀'이다.『하느님의 어린 양』은 창간된 지 50년이나 되었고 수백만부를 발간했다고 언급되므로 거의 모든 신자에게 보급되는 복음 전도서라 할 수 있다. 따라서 피셔가 전쟁 중에 발간이 중단되었던 『하느님의 어린 양』을 다시 복간한 것은 전쟁으로 파괴된 교회를 다시 일으킨 것과 진배없다. 그래서 추기경이 최고의 예술품을 선물했던 것이다. 피셔가 이런 후광을 업고 있기에 그의 '마지막 비밀'은 더욱 끔찍하다. 12장에서 피셔의 나치 부역 전력이 밝혀지고 이어지는 13장에서 성당의 파괴된 성상들이 '악마적 흉측함'을 드러낸 것이 결코 우연이 아니라 정해진 순서에 따른 배치였다는 것을 알 수 있다.

하인리히 뵐은 1964년 프랑크푸르트 대학에서 '문학에서 인간적인 것의 미학'이라는 제목으로 강연을 하며 독일인은 "교양이 망가진 민족"[8]이라는 말을 한 적이 있다. 뵐은 교양이 지식으로 축적되고 학문으로 발전할수록 권력과 유착되면서 비판적 성찰의 기능을 상실하고 맹목적인 도구적 이성으로 변질된다는 뜻으로 이 말을 사용했다. 박사학위를 두개나 가진 피셔가 '종교적 임무'를 띠고 나치당에 들어가는 곡예를 부리고, 추기경의 총애를 받아 부정한 방법으로 취득한 미술품을 팔아서 떼돈을 버는 추악한 작태도 그런 의미에서 '교양이 망가진 지식인'의 한 극단을 보여준다.

17장의 곰페르츠 부인이 처절한 사투를 벌이는 장면에서도 피셔와는 또다른 유형으로 '교양이 망가진 지식인'이 등장한다. 중병으로 회생의 가망이 없는 상태에서 곰페르츠 부인은 사제에게 병

---

8 Heinrich Böll, *Frankfurter Vorlesungen*, Verlag Kiepenheuer & Witsch 1968, 31면.

자성사를 받는 중에 잉크처럼 검붉은 피를 토한다. 병자성사가 끝나고 나타난 의사는 '전문가'의 티를 내는 여러가지 제스처를 취한다. 그는 곰페르츠 부인의 배를 갑자기 세게 누르고, 부인은 단말마의 비명을 지른다. 여기서 부인이 느끼는 고통은 "그의 다섯 손가락이 다섯개의 송곳처럼 느껴졌다"라고 묘사된다.(203면) 이 갑작스런 자극으로 부인은 "벌써 굳어서 검게 변색된" 핏덩어리를 토해낸다.(203면) 의사는 핏덩어리가 자신의 가운에 흘러내려도 아랑곳하지 않고 다른 의사를 구석으로 데려가서 지금 부인의 상태를 뢴트겐 사진으로 찍어두면 학계의 관심을 끌 거라고 하면서, 토해낸 피를 분석하기 위해 "다량의 샘플을 제 가운에 묻혀서 가네요"라며 히죽거리고 만족해한다.(205면) 그리고 부인의 시아버지와 상의해서 부인의 사체를 해부할 수 있기를 바란다. 의사의 이러한 태도를 '전문가'다운 직업정신이 과도한 것이라 볼 수도 있을 것이다. 그러나 죽기 직전의 혈액 샘플을 채취하기 위해 일부러 환자의 환부를 자극하고, 가운에 핏덩어리를 묻혀가는 것에 흡족해하며, 심지어 사체를 해부할 궁리까지 단숨에 해치우는 잔혹함에서 우리는 나치의 생체실험에 동원된 의사들의 모습을 떠올리지 않을 수 없다.

곰페르츠 부인은 죽기 직전에 남편의 환영을 보는데, 환영이 그녀에게 건네는 말은 병원에서 실제로 이뤄졌던 마지막 면회 당시의 작별인사를 떠올리는 것으로 짐작된다. 남편은 "노인네한테는 한푼도 남겨주지 마. 나한테 약속해"라고 당부하며 "나는 노인네를 증오해. 그러니까 약속해줘……"라며 아버지에 대한 증오감을 드러낸다.(207면) 이런 대화를 볼 때 곰페르츠 부인이 전 재산을 팔아 적선하려 한 것은 남편의 유언을 집행하는 행위였다는 것을 알수 있다. 곰페르츠의 아버지는 딱 한번 작품 마지막에 며느리의 장례식장에 등장해서 피셔가 뺏어온 아들의 유언장을 갈기갈기 찢어버린다. 그리고 한스 슈니츨러는 곰페르츠 부인을 처음 찾아갔을때, 벽에 걸린 값진 그림을 보고서 곰페르츠 집안이 "수백년 전부터 사업수완이 좋았다"는 사실을 떠올린다.(59면) 이런 정황으로 봐서 곰페르츠의 아버지는 대단한 부호이면서 피셔 박사와 한통속인인물로 짐작된다. 곰페르츠는 병든 부인을 남겨두고 스스로 죽음을 택해야 했을 정도로 아버지를 용납할 수 없었던 것이다.

그런데 곰페르츠의 환영이 나타나서 임종을 앞둔 부인에게 작별인사를 건네는 대목 중에는 작품 전체를 놓고 봐도 잘 해명되지않는 수수께끼가 있다. 아버지한테 한푼도 남겨주지 말라고 당부하기 전에 곰페르츠는 죽어가는 부인에게 이렇게 말한다.

"당신을 사랑해. 기념물처럼 사랑하지. 있는 그대로의 당신을 사랑하는 게 아니고, 과거의 흔적으로 남은 기념물만 사랑해. 예전에는 있는 그대로의 당신을 사랑했으니까. 그건 지금도 기억해."

그가 잠시 다시 고개를 들자 그의 목덜미가 보였다.

"그렇지만 당신을 미워하지는 않아. 그것만 해도 대단하지. 당신을 미워하지 않고, 작별인사를 하고 싶었어. 당신을 한번 보고 싶었어. 우리가 다시 만날 일은 없을 테니까." (17장, 206면)

다시 말해 곰페르츠는 한때는 부인을 진심으로 사랑했으나, 지금은 지나간 사랑의 추억을 간직한 '기념물'(Denkmal)로서만 부인을 사랑한다는 말이다. 그렇지만 부인을 미워하지 않는다는 말은—"그것만 해도 대단하지"라는 어감에 비춰볼 때—미워할 만한 사유가 있지만 그래도 미워하지는 않겠다는 뜻이다. 아무리 아버지가 혐오스러워도 곰페르츠가 지금도 부인을 진정으로 사랑한다면 병상에 누운 부인을 두고 죽음을 택했을 리는 없다. 그렇게 보면 곰페르츠가 부인을 미워할 만한 사유는 매우 심각한 것임에 틀림없다. 하지만 그 사유가 무엇인지는 작품에서 드러나지 않는다. 하인리히 뵐 소설의 묘사는 뛰어난 건축가의 장인적 건축술을 방불케 할 정도로 디테일까지도 빈틈이 없고 적확하다. 그런데이 부분을 공백으로 남겨놓은 이유는 무엇일까? 아마도 작품을 출간할 가망이 보이지 않아서 마무리 작업을 소홀히 했을 수도 있을 것이다. 그렇지만 작품의 맥락 안에서 이 공백을 메울 수 있는 해석의 여지가 없지는 않다. 곰페르츠가 사실상의 자살을 택한 직접적인 동기가 다시는 아버지를 보지 않겠다는 결심 때문이라면, 부인이 언제부터인가 (특히 곰페르츠가 입대한 이후) 시아버지의 가치관에 동조하거나 동화되지 않았을까 하는 추정이 가능하다. 그래서 곰페르츠에게 아버지와의 결별은 동시에 부인과의 결별이될 수밖에 없지 않았을까. 이런 추정이 성립된다면 곰페르츠의 부인은 남편이 마지막 면회를 와서 다시 못 볼 영원한 작별인사를 하고 자살을 암시하는 말을 남긴 이후 통회(痛悔)의 회심(回心)을 했을 가능성이 있다. 그래서 한때 시아버지에게 동조했던 삶을 뼈아프게 뉘우치고 남편의 유언대로 재산을 팔아서 굶주린 사람들에게 빵 배급표를 나누어주었을 개연성이 있다. 한스 슈니츨러의 회상에 따르면 곰페르츠가 자신을 탈출시키고 대신 총살당한 시점은 전쟁이 끝나기 이주일 전이다. 그렇다면 곰페르츠가 부인을 마지막으로 면회한 시점은 그 이전이다. 그런데 부인의 임종 자리에서 '전문가' 의사는 사주일 전에 찍은 뢴트겐 사진과 최근 사진을 비교하면서 불과 몇주 사이에 부인의 병세가 치명적으로 악화된 것에 깜짝 놀란다. 한스 슈니츨러를 통해 남편이 스스로 죽음을 택했다는 비보를 접하고, 자신에게 전 재산을 물려준다는 유언장을 전달받았을 때 곰페르츠 부인이 빠져든 회한에는 아마도 남편을 살리지 못한 자책까지 겹쳤을 것이다. 피셔와 언쟁을 벌이는 중에도 그녀가 자꾸만 혼자 눈물을 흘리는 것은 죽은 남편을 생각하기 때문이다. 그 뼈저린 회한이 그녀의 목숨을 순식간에 앗아간 것은 아닐까. 이미 굳어서 검게 변색된 핏덩이를 토하는 처절한 단말마의 모습에서 그런 생각을 지울 수 없다.

폐허에서 피어난 사랑

지금까지 살펴본 대로 『천사는 침묵했다』는 종전 직후 모든 것이 초토화된 폐허의 어두운 심연을 여실히 드러내고 있다. 그렇지만 이 작품이 폐허의 살풍경만 보여주는 것은 아니다. 부서진 콘크리트 잔해더미에서 풀이 자라나듯 숱한 죽음이 묻힌 폐허에서도 사랑은 기적처럼 피어나며, 그것이 이 작품의 진면목을 드러낸다.

앞에서 언급한 대로 작품의 2장 첫머리에서 한스 슈니츨러는 예전에 살던 집을 찾아가지만 집은 완전히 파괴된 상태이다. 곧이어 장면이 바뀌면서 팔년 전 7월 3일 한스가 징집통지서를 우편엽서로 받던 날 홀어머니와 함께 보낸 시간이 상세히 묘사된다. 이날은 한스가 서점 관리인 자격시험에 합격하여 휴가를 얻은 첫째날이다. 징집통지서에는 7월 4일 아침 7시까지 훈련부대로 입소하라고 적혀 있고, 한스는 밤 12시 기차를 타고 300킬로미터 떨어진 부대로 출발할 예정이다. 그리하여 "그의 삶이 새로 시작되는 첫날"은 팔년 동안이나 유예된다.(32면) 어머니는 아들의 징집에 충격을 받아 "가슴을 도려내는 듯한 흐느낌"을 그칠 줄 모른다.(38면) 어머니가 그렇게 힘들어하는 모습을 한스도 견딜 수 없어서 "지금 돌이켜보니 그 첫째날 오후의 고통스러운 기억이 전쟁 내내 겪은 일보다 더 힘들었다"라고 회고한다.(43면) 그날 한스는 기차 시간이 한참 남은 저녁 7시에 집을 떠나 기차역에 도착한다. 거기서 그는 서점 수습근무를 함께했고 몇차례 집까지 바래다준 적이 있는 베크만양을 전화로 불러내어 함께 시간을 보낸다. 영화를 보는 내내 한스는 여자의 손을 꼭 잡고 있었고, 공원에 가서 처음으로 키스를 한다. 두 사람이 무슨 말을 했는지는 전혀 언급되지 않으므로 그 입

맞춤이 곧 사랑의 고백인 셈이다. 이렇게 한스는 인생이 새로 시작되는 첫날 두번의 운명적 이별을 경험한다.

베크만 양과의 인연은 거기서 끝나지 않고 결국 비극적 종말로 귀결된다. 5장에서 한스는 레기나에게 베크만 양 얘기를 들려준다. 한스는 입대한 지 이년 후에 휴가를 얻어 고향 도시의 허름한 성당에서 베크만 양과 결혼식을 올렸다. 공습경보 때문에 모두가 벌벌 떨면서 예식을 올렸고, 신랑 신부가 집으로 돌아왔을 때는 동부 전선으로 복귀하라는 전보가 와 있었다. 한스는 집에 하루 더 머물 수 있었지만 삼십분도 지나지 않아서 집을 떠났다. 처음 사랑을 고백할 때와 마찬가지로 결혼식을 올리고도 첫날밤을 보내지 못한 채 생이별을 한 것이다. 더이상 아무런 설명이 없지만, 짐작하건대 전선으로 복귀하면 언제 죽을지 모른다는 생각 때문에 아내와의 인연이 더 깊어지지 않기를, 그래서 자신이 전선에서 죽더라도 아내의 충격이 조금이라도 덜하기를 바랐을 것이다. 그로부터 두달 후 한스가 부상을 입어 군병원에 입원하고 아내가 면회를 와서 두 사람은 딱 한번 하룻밤을 함께 보낸다. 한스는 그날 밤에 대한 기억이 너무 생생해서 차마 레기나에게 그 얘기를 들려주지는 못하고 둘이 함께 병상에 누워 보냈던 그날 밤을 혼자 떠올린다. 하인리히 뵐 특유의 세밀한 묘사로 독자는 한스의 마음을 보듯 그 장면을 떠올릴 수 있다.

날은 어두웠지만 하늘에는 아직도 여름밤의 부드러운 밝은 빛이 감돌았다. 그는 더이상 가까이 다가갈 수 없을 만큼 그녀의 곁에 가까이 있으면서도 끝없이 멀리 떨어져 있다는 느낌이 들었다. 두 사람은 아무 말도 하지 않았다. 결혼식 날과 결혼식, 이년 전 그가 그녀를 정거장으로 불러내고 작별했던 시간을 둘 중 누구도 언급하지 않았다……

째깍거리는 시계 소리가 그를 밀쳐내고 있다는 느낌이 들었다. 째깍거리는 소리가 가슴에서 느껴지는 심장의 박동보다 더 강했다. 이젠 심장의 박동이 그녀의 것인지 자신의 것인지 분간도 되지 않았다. 이 모든 것이 뜻하는 것은 '기상 자명종이 울릴 때까지만 휴가'라는 의미였다. (5장, 80면)

이렇게 함께 보내는 하룻밤이 처음이자 마지막이 되리라는 것을 예감이라도 하듯 "더이상 가까이 다가갈 수 없을 만큼 그녀의 곁에 가까이 있으면서도 끝없이 멀리 떨어져 있다는 느낌"을 뭐라 형용할 것인가. 째깍거리는 시계 소리로 만남의 시간이 매 순간 줄어드는 것을 심장의 박동보다 더 또렷이 감지하는 처연함에 잠겨 두 사람은 함께 있는 내내 아무 말도 하지 못한다. 그렇게 하룻밤을 보낸 뒤 얼마 후에 아내는 열차 폭격으로 사망한다. 한스는 선로에서 아내의 시신이 발견되었는데, 다친 흔적이 전혀 없어서 너무 겁을 먹어 죽은 것 같다고 짐작한다. 겁이 많은 아내가 폭격을 당했을 때 얼마나 두려움에 떨었을지 상상하면서, 그녀를 지켜주지 못한 안타까움을 그렇게 표현했을 것이다. 한스는 아내를 "제대

로 알지 못했기 때문에" 그리고 "다정한 말도 해주지 못한 채 떠나
보내서" 너무 슬프다고 레기나에게 고백한다.(78면)

　한스와 레기나가 금방 가까워진 것은 두 사람 모두 엄청난 상실
의 비애를 안고 있기 때문일 것이다. 외투를 돌려주러 온 낯선 남
자에게 선뜻 잠자리를 제공하고, 그다음 날 아침 "잘 잤어요?"라고
아침인사를 건넨 후에 바로 "당신 추워?"라고 말을 놓는 것은 레기
나가 한스에게 어떤 운명적 친화성을 느끼기 때문일 것이다.(74면)
레기나는 사흘 전에 갓난아이를 잃었고, 전날 밤까지도 죽은 아
이를 방에 두고 밤을 넘겼으며, 한스가 찾아온 날 낮에 보좌신부
의 입회하에 아이를 묻었다. 그녀의 막막한 심정은 "도무지 슬퍼
할 수조차 없어"라는 말과 "이 세상은 우리에게 아무것도 아니야"
라는 말로 압축된다.(75, 76면) 그 어떤 감정의 발산도 불가능할 만큼
절대적 허무와 절망을 겪은 것이다. 그럼에도 레기나는 속이 웅숭
깊고 인간에 대한 이해가 깊은 여성이다. 한스와 몇마디 주고받았
을 뿐인데 그에게 대뜸 "당신은 여자가 있지? 그렇지?"라고 확신
한다.(77면) 한스가 "아니, 죽었어"라고 대답하자 레기나는 "하지만
그 여자 생각을 자주 하잖아"라며 한스의 마음속을 꿰뚫어본다.(같
은 면) 한스가 문득 자기도 모르게 "당신 집에 있어도 될까? 내 말은
당분간…… 좀 오래…… 아니면 영영?"이라고 묻자 레기나는 곧장
"그래"라고 허락한다.(같은 면) 이렇게 두 사람이 금방 이심전심으
로 통하는 것은 서로에게 운명적 일체감을 느끼기 때문일 것이다.
한스는 아예 레기나가 쓰던 방을 차지하고, 레기나는 부엌 소파에

서 쪽잠을 자면서 두 사람의 동거생활이 시작된다. 지친 탈영병에게 자기 방과 침대를 내주고, 줄곧 일하느라 피곤한 몸으로 소파에서 잠을 자는 그녀의 모습에서 모성애뿐 아니라 그렇게라도 같이 하면서 서로 의지하고 싶은 마음이 느껴진다.

레기나의 집에서 내리 삼주일 동안 칩거하며 거의 잠만 자던 한스는 레기나가 마지막 귀중품인 사진기와 맞바꿔 포로 석방증명서를 구해온 이후 기차에서 조개탄을 훔쳐서 생계에 보태고, 보좌신부에게도 조개탄을 무료로 제공한다. 그리고 보좌신부가 선물로 준 '미사에 쓰는 포도주'를 함께 마시면서 레기나와 결혼을 약속한다. 이 이야기를 묘사한 14장 첫머리에서 한스는 레기나가 부엌 소파에 누워서 책을 읽는 모습을 몰래 훔쳐보며 "문득 이 여자를 평생 보면서 살게 될 거라는 직감"이 든다.(158면) 그리고 이십년 후 레기나의 모습도 눈에 선하게 떠올리면서 "바로 이 자리에서 그의 삶이 집약되어 고통과 행복이 넘치는 짧은 순간의 영원을 경험"한다.(같은 면) 레기나를 한참 동안 훔쳐보던 한스는 그녀에게 다가가서 입을 맞춘다. 그리고 두 사람은 함께 포도주를 마시면서 부부의 서약을 하는데, 이 대목은 마치 혼인성사처럼 묘사되어 있다. 혼인성사를 마친 후 두 사람은 자리에 눕고, 레기나는 전쟁 전부터 힘들게 일하며 살아온 얘기를 들려준다. 그녀는 전쟁 중에 베를린과 튀링엔 지방에까지 일하러 갔었다고 하는데 레기나가 생활력이 강하고 매우 강인한 성품의 소유자임을 알 수 있는 대목이다(한스는 모르고 있지만 11장에서 레기나는 거액의 사례비를 받기로 하고 부잣집 딸에게 수혈을 해주는데, 그 환자가 하필이면 피셔의 딸이다). 레기나가 살아온 얘기를 하는 동안 처마 끝에 떨어질 듯 말 듯 매달려 있는 물받이 홈통이 바람에 흔들려서 딸그락거리는 소리가 들려온다. 레기나는 전쟁 전부터 떨어질 듯 매달려 있던 그 홈통이 전쟁이 끝난 후 이 집으로 돌아왔을 때도 그대로 매달려 있어서 반가웠다고 말한다. 그녀의 강인할 뿐 아니라 섬세하기까지 한 마음이 읽히는 대목이다. 14장은 폐허의 살풍경과 선명히 대비되어 처음부터 끝까지 매우 아름답게 묘사되어 있고, 한편의 단편소설로 읽어도 무방할 정도로 완결성이 있다. 실제로 14장은 1950년대 초반에 '처마 끝의 물받이 홈통'이라는 제목의 독립된 단편소설로 발표되었다. 그리고 2장의 징집통지서를 받던 날 이야기는 「우편엽서」로, 신부와 함께 하룻밤을 보낸 5장 이야기는 「사랑의 밤」이라는 단편소설로 발표되었다.

'폐허문학에 대한 신앙고백'(1952)이라는 글에서 하인리히 뵐은 작가의 작업도구는 '좋은 눈'이며, 시각(視覺)의 영역에 떠오르지 않는 사물까지도 볼 줄 아는 좋은 눈을 가져야 한다고 강조한다. 『천사는 침묵했다』에 독립된 단편처럼 삽입된 이야기들은 뵐이 사람의 마음속 깊은 곳까지도 구체적 감각으로 포착할 줄 아는 '좋은 눈'을 가진 작가라는 것을 유감없이 보여준다.

또한 뵐은 이 소설에서 단순히 전후의 폐허에 대한 사실적 묘사와는 전혀 다른 차원에서 폐허의 역사성을 심층적으로 보여주고 있다. 전시상황에 대한 직접적인 언급은 없지만, 한스가 징집통지서를 받은 뒤 어머니 그리고 베크만 양과 작별을 하고, 전쟁 중 폭격으로 결혼한 지 얼마 되지 않은 아내를 잃는 이야기는 전쟁의 폭력성과 비극성을 가슴 아프게 각인시켜준다. 삶의 터전이 초토화된 폐허에 대한 가감없는 묘사, 특히 '폐허의 자연사'와 묵시론적 분위기는 이것이 문명의 종말일 수 있음을 경고하며, 나치의 패망에도 나치 부역자가 활보하는 상황은 나치 과거사 극복의 지난함을 일깨운다. 그리고 이 모든 역경을 겪으며 극한의 절망 속에서도 폐허를 뚫고 사랑이 풀잎처럼 자라나는 모습을 보여준다. 1960년대 초반에 전후의 폐허문학을 돌이켜보면서 하인리히 뵐은 "중요한 것은 사람이 살 수 있는 땅에서 사람이 살 수 있는 언어를 찾아내는 것이다"[9]라고 언명한바 있다. 전후 냉전시대와 분단시대를 살았던 뵐은 독일이 과연 '사람이 살 수 있는 땅'이 될 수 있을지에 대해 무척 회의적이었다. 어쩌면 그래서 뵐의 문학에서 '사람이 살 수 있는 언어'에 대한 탐색은 그만큼 더 치열했던 것으로 보인다. 이 소설은 뵐이 평생 추구했던 '사람이 살 수 있는 언어'에 대한 치열한 탐색의 시작을 알리는 작품이다.

임홍배(서울대 독문과 교수)

---

9 Heinrich Böll, *Frankfurter Vorlesungen*, Verlag Kiepenheuer & Witsch 1966, 45면.

작가연보

1917년   12월 21일 아버지 빅토르 뵐과 어머니 마리아 헤르만 사이에서
         여섯째 아이로 독일 쾰른에서 태어남. 목수 기능장이자 목공예가
         인 아버지의 가문은 원래 대대로 영국에서 거주하였으나, 16세기
         헨리 8세 시대에 종교분쟁을 피해 독일로 이주함.

1924년   쾰른 라데르탈 초등학교 입학.

1928년   카이저 빌헬름 김나지움 입학.

1929년   아버지가 일정 부분 지분을 갖고 있던 수공업자 신용금고가 파산
         하여 집을 팔고 쾰른 남쪽 외곽으로 이사함.

1937년   김나지움 졸업. 대학입학 자격시험 합격. 본(Bonn)에 있는 서점
         에서 11개월간 도서판매 수습사원으로 근무함.

1938년   근로봉사대로 차출됨.

1939년	여름, 쾰른 대학교 독문학과 입학. 가을에 2차대전 징집통지서 받음. 오스나브뤼크에서 1940년 5월까지 군사 훈련을 받음.
1940년	폴란드와 프랑스에서 종군.
1941년	독일에서 경비병으로 종군.
1942년	휴가 중 누이의 친구 아네마리 체히와 결혼. 1943년 10월까지 프랑스에서 종군.
1943년	1944년 6월까지 러시아와 헝가리에서 종군. 전쟁 중 세차례 부상을 당함.
1944년	독일의 여러 지역에서 종군하며 수차례 탈영함. 어머니 심장마비로 사망.
1945년	4월 미군 포로로 수감. 9월 15일에 석방. 아들 크리스토프가 출생하나 같은 해 사망.
1947년	아들 라이문트 출생. 첫 단편소설 「선사시대로부터」(Aus der Vorzeit) 발표.
1948년	아들 르네 출생.
1949년	중편소설 『열차는 정확했다』(Der Zug war pünktlich) 출간.
1950년	아들 빈센트 출생. 6월부터 1951년 4월까지 쾰른시 인구 및 주거 조사원으로 근무. 첫 단편집 『방랑자여, 슈파로 오려는가……』(Wanderer, kommst du nach Spa…) 출간.
1951년	'47그룹' 낭독회에 처음 초대받음. 단편소설 「검은 양들」(Die schwarzen Schafe)로 47그룹 문학상 수상. 장편소설 『아담, 너는 어디에 있었는가?』(Wo warst du, Adam?) 출간.

1953년	장편소설 『그리고 아무 말도 하지 않았다』(*Und sagte kein einziges Wort*) 출간. 독일비평가상 수상.
1954년	장편소설 『문지기 없는 집』(*Haus ohne Hüter*) 출간. 아일랜드 여행.
1955년	장편소설 『지난 시절의 빵』(*Das Brot der frühen Jahre*) 출간.
1957년	『아일랜드 일기』(*Irisches Tagebuch*) 출간.
1958년	풍자소설 『무르케 박사의 침묵 모음집』(*Dr. Murke's gesammeltes Schweigen und andere Satire*) 출간.
1959년	장편소설 『아홉시 반의 당구』(*Billard um halb zehn*) 출간.
1960년	아버지 사망.
1963년	장편소설 『어느 광대의 견해』(*Ansichten eines Clowns*) 출간.
1964년	중편소설 『탈영』(*Entfernung von der Truppe*) 출간.
1966년	풍자소설 『공무여행의 끝』 출간.
1967년	게오르크 뷔히너상 수상.
1970년	독일 펜클럽 회장으로 선출.
1971년	장편소설 『여인이 있는 군상(群像)』(*Gruppenbild mit Dame*) 출간. 국제 펜클럽 회장으로 선출.
1972년	노벨 문학상 수상.
1974년	소련의 반체제 작가 알렉산더 쏠제니찐이 서독으로 추방되어 첫 기착지로 뷜의 집에서 잠시 체류함. 장편소설 『카타리나 블룸의 잃어버린 명예』(*Die verlorene Ehre der Katharina Blum*) 출간.
1975년	가톨릭교회의 보수성 공개비판.
1976년	부인과 함께 가톨릭교회에서 탈퇴함.

1979년	장편소설 『보살핌을 위한 점령』(*Für sorgliche Belagerung*) 출간. 독일 공로십자훈장 거부.
1981년	서독에 대규모 핵무기를 배치하기로 한 나토의 결정에 반대하는 시위로, 서독의 수도 본의 30만 군중이 모인 집회장에서 연설함.
1983년	중단편집 『부상』(*Die Verwundung*) 출간.
1985년	7월 16일 자택에서 사망.
1985년	유고작 『강변풍경 속의 여인들』(*Frauen vor Flusslandschaft*) 출간.
1992년	유고작 『천사는 침묵했다』(*Der Engel schwieg*) 출간.

고전의 새로운 기준, 창비세계문학

　오늘날 우리는 인간의 존엄과 개성이 매몰되어가는 시대를 살고 있다. 물질만능과 승자독식을 강요하는 자본주의가 전지구적으로 확산되면서 현대사회는 더 황폐해지고 삶의 질은 크게 훼손되었다. 경제성장만이 최고의 선으로 인정되고 상업주의에 물든 문화소비가 삶을 지배할수록 문학은 점점 더 변방으로 밀려나고 있다. 삶의 본질을 성찰하는 문학의 자리가 위축되는 세계에서는 가진 자와 못 가진 자 할 것 없이 모두가 불행할 수밖에 없다.

　이 시대야말로 인간답게 산다는 것의 의미가 무엇인지 근본적인 화두를 다시 던지고 사유의 모험을 떠나야 할 때다. 우리는 그 여정에 반드시 필요한 벗과 스승이 다름 아닌 세계문학의 고전이라는 점을 강조한다. 고전에는 다양한 전통과 문화를 쌓아올린 공동체의 경험이 녹아들어 있고, 세계와 존재에 대한 탁월한 개인들의 치열한 탐색이 기록되어 있으며, 새로운 세상을 꿈꾸는 아름다운 도전과 눈물이 아로새겨 있기 때문이다. 이 무궁무진한 상상력의 보고이자 살아 있는 문화유산을 되새길 때만 개인의 일상에서 참다운 인간적 가치를 실현하고 근대적 삶의 의미와 한계를 성찰하는 지혜를 얻을 수 있을 것이다.

'창비세계문학'은 이러한 문제의식에서 출발한다. 세계문학의 참의미를 되새겨 '지금 여기'의 관점으로 우리의 정전을 재구성해야 할 필요성이 그 어느 때보다 절실하다. '정전'이란 본디 고정된 목록으로 존재하는 것이 아니라 그때그때 주어진 처소에서 새롭게 재구성됨으로써 생명을 이어가는 것이다. 우리는 먼저 전세계 문학들의 다양성과 차이를 존중하면서 국가와 민족, 언어의 경계를 넘어 보편적 가치에 기여할 수 있는 가능성에 주목하고자 한다. 근대를 깊이 성찰한 서양문학뿐 아니라 아시아와 라틴아메리카, 중동과 아프리카 등 비서구권 문학의 성취를 발굴하고 재평가하는 것 역시 세계문학의 지형도를 다시 그리려는 창비의 필수적인 작업이 될 것이다.

여러 전집들이 나와 있는 세계문학 시장에서 '창비세계문학'은 세계문학 독서의 새로운 기준이 되고자 한다. 참신하고 폭넓으면서도 엄정한 기획, 원작의 의도와 문체를 살려내는 적확하고 충실한 번역, 그리고 완성도 높은 책의 품질이 그 기초이다. 독서시장을 왜곡하는 값싼 유행과 상업주의에 맞서 문학정신을 굳건히 세우며, 안팎의 조언과 비판에 귀 기울이고 독자들과 꾸준히 소통하면서 진정 이 시대가 요구하는 세계문학이 무엇인지 되묻고 갱신해나갈 것이다.

1966년 계간 『창작과비평』을 창간한 이래 한국문학을 풍성하게 하고 민족문학과 세계문학 담론을 주도해온 창비가 오직 좋은 책으로 독자와 함께해왔듯, '창비세계문학' 역시 그러한 항심을 지켜나갈 것이다. '창비세계문학'이 다른 시공간에서 우리와 닮은 삶을 만나게 해주고, 가보지 못한 길을 걷게 하며, 그 길 끝에서 새로운 길을 열어주기를 소망한다. 또한 무한경쟁에 내몰린 젊은이와 청소년들에게 삶의 소중함과 기쁨을 일깨워주기를 바란다. 목록을 쌓아갈수록 '창비세계문학'이 독자들의 사랑으로 무르익고 그 감동이 세대를 넘나들며 이어진다면 더없는 보람이겠다.

2012년 가을
창비세계문학 기획위원회
김현균 서은혜 석영중 이욱연 임홍배 정혜용 한기욱

창비세계문학 69

천사는 침묵했다

초판 1쇄 발행/2019년 7월 5일

지은이/하인리히 뵐
옮긴이/임홍배
펴낸이/강일우
책임편집/오규원
조판/한향림
펴낸곳/(주)창비
등록/1986년 8월 5일 제85호
주소/10881 경기도 파주시 회동길 184
전화/031-955-3333
팩시밀리/영업 031-955-3399 편집 031-955-3400
홈페이지/www.changbi.com
전자우편/lit@changbi.com

한국어판 ⓒ (주)창비 2019
ISBN 978-89-364-6469-1 03850